Andreas Lauer

Ich freue mich, dass mein Buch Dir den Rheingau wieder geöffnet hat. Danke an einen lieben Menschen.
12/08/15
Andreas Lauer

DAS LUZIFER-KOMPLOTT

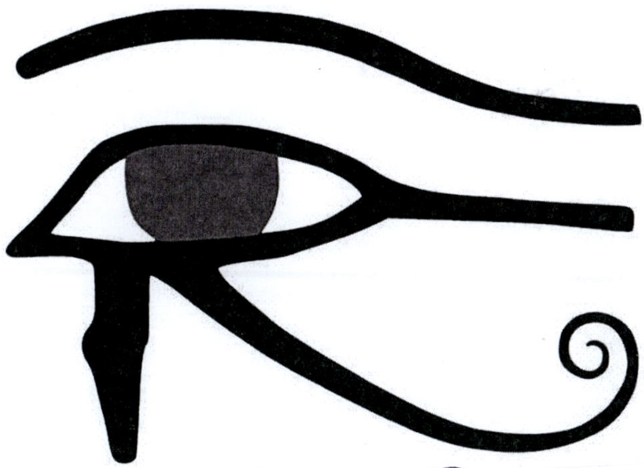

030/150

„Das Luzifer-Komplott“

Rosengasse 15
65366 Geisenheim

ISBN 978-3-00-045731-9

DANKSAGUNG

Ich danke all jenen, die mich bei der Entstehung dieses Buches begleitet haben, denen, die stets an mich geglaubt haben, an die Idee dieses Buches und was alles dahintersteckt, die Geduld mit mir hatten über die Jahre, in denen dieses Werk brach lag, die mich forderten, mich anspornten und mir Mut machten, meinem Traum zu folgen.

Ich danke aber auch all jenen, die meinen Weg schwerer machten, die nicht an mich glaubten, mich verspotteten oder sogar versuchten, alles zu zerstören, was ich versuchte mir aufzubauen, denn dadurch lernte ich, die Menschen wahrlich zu lieben, unabhängig davon, was sie einem antun. Dies öffnete mich für die Geschichte, die sich vor mir entwickelte und die mich fesselte und die mich nicht wieder losließ, bis ich sie endlich niedergeschrieben hatte.

Ich danke Gott für all dies und die Kraft, die Weisheit und den Beistand, den Er mir zukommen ließ durch all die Menschen, die mir auf meinem Weg begegnet sind, ob sie mir wohl gesonnen waren oder nicht.

Und ich danke Ihnen, liebe Leserin und lieber Leser, denn schließlich sind Sie es, für die Geschichten niedergeschrieben werden.
Ich hoffe, dass die Geschichte und die Personen darin Sie beim Lesen genauso fesseln und berühren, wie ich gefesselt und berührt war, als ich die Geschichte niederschrieb und die Personen kennenlernen durfte.

Andreas Lauer
Johannisberg im Rheingau, 2014

Besonderer Dank
gilt meiner Mutter

Elfriede

für ihr bedingungsloses
Vertrauen in mich.

Für Susu
und Bine

Kapitel 1

Goldenes Licht fiel an diesem Spätsommernachmittag auf das kleine Café in einer Seitenstraße im Zentrum der ewigen Stadt. Drinnen waren nur zwei oder drei Tische besetzt.

Die warmen Strahlen, die durch das große Fenster fielen, glitzerten auf den kleinen Staubpartikeln, die ungestört in der Luft des Cafés tanzten und damit die Atmosphäre der Schläfrigkeit noch unterstützten.

Frank saß in einer Ecke neben dem großen Fenster und las einen Artikel in der International Herald Tribune über die Steuerpolitik der italienischen Regierung. Das tat er immer, wenn seine Arbeit veröffentlicht wurde, auch, wenn nicht sein Name, sondern nur ein Agenturkürzel davor stand.

Frank war stolz auf seine Arbeit. Entsprechend ernst nahm er sie auch. Schon in Deutschland hatte er sich deswegen einen recht guten Ruf als seriöser Journalist schaffen können. Als sich ihm die Möglichkeit bot, für eine Agentur im Ausland zu arbeiten, nahm er das Angebot an und ging nach Rom.

Persönlich mochte der ein Meter achtundachtzig große Deutsche mit den blaugrünen Augen, den kurzen dunkelblonden Haaren und dem Drei-Tage-Bart große Städte nicht besonders, obwohl er sich eingestehen musste, dass Rom durch seine besondere Mischung aus großstädtischer Hektik, südländischer Gelassenheit und einer gewissen Morbidität einen Reiz auf ihn ausübte, dem er sich nicht entziehen konnte.

Frank zog die Luft durch die Nase, der erste bewusste, tiefe Atemzug seit er begonnen hatte, seinen Artikel zu lesen. Er schaute auf und blickte aus dem großen Fenster, genoss das Spiel des Lichts in der kleinen Straße, in der nicht viel Bewegung war und die in ein paar Stunden fast völlig in Schlaf versinken würde, bevor früh am nächsten Morgen die kleinen Geschäfte ihre Auslagen wieder auf den schmalen Bürgersteig stellten. Franks Blick senkte sich wieder auf die Zeitung. Er hatte gerade die Stelle wieder gefunden, an der er unterbrochen hatte, als eine Bewegung in unmittelbarer Nähe ihn dazu veranlasste, wieder auf zu blicken. Vor ihm stand ein älterer Mann, etwa Anfang sechzig, mit grauen Haaren, einem runden, rötlichen Gesicht und einem unruhigen Blick.

„Glauben Sie an Gott?“

Frank blickte sich kurz um, wie um sicherzugehen, dass die Frage ihm gegolten hatte. Dabei fiel ihm auf, dass sich offensichtlich niemand für die Szene interessierte. Warum auch?

„Hören Sie, wenn es denn sein muss, dann legen Sie mir den Wachturm auf den Tisch. Ich verspreche Ihnen, dass ich ihn mir ansehen werde, ok?“

Der alte Mann schaute ihn verwundert an und schüttelte den Kopf.

„Ich bin kein Zeuge Jehovas“, sagte er.

„Und?“

„Glauben Sie an Gott?“

„Ja, kann ich jetzt weiterlesen?“

„An welchen Gott?“

Frank faltete die Zeitung zusammen. Vielleicht war der Beruf daran schuld, aber meistens konnte er einfach keinem Gespräch aus dem Weg gehen. Er wandte seine Aufmerksamkeit dem alten Mann zu, der ihn von seinem Aussehen und seiner Ausstrahlung her sehr an Spencer Tracy in dem Film ‘Der alte Mann und das Meer’ erinnerte, und deutete mit einer Hand auf einen Stuhl, der links von ihm stand.

„Setzen Sie sich doch.“

„Danke. Und?“

„Bitte?“

„An welchen Gott glauben Sie?“

„An den einen, den aus der Bibel.“

Der alte Mann schüttelte den Kopf und wischte mit der Hand Franks letzte Bemerkung aus dem Gespräch.

„Das meine ich nicht.“

Frank schaute ihn fragend an.

„Glauben Sie an den wahren Gott?“

„Ich fürchte, ich kann Ihnen nicht ganz folgen.“

Die ungewohnte Geschäftigkeit an einem seiner Tische schien auch den Kellner angesteckt zu haben. Er kam an den Tisch und stellte sich so zwischen den alten Mann und Frank, dass man ihn einfach nicht übersehen konnte.

„Möchten Sie etwas?“, fragte Frank den alten Mann.

„Espresso. Danke.“

„Zwei Espressi bitte.“

Der Kellner verschwand hinter der großen Theke und machte sich an einem wahren Ungetüm von Espresso-Maschine zu schaffen. Frank wandte sich wieder dem alten Mann zu.

„Also?“

„Was sagt ihr Herz? An welchen Gott glauben Sie? Beschreiben Sie mir den Gott an den Sie glauben.“

„Eine sehr intime Frage, finden sie nicht?“

„Eine wichtige Frage.“

„Wichtig für wen?“

„Zuerst einmal für uns beide.“

„Und Sie sind...?“

„Saunders, Daniel Saunders. Ich bin Amerikaner, habe aber sehr lange hier in Rom gearbeitet.“

„Mein Name ist..."

Der alte Mann hob seine Hand.

„Frank Lemm. Journalist aus Deutschland."

Franks berufliche Neugier war nun endgültig geweckt. Die Frage, woher der alte Mann das wusste, sparte er sich. Viel interessanter war eine andere Frage.

„Es ist also kein Zufall, dass Sie ausgerechnet mir diese Frage gestellt haben. Sie bezwecken etwas damit. Sie wissen, dass ich Journalist bin. Sie wissen, wo ich meinen Espresso trinke. Und, eine Sache, die noch viel wichtiger ist: Sie wissen, wie man meine Neugier weckt."

Frank lächelte Saunders an und streckte ihm seine Hand entgegen. Als die beiden ihre Hände schüttelten, konnte Frank in den Augen von Saunders sehen, dass der alte Mann sich etwas entspannte.

„Nein, es ist kein Zufall. Genau genommen sind Sie der Einzige, an den ich mich wenden kann."

Saunders verstummte schlagartig. Der Kellner kam wieder an den Tisch, stellte die zwei Espressi vor die beiden ungleichen Männer und verschwand danach wieder hinter seiner Theke.

„Warum?"

„Sie sind ein seriöser Journalist. Ihnen wird man glauben. Das heißt, wenn Sie mir glauben. Außerdem wissen Sie, wie man recherchiert. Sie können meine Geschichte überprüfen.

Und Sie können vielleicht mit ihren Kontakten da weitermachen, wo ich meine Nachforschungen beenden musste. Außerdem kennt man Sie in Rom in gewissen Kreisen noch nicht, weil man noch nicht auf Sie aufmerksam geworden ist. Das verschafft uns einen kleinen Vorteil, zumindest am Anfang. Also, beschreiben Sie mir ihren Gott."

Frank musste lächeln, weil Saunders so unvermittelt wieder auf das ursprüngliche Thema zurückkam.

„Gott liebt die Menschen. Er lässt ihnen viele Freiheiten. Er ist ein guter Gott, der nur unser Bestes will. Aber er lässt uns unsere Entscheidungen treffen. Richtige und falsche, damit wir lernen. Wir sind seine Kinder. Ich glaube, er würde keinen von uns, und sei er auch noch so schlecht, verstoßen."

„Würde dieser Gott, an den Sie glauben, Menschen töten?"

„Wollen sie jetzt wissen, ob ich es gerecht finde, dass Gott Kinder an Krebs sterben lässt?"

„Nein, Sie haben doch schon gesagt, dass er uns unser Leben leben lässt. Ich meine, ob Sie glauben, dass dieser Gott aktiv Menschen töten würde."

„Naja, im Namen Gottes sind schon viele Menschen getötet worden, in allen Religionen und..."

Saunders rutschte ungeduldig auf seinem Stuhl hin und her.

„Nein, nein, nein. Glauben Sie, dass Gott selbst Menschen töten würde oder getötet hat?“

„Ich glaube, diese Frage habe ich durch meine Beschreibung schon beantwortet. Gott würde keinem von uns etwas antun.“

„Hat er aber.“

Mit einem provozierenden Grinsen lehnte sich Saunders zurück.

„Ach ja?“

„Was ist mit der Armee des Pharao zum Beispiel?“

„Das war im Alten Testament.“

„Aha!“

Saunders schoss auf seinem Stuhl nach vorne und fuchtelte wild mit seinem Zeigefinger vor Franks Gesicht herum.

„Jetzt sind Sie auf dem richtigen Weg.“

Kapitel 2

Frank stand mit einer Tasse Kaffee auf dem kleinen Balkon seines Appartements und blickte auf die Dächer Roms, die in der Morgensonne rotgold leuchteten.

Das Gespräch vom Vortag mit dem merkwürdigen alten Mann ging ihm nicht aus dem Kopf. Saunders hatte etwas angedeutet, was ungeheuerlich klang, ein Art Verschwörung der Kirche, eine Geschichts- und Religionsfälschung. Das alles mutete Frank ziemlich verrückt an, aber er war neugierig geworden. Berufskrankheit. Da er sowieso die nächsten Tage etwas Zeit hatte, wollte er der Sache auf den Grund gehen. Wenn sich das ganze als Spinnerei eines alten Mannes herausstellte, Pech gehabt. Aber sein Instinkt sagte ihm, dass hier auch möglicherweise die heißeste Story seines Lebens auf ihn warten könnte.

Frank atmete tief durch und ließ seinen Blick über Rom schweifen. In diesem morgendlichen Licht wirkte selbst die Trübung der Luft durch den stets gegenwärtigen Smog malerisch und schön. Es waren keine Wolken am Himmel, es würde also ein schöner, warmer Spätsommertag werden. Verkehrsgeräusche und Stimmen, die von den Straßen und

Piazzi an sein Ohr drangen, zeigten an, dass das geschäftige Treiben der Metropole wieder begonnen hatte.
Er nahm noch einen Schluck von seinem mittlerweile lauwarmen Kaffee, verzog das Gesicht und ging wieder hinein. Er schaute auf seine Armbanduhr. 6 Uhr 30. Um acht Uhr war er mit Saunders verabredet. Dann wollte er Frank genauer erklären, was er am Vortag durch seine Fragerei nur vage angedeutet hatte.
Frank musste sich, während er unter der heißen Dusche stand und das Wasser auf seinen Körper prasselte, eingestehen, dass der alte Mann es geschafft hatte, sein Jagdfieber zu wecken. Frank war bereit, die Geschichte des alten Mannes zu glauben, wie unglaublich es auch klingen würde, was Saunders ihm heute vorsetzen wollte.
Saunders hatte sich Mühe gegeben. Frank fand es erstaunlich, was der alte Mann alles über ihn wusste. Er hatte ihn wohl gezielt ausgesucht und dadurch fühlte er sich etwas im Nachteil, denn er wusste über Daniel Saunders eigentlich gar nichts, nur dessen Name. Und der könnte auch falsch sein. Frank nahm sich vor, heute etwas mehr über die ganze Sache und auch über Saunders heraus zu finden.
Als Frank das kleine Café betrat, saß Saunders schon an dem Tisch, an dem die beiden auch am Vortag gesessen

hatten. Als Saunders Frank bemerkte, sprang er auf und eilte ihm entgegen.
„Guten Morgen, mein Freund.“
„Guten Morgen, Mister Saunders.“
„Nennen sie mich Daniel.“
„Also gut...Daniel.“
Saunders wies mit einer einladenden Geste auf die Stühle an ihrem Tisch.
„Setzen wir uns doch, Frank. Ich habe mir erlaubt, Ihnen schon mal einen Espresso zu bestellen.“
Während der Kellner dienstbeflissen aber ohne große Eile zwei Espressi an ihren Tisch brachte, schaute Frank sich um. Die Hektik Roms schien an diesem Café zu jeder Tageszeit spurlos vorüber zu gehen. Fünf Personen saßen an verschiedenen Tischen, die Köpfe tief in die Zeitungen gesteckt, fast bewegungslos in der morgendlich feuchten, schweren Luft, die das einfallende Licht gelblich einfärbte. Vor dem Fenster pulsierte das Leben und die Atmosphäre der Trägheit in dem kleinen Café ließ das Treiben auf der Straße noch schneller, noch vergänglicher wirken. Irgendetwas verlangte seine Aufmerksamkeit. Er blickte zu Saunders.
„Entschuldigen Sie, haben Sie etwas gesagt?“
„Ich fragte, ob Sie noch mal über unser Gespräch gestern nachgedacht haben.“

„Natürlich."
„Und...?"
„Ich bin hier. Das müsste Ihre Frage eigentlich beantworten."
Saunders nickte stumm.
„Aber warum genau sind Sie hier?"
Frank tat einen gedanklichen Seufzer. Würde Saunders nun wieder beginnen, in Rätseln zu sprechen?
„Ich bin hier, weil ich Ihre Geschichte hören will. Es interessiert mich."
„Ist das alles?"
Frank lachte kurz, hörte aber sofort wieder auf, als fünf Zeitungen raschelten und fünf Augenpaare ihn kurz anschauten, nur um danach die Zeitungen wieder hoch zu nehmen und in dieser Haltung wieder zu erstarren.
„Ist das nicht genug?"
„Entschuldigen Sie, aber ich hatte gehofft, Ihr Interesse würde um einiges tiefer gehen."
„Vielleicht tut es das ja, aber im Moment weiß ich noch nicht genug über Sie und Ihre Geschichte, die Sie mir erzählen wollen. Nur, dass die Kirche darin verwickelt ist und dass es um eine Art Fälschung im großen Stil geht. Ich muss mehr wissen, um zu entscheiden, wie interessant die Geschichte wirklich ist, und ob es nicht nur, entschuldigen sie, wenn ich es so ausdrücke, Wahnvorstellungen eines

verrückten alten Mannes sind. Sie haben mich gezielt ausgesucht. Sie scheinen mich gut genug zu kennen, um zu wissen, wie ich arbeite. Sie scheinen sogar meine Einstellung zu gewissen Dingen genau zu kennen. Also wissen Sie auch, dass mein Interesse um sehr vieles tiefer gehen wird, wenn sich Ihre Geschichte als wahr herausstellt. Deswegen sitzen Sie hier mit mir und nicht mit einem anderen Journalisten.“

Saunders lehnte sich mit einem Grinsen in seinem Stuhl zurück.

„Sie haben recht, Frank. Ich wollte nur testen, ob Sie wirklich so sind, wie ich glaube.“

„Und ich glaube, ich sollte Sie auch einmal testen, Daniel. Ich weiß noch recht wenig über Sie. Bevor Sie mit ihrer Geschichte beginnen, sollten Sie mir von sich erzählen.“

„Werden Sie meine Angaben nachprüfen?“

„Natürlich. Das wissen Sie doch.“

„Natürlich. Entschuldigen Sie. Das Problem ist nur...es wird sich nicht alles, was ich Ihnen über mich erzähle, auch belegen lassen.“

„Wie darf ich das verstehen?“

„Sie werden verstehen.“

„Eigentlich bin ich...oder ich war, je nachdem von welchem Standpunkt aus man es betrachtet, Priester.“

Saunders, der es anscheinend gerne theatralisch liebte, schien etwas enttäuscht zu sein, denn von Frank kam keine überraschte Reaktion.

Frank war auch tatsächlich nicht überrascht. Er hatte sich schon daran gewöhnt, dass die Wahrscheinlichkeit, in Rom einem Priester zu begegnen in etwa genau so hoch lag, wie darin, einer Prostituierten, einem Taschendieb oder einem aktuellen oder ehemaligen Mitglied der Regierung zu begegnen. Frank musste lächeln, denn er dachte gerade, dass es bestimmt auch Personen gab, die allen vier Gruppen angehörten.

„Ich verstehe nicht, was daran so amüsant ist..."

„Entschuldigen Sie", sagte Frank schnell. „Nicht das, was Sie gesagt haben war amüsant. Rom ist es. Amüsant, meine ich."

Saunders schaute etwas verwirrt.

„Wie dem auch sei..." Und mit ein paar fahrigen Handbewegungen wischte er Franks irritierende Gedanken aus dem Gespräch.

„Was meinten Sie mit ‚je nachdem von welchem Standpunkt aus man es betrachtet'?"

„Mein ehemaliger Arbeitgeber hat mich, sagen wir, unehrenhaft entlassen. Aus deren Sicht bin ich also kein Priester mehr. Nun, ich stehe auf dem Standpunkt, dass man einen Priester nicht einfach entlassen kann. Wenn man

Gottes Arbeit tut, bleibt man doch auch weiterhin Priester...?“

Saunders schickte einen fragenden Blick in Franks Augen.

„Ja, sicher, ich denke schon...irgendwie. Und warum hat man Sie unehrenhaft entlassen?“

Saunders hob seine mittlerweile leere Espressotasse und winkte mit dem Zeige- und dem Mittelfinger der anderen Hand in Richtung Kellner, der gelangweilt hinter der Theke stand und sich durch die rosa Welt der Gazzetta dello Sport blätterte.

Der Kellner nahm die Bewegung wahr, nickte kurz und setzte dann nach einigen flinken Vorbereitungen die Espresso-Maschine in Gang, die zischend und spotzend die kleinen Tassen füllte. Das Aroma frischen Espressos flog durch den Raum und erinnerte so die wenigen anwesenden Menschen daran, dass sie sich in einem Café befanden und nicht in einem Lesesaal.

Nachdem der Kellner die zwei Espressi gebracht hatte, besuchte er noch zwei andere Tische, um auch dort noch Bestellungen aufzunehmen.

Saunders beugte sich etwas nach vorne.

„Man hat mich entlassen“, sagte er, „weil ich die Dinge, die ich erfahren habe nicht in irgendwelchen verstaubten Archiven verschwinden sehen wollte. Die Menschen sollten erfahren, was wirklich vor sich geht.“

„Aha. Und was sind das für Dinge, die Sie erfahren haben?“
„Dinge, die die Welt, so wie wir sie kennen, verändern werden. Nichts wird mehr so sein wie vorher.“
„Das muss ja etwas sehr Wichtiges sein.“
„Das ist es. Unser aller Leben, und was noch viel wichtiger ist, unser aller Seelenheil hängt davon ab, ob Sie der richtige Mann sind, um alles aufzudecken.“
„Übertreiben Sie jetzt nicht etwas?“
„Ich wünschte es wäre so.“
„Theatralik unterstützt nicht gerade die Glaubwürdigkeit, wollte ich damit sagen. In meinem Beruf geht es um Fakten.“
Saunders ergriff mit einer schnellen Bewegung Franks Ärmel und schaute ihn mit einem wirren Blick an, in dem der Journalist eine panische Angst erkennen konnte, die so stark zu sein schien, dass Frank spürte, wie sich ihm der Magen zuschnürte.
„Es mag immer anders ausgesehen haben in der Geschichte der Kirche, aber es geht auch um Fakten. Helfen Sie mir, sie aufzudecken.“
Es war mehr ein Zischen als ein Flüstern.
Einen Augenblick später hatte Saunders seine Selbstbeherrschung wiedergefunden. Die Angst in seinen Augen war hinter einem Vorhang verschwunden, der nur noch warme Freundlichkeit erkennen ließ. Aber Frank hatte

in einen Abgrund geblickt, der ihm gezeigt hatte, dass zumindest Saunders überzeugt war von was auch immer ihn zu ihm getrieben hatte.

„Und warum haben Sie das nicht schon früher jemandem mitgeteilt?“, fragte Frank in einem provozierenden Ton.
Saunders biss die Zähne zusammen und schaute Frank mit weit aufgerissenen, zornigen Augen an.
„Das habe ich ja versucht“, zischte er. „Und es hätte auch beinahe geklappt, aber wir sind aufgeflogen, ich kam vor ein Tribunal und wurde entlassen. Dabei hatte ich noch Glück. Wer weiß, was mit Gi...“ Saunders unterbrach sich selbst und starrte mit einem erschrockenen Blick zu Frank.
Frank grinste ihn an.
„Raus damit. Wenn ich Ihnen helfen soll, muss ich die ganze Geschichte kennen. Wir wollten uns doch vertrauen, oder nicht? Also, zeigen Sie mir, dass ich Ihnen vertrauen kann.“
„Gino Canaletti, ein Journalist hier aus Rom. Ihn wollte ich informieren. Wir machten nach einigen Telefonaten ein Treffen aus. Dazu kam es aber nicht. Auf dem Weg dorthin wurde ich abgefangen. Ich habe danach versucht, Gino zu erreichen. Seine Wohnung war leer, sein Telefonanschluss gekündigt, niemand wusste wo er abgeblieben war. Seitdem

habe ich nichts mehr von ihm gehört. Er ist wie vom Erdboden verschluckt."

„Also, lassen Sie mich das mal zusammenfassen. Sie haben etwas weltbewegend Wichtiges erfahren, während Sie als Priester arbeiteten und weil Sie versuchten, dies jemandem mitzuteilen wurden Sie aus der Kirche ausgestoßen. Die Person, der Sie mitteilen wollten, was Sie entdeckt haben, ist spurlos verschwunden."

„Ja."

„Und um was handelt es sich bei diesen Dingen, die Sie erfahren haben? Und haben Sie Beweise dafür?"

„Ich werde Ihnen sagen, um was es sich handelt, sobald ich Ihnen auch einen Beweis für meine Behauptungen vorlegen kann."

„Sie haben also keinen Beweis?" Frank blickte Saunders skeptisch an.

„Doch, ich habe ihn, aber ich habe ihn nicht hier. Er ist an sicherer Stelle verwahrt. Er darf nicht in die falschen Hände fallen."

„Was sind denn die falschen Hände?"

„Die der Menschen, die verhindern wollen, dass alle erfahren, was die Beweise belegen."

„Also Daniel, Sie müssen mir schon ein bisschen mehr bieten als das. Gerade auch, weil der letzte Journalist, den

Sie damit behelligt haben, laut Ihren eigenen Worten spurlos verschwunden ist."

„Ja, ich verstehe. Ich werde die Beweise besorgen. Ich kann Sie Ihnen übermorgen vorlegen. Sie sind außerhalb Roms."

„In Ordnung. Dann treffen wir uns wieder hier. Ich werde in der Zwischenzeit Erkundigungen einholen über diesen Canaletti."

Das war jedoch nicht alles, was Frank zu tun vorhatte. Er würde sich auch über Saunders erkundigen. Aber zuerst wollte er die Geschichte des alten Mannes aus dessen Mund hören.

„Hören Sie Daniel, ich will Ihnen das ja alles glauben. Ich denke, dass ich hier mit Ihnen sitze, macht das klar. Lassen sie uns doch erst einmal über Sie reden. Ich werde Ihre Angaben nachprüfen und wenn sie sich als richtig herausstellen, werden wir über alles andere reden. Wenn ich weiß, mit wem ich es zu tun habe, werden Ihre Beweise, zumindest für mich, auch mehr Gewicht bekommen. In Ordnung? Vertrauen Sie mir."

Daniel Saunders entspannte sich sichtlich. Die verbliebene Anspannung wich aus seinem Körper.

„Ich fürchte nur, mein Lebenslauf wird nicht gerade ein gutes Licht auf mich werfen, was meine Glaubwürdigkeit angeht, meine ich."

„Vertrauen Sie mir“, sagte Frank noch einmal, diesmal eindringlicher.
„Sie waren also Priester?“
„Ja, ich stamme aus Baltimore. Ich entschied mich schon sehr früh, der Kirche dienen zu wollen. Man kann schon sagen, dass ich richtiggehend fanatisch war. Ich wollte mein Leben dem Kampf gegen das Böse widmen. Und damals war alles, was nicht die Kirche war, das Böse. Durch meine radikale Einstellungen bekam ich Zugang zu – vorsichtig ausgedrückt – konservativen Kreisen in der Kirche. Einflussreiche Männer wurden auf mich aufmerksam. Männer, deren Namen man in der Öffentlichkeit kaum oder gar nicht kennt, die aber die Fäden der Macht in der Hand halten. Natürlich alles zum Wohl der heiligen Mutter Kirche.“
Saunders verzog das Gesicht zu einem abfälligen Grinsen.
„Glaubte ich damals jedenfalls. Ich wurde protegiert und begann, in der Kirchenhirarchie aufzusteigen. Nicht über den Weg, der für jeden Außenstehenden zu sehen ist, sondern über die Hintertreppe. Es öffneten sich Türen für mich, die für die meisten Menschen ewig verschlossen bleiben. Ich war ein willfähriges Werkzeug der Kirche und das mit aller Inbrunst und tiefster Überzeugung. Ich war absolut sicher, das Richtige zu tun.“

Frank unterbrach ihn mit einer Handbewegung. Dann bewegte sich seine Hand Richtung Kellner.
„Eine Karaffe Chianti, bitte."
Ein Lächeln huschte über Daniels Gesicht.
„Kann nichts schaden, dachte ich", grinste Frank zurück.

Nachdem beide einen guten Schluck genommen hatten, beugte sich Daniel wieder zu Frank herüber.
„Ich stieg also auf und wurde Agent."
„Agent? Wie darf ich das verstehen?"
„Im Geheimdienst der heiligen katholischen Kirche."
„Sie nehmen mich auf den Arm. Oder vertragen Sie keinen Rotwein?"
Frank grinste. Aber sein Grinsen gefror, als er den ernsten, fast tadelnden Blick von Saunders sah. Sein Mund wurde zu einem schmalen Strich und er musste die nächsten Worte fast herauspressen.
„Sie meinen das ernst, oder? Das ist kein Scherz."
„Nein mein Freund, kein Scherz."
„Ich weiß ja nicht, was Sie mir noch erzählen wollen, was so furchtbar wichtig ist, aber allein das, was Sie mir eben erzählt haben, sofern es stimmt, wobei ich noch nicht weiß, wie ich das nachprüfen soll, ist eine Story wert."
„Das ist nichts. Gar nichts. Nur die Einleitung zu etwas viel Größerem."

„Erzählen sie weiter."
„Ich wurde also Agent der Inquisition."
„Der Inquisition?"
„Offiziell gibt es sie nicht mehr, aber sie existiert und sie hat nie aufgehört, an ihrer Aufgabe weiter zu arbeiten. Und ich war sehr stolz damals, ein Angehöriger dieser Auserwählten zu sein, ein Mitglied des besten Geheimdienstes dieses Planeten, des Pro Deo, mit Spezialisten für jede Aufgabe."
„Für jede Aufgabe?"
„Für jede. Der CIA ist dagegen eine Pfadfindertruppe."
„Hören sie, Daniel, finden Sie nicht, dass das alles etwas sehr..."
Frank machte eine kurze Pause, suchte nach einem Wort, das sein Gegenüber nicht falsch verstehen würde.
„...etwas arg farbig geschildert ist?"
„Ich versichere Ihnen, dass ich keinesfalls übertreibe, wenn Sie das meinen."
„Also gut, mal angenommen, es ist tatsächlich so. Sollte ich mich dann nicht vielleicht fragen, ob ich nicht aus dieser ganzen Geschichte aussteigen sollte, bevor sie für mich so gefährlich wird, dass ich sie eventuell nicht überleben könnte?"
„Vielleicht sollten Sie das."
Saunders grinste.
„Werden Sie aber nicht."

„Was macht Sie so sicher?“

„Ich habe mir Ihre Karriere angesehen. Die Wahrheit geht Ihnen über alles. Sie denken nicht an Ihre Sicherheit, wenn Sie auf eine Ungerechtigkeit stoßen.“

„Sie versuchen, mir zu schmeicheln.“

„Ja. Natürlich. Weil ich weiß, dass Sie dafür auch sehr empfänglich sind.“

Saunders lachte leise. Und auch Frank musste grinsen.

„Also gut, Sie verrückter, alter Mann“, Frank schüttelte den Kopf, weil er fühlte, dass er sich auf etwas Gefährliches einließ und genau wusste, dass selbst dieses Wissen ihn nicht von dieser Geschichte abbringen würde, ganz im Gegenteil, „reden Sie weiter. Dann will ich Sie mal nicht enttäuschen und Ihnen weiter zuhören.“

„Auch im Geheimdienst stieg ich wieder sehr schnell auf, weil ich meine Aufträge schnell, sauber und intelligent erledigte. Und weil ich niemals irgendwelche Fragen stellte oder irgendeinen Befehl in Frage stellte.“

„Was waren das für Aufträge?“

„Das wollen Sie gar nicht wissen.“

„Schon vergessen?“

„Was?“

„Ich bin der neugierige Journalist, den Sie gebeten haben, Ihnen zu helfen.“

„Na gut, vielleicht wollen Sie es wissen, aber diese Dinge sind jetzt nicht so wichtig, weil ich wegen einer bestimmten Sache zu diesem neugierigen Journalisten gekommen bin.“

„Ich nehme an, diese bestimmte Sache ist sehr wichtig für Sie?“

„Nicht nur für mich. Sie wird alles verändern. Alles.“

„Und diese Sache war also auch der Grund, warum Sie nicht mehr als Priester tätig sind? Ich nehme an, Sie sind auch nicht mehr für den Geheimdienst tätig.“

Saunders atmete tief und schwer durch.

„Nein. Dort sind nur absolut linientreue und verschwiegene Mitarbeiter tätig, fanatisch bis ins Mark. Eigenschaften, die sich bei mir verflüchtigt hatten durch eben jene Entdeckungen, die ich machte. Wenn man in einer solchen Position in Ungnade fällt, wird man zur unerwünschten Person. Insofern ist mir die Kirche zuvor gekommen.“

„Was soll das bedeuten?“

„Ich bin nicht von mir aus gegangen, obwohl ich es getan hätte. Aber die heilige Mutter Kirche war schneller. Und sie macht gründliche Arbeit. Ich weiß nicht, welchem Umstand ich es zu verdanken habe, dass ich noch keinen bedauerlichen Unfall hatte.“

„Das hier ist doch keine Abrechnungsgeschichte mit Ihrem Arbeitgeber?“

Frank deutete mit einem Grinsen im Gesicht mit seinem Finger nach oben.

Ein gequältes Lächeln zog über Saunders Gesicht. Er deutete ebenfalls nach oben.

„Mit diesem Arbeitgeber gibt es in dieser Angelegenheit nichts abzurechnen. Es waren Menschen, die nicht nach seinem Willen, sondern nach ihrer Machtgier handeln. Aber um auf die Sorge hinter Ihrer Frage einzugehen: Nein, es geht hier nicht um eine Abrechnung eines sich ungerecht behandelt fühlenden Angestellten mit seinem Arbeitgeber. Es wäre schön, wenn es so einfach wäre. Aber hier geht es um mehr als um mich. Ich weiß nicht einmal, ob es wirklich richtig ist, die ganze Sache überhaupt ans Tageslicht zu bringen. Sie wird viel Chaos verursachen."

„So schlimm?"

Daniel Saunders sah Frank Lemm mit einem durchdringenden und starren Blick an.

„Nichts wird für Sie jemals wieder so sein wie vorher, wenn Sie sich darauf einlassen. Sind Sie bereit dafür?"

„Lassen Sie es uns herausfinden."

Kapitel 3

Viel hatte Saunders am Vorabend nicht mehr preisgegeben. Er wollte seine Geschichte wohl mit seinen Beweisen präsentieren.

Sie hatten noch einige Chianti getrunken und sich über viele verschiedene Dinge unterhalten.

Frank begann, den alten Mann zu mögen. Er spürte eine starke Wahrheitsliebe in ihm, was ihn sehr sympathisch machte. Egal, was er ihm letztendlich für eine Geschichte präsentieren würde, Frank war sich sicher, dass, wenn sie nicht wahr wäre, sie zumindest gut erfunden wäre. Vielleicht gäbe das wenigstens Stoff für den Roman, den Frank schon so lange schreiben wollte.

Frank riss sich von seinen Gedanken los. Er wollte den Tag nutzen, um sich über Daniel Saunders zu informieren. Er wollte – bei aller Sympathie – wissen, ob der alte Mann wirklich der war, der er vorgab zu sein und inwieweit er so vertrauenswürdig war, dass man ihm eine sehr abstruse Geschichte abkaufen könnte.

Was das Abkaufen anging wunderte sich Frank ohnehin schon, dass ihm eine - wenn sie das hielt, was Saunders versprach – sensationelle Story angeboten wurde, ohne die geringste finanzielle Gegenleistung zu fordern. Und das in Rom, wo hier niemand auch nur einen Handstreich tat, wenn er nicht dafür bezahlt würde.

Im Laufe des Vormittags suchte Frank einige Zeitungsarchive auf, traf ein paar Leute, die er kannte und sammelte Informationen.
Anfangs lief es etwas zäh, aber dann fügte sich so langsam alles zusammen. Nicht alles, was er erfuhr, gefiel Frank. Da gab es einiges, worüber zu reden sein würde. Je mehr er recherchierte, desto mehr fand er über Saunders heraus. Und was er herausfand, warf nicht gerade ein gutes Licht auf den ehemaligen Priester.
Frank würde ihn mit seinen Erkenntnissen konfrontieren müssen. Erst müsste Saunders ihm einiges erklären, bevor Frank bereit sein würde, sich die Geschichte des alten Mannes anzuhören und die dazugehörigen Beweise auch nur anzusehen.
Es machte ihn wütend.
Dachte Saunders, dass er nicht herausfinden würde, warum er wirklich die Kirche verlassen musste?

Wenn das, was er erfahren hatte, wirklich stimmte, konnte Saunders froh sein, dass er nicht im Knast gelandet war.
Wenn er ihn darin belogen hatte, war vielleicht auch seine Geschichte eine einzige Lüge.
Was den verschwundenen Journalisten anging, hatte Frank herausgefunden, dass er tatsächlich existierte. Zumindest bis zu dem Zeitpunkt, als er verschwand. Bei seiner Zeitung sagte man, er habe gekündigt, weil er eine Stelle im Ausland angenommen habe. Sein Vermieter hatte eine ähnliche Information. Und so, wie es aussah, war eine Person unter seinem Namen nach Spanien geflogen. Aber das lies sich ja nachprüfen.
Frank griff zum Telefon und drückte einen der Kurzwahlspeicher.

„Perez."
„Juan? Ich bin es, Frank."
„Hallo Frank, ist ja schon ewig her. Wie geht's?
„Mir geht's gut. So lang ist es nun auch wieder nicht her. Im letzten Jahr im Sommer." Frank lachte. „Ich konnte drei Monate lang keinen gegrillten Fisch mehr sehen."
Vom anderen Ende klang auch ein Lachen herüber.
„Das lag wohl eher am Bier, Amigo."
„Du, sag mal, Juan, Du bist doch sicher noch bei Deinem Käseblättchen in Barcelona."

„Anders als Du war ich nie bei einem Käseblättchen. Musste ich auch nicht.“ Juan klang amüsiert. „Schließlich war mein Abschluss 0,2 Notenpunkte besser als Deiner. Und du weißt ja noch, was Professor Klein damals gesagt hat.“

Juan ahmte die dunkle Stimme des Professors mit dem leicht hessischen Akzent nach: „Perez, Sie werden es noch weit bringen. Und Sie, Lemm, hoffentlich auch.“

„Wenn ich mal Deinen Lachanfall unterbrechen dürfte, mein lieber Juan.“

„Jaja, schon gut. Also, um was geht es?“

„Kannst Du für mich bis morgen früh etwas überprüfen?“

„Hängt davon ab, was es ist.“

„Es geht um einen Kollegen, der am achten diesen Monats mit Flug 317 aus Rom in Barcelona gelandet ist. Ich muss wissen, ob er wirklich im Flugzeug war, wie er aussah und wo man ihn finden kann. Angeblich hat er einen Job in Spanien angenommen. Da er Journalist ist, nehme ich an, dass er in diesem Bereich auch arbeiten wird. Sein Name ist Gino Canaletti, Italiener.“

„Kein Problem. Ich wird mal meine Kontakte am Flughafen, beim Zoll und bei der Einwanderung anrufen. Wenn er in Spanien ist, werde ich ihn auch finden. Ich weiß nicht, ob ich bis morgen früh alles in Erfahrung bringen kann, aber ich gebe Dir auf jeden Fall über den Stand der Recherchen Bescheid."

„Danke Juan. Bis morgen."

„Bis morgen, Frank. Und lass Dich bald mal wieder blicken."

„Du kannst mich ja auch mal in Rom besuchen."

„Ja, das ist auch eine Möglichkeit."

Kapitel 4

Frank konnte den nächsten Tag nicht abwarten.
Unruhig lief er nach einem nicht zu Ende gegessenen Abendessen in seinem Appartement auf und ab und wälzte mal laut mal im Stillen Gedanken über Gedanken.
Eine Flasche Grappa zog bei dieser Aktion im Dialog mit Frank den Kürzeren und büßte die Hälfte ihres Inhaltes ein.
Der Schlaf, in den Frank auf seinem altehrwürdigen Ledersessel fiel, war entsprechend unruhig und wenig erholsam, was sich am folgenden Morgen nicht einmal durch ein halbstündige heiße Dusche wieder ganz ausgleichen lies.
Zwei Aspirin, zwei Espressi und ein spärliches Frühstück später saß Frank an seinem Schreibtisch und ordnete in seinem Laptop seine Recherchenotizen, alles, was er über Saunders herausgefunden hatte. In einer separaten Datei legte er alle Informationen zu Canaletti ab. Diese Datei schloss er nach der Bearbeitung nicht wieder, denn er erwartete jederzeit den Anruf seines spanischen Kollegen und Freundes Juan Perez.

Als könnte er damit das Telefon dazu bringen zu klingeln, saß er zurückgelehnt auf seinem Stuhl, die Hände vor dem Mund gefaltet, den Blick stur auf das Handy, das neben dem Laptop lag, gerichtet.

Das Handy lag unbeeindruckt auf seinem Schreibtisch.

Gerade als Franks Gedanken begannen abzuschweifen, zu Saunders, Canaletti, der Kirche, ihrem Geheimdienst und wie das alles wohl zusammenhängen mag, klingelte das Telefon.

„Hallo, ich bin es, Juan."

„Hallo Juan, konntest Du schon etwas herausfinden?"

„Einiges und nichts."

„Wie meinst Du das?"

„Nun ja, laut allen Papieren war Canaletti an Bord der Maschine. Merkwürdig ist nur, dass es kein Gepäck gab. Man würde doch annehmen, dass jemand, der in einem anderen Land einen neuen Job anfängt, zumindest mal einen Koffer mit dabei hat. Aber nichts."

„Ja, merkwürdig."

„Ja, aber damit hört es nicht auf. Auf keiner der Überwachungskameras scheint dieser Canaletti aufzutauchen. Also Ausschlussverfahren. Alle anderen Passagiere konnten wir zuordnen. Ich musste einige Gefallen beim Zoll einlösen, um so weit zu kommen. Mit der Landung verliert sich die Spur von Canaletti. Um das zusätzlich abzusichern, hab ich noch die Einreise checken lassen. Keine Person diesen Namens ist eingereist. Und bei keinem der Medienunternehmen, die ich abgeklopft habe, hat man einen Canaletti eingestellt. Das muss natürlich noch nichts heißen. Vielleicht ist er unter anderem Namen eingereist, vielleicht arbeitet er bei einer Agentur, die ich nicht gecheckt habe, aber wenn Du mich fragst, dann ist die Sache oberfaul. Mein Gefühl sagt mir, dass Canaletti Rom nie verlassen hat. Zumindest nicht in einem Flieger Richtung Spanien."

„Nun, alle Aussagen hier deuten aber darauf hin, dass er Rom in diesem Flugzeug verlassen hat."

„Dann will es wohl jemand so aussehen lassen, als hätte er Rom verlassen. Wenn Du wissen willst, wo Canaletti ist, musst Du denjenigen finden, der dahinter steckt."

„Tja, leider hab ich zur Zeit nicht den geringsten Anhaltspunkt, wer das sein könnte. Es könnte höchstens mit einer sehr obskuren Story zu tun haben, über die ich aber zum jetzigen Zeitpunkt noch viel zu wenig weiß."

„Aha. Und was weißt Du?"

„Es könnte etwas mit Pro Deo zu tun haben."

Frank konnte keine Reaktion von Juan hören.

„Juan?"

„Das ist ein Mythos."

Juan klang trotzig.

„Juan, ich habe eine Quelle, die angedeutet hat, dass...."
„Quelle? Was soll das für eine Quelle sein? Eine glaubwürdige? Sie kann nicht glaubwürdig sein, wenn sie so tief in die Verschwörungskiste greift. Hast Du sie überprüft?"
„Noch nicht vollständig, aber nach dem, was ich bisher herausgefunden habe, könnte sie sogar äußerst glaubwürdig sein."
„Könnte sagt überhaupt nichts aus. Rennst Du jetzt Phantomen nach auf der Suche nach einer guten Geschichte? Das sieht Dir gar nicht ähnlich."
„Juan, die Story ist vielleicht das Aufregendste, über das jemals berichtet wurde."
„Oder es ist wieder nur eine leere Story, die die Kirche in Misskredit bringen soll. Ich muss Schluss machen, Frank."
„Juan, ich danke Dir für deine Hilfe. Ich hoffe, wir sehen uns bald mal wieder."
„Werden wir. Pass auf Dich auf. Bis dann."
„Du auch. Ciao."

Die heftige Reaktion von Juan besorgte Frank etwas. Andererseits wusste er, dass Juan streng gläubiger Katholik war, nicht gerade eine Seltenheit in Spanien.
Da sich Saunders noch nicht gemeldet hatte, beschloss Frank, noch etwas im Internet über Pro Deo zu

recherchieren. Existierte tatsächlich ein Vatikan-Geheimdienst oder war es doch nur ein Mythos? Das müsste ja herauszubekommen sein.
Schon die erste Suche zeigte einige Einträge, die sich mit dem Thema beschäftigten, mit der Entstehung und der Geschichte von Pro Deo. Darunter auch Arbeiten von ausgewiesenen Geheimdienstexperten, mit deren Arbeiten Frank teilweise schon im Zusammenhang mit der Recherche zu anderen Stories zu tun hatte. Es gab ihn also wirklich. Frank lies sich fesseln von dem, was er da las.
Erst sein Handy schreckte ihn aus der spannenden Lektüre.

„Ja?“
„Saunders hier. Können wir uns treffen? In einer Stunde? Der selbe Ort?“
„Ich werde da sein.“

Frank würde Saunders in einer Stunde auf den Zahn fühlen, ihn zu seiner merkwürdigen Vergangenheit befragen und zu klären versuchen, warum der alte Mann ihm nicht die ganze Wahrheit über sich gesagt hatte.
Für die Geschichte des ehemaligen Priesters sprach allerdings, was Frank über den Vatikan-Geheimdienst herausgefunden hatte.

Kapitel 5

„Daniel, bevor Sie anfangen, lassen Sie uns doch erstmal über das reden, was ich über Sie herausgefunden habe. Kann es sein, dass Sie mir nicht die ganze Wahrheit gesagt haben? Oder zumindest nicht alles, was Sie mir hätten sagen sollen?“

„Ja, ich weiß. Aber obwohl mir klar war, dass Sie es herausfinden würden, konnte ich es Ihnen nicht erzählen. Es ist nicht leicht, darüber zu reden, was man so alles an Fehlern gemacht hat. Außerdem gab es mir die Möglichkeit, zu sehen, ob Sie wirklich der gute Journalist sind, für den ich Sie halte. Ich wäre enttäuscht gewesen, wenn Sie nichts über mich herausgefunden hätten.“

„Kein schlechtes Argument, aber ich muss wohl trotzdem auf einige Erklärungen bestehen, denn was man so über Sie findet, macht Sie nicht gerade sympathischer, im Gegenteil.“

Frank schaute Saunders ernst an.

„Also, sind Sie bereit, mir offen und ehrlich jegliche Auskunft zu geben?“

„Wenn Sie das wünschen...“

„Es ist kein Wunsch, es ist eine Bedingung. Ansonsten höre ich mir Ihre Geschichte nicht weiter an. Ich würde es Ihnen nicht nachtragen, aber unsere Zusammenarbeit wäre dann am Endpunkt."
„Ich verstehe. Das ist nur fair. Schließlich ist die ganze Geschichte nicht ganz ungefährlich."
„Das spielt für mich keine Rolle. Ich habe nur ein paar unumstößliche Grundsätze für mein Leben und meine Arbeit. Dazu gehört absolute Ehrlichkeit von Menschen, die mein Vertrauen genießen wollen. Und bei absoluter Ehrlichkeit bekommen Sie dies auch ohne weitere Einschränkungen."
Saunders streckte sein Hand über den Tisch.
„Sie haben mein Wort."
„Danke. Wir werden gleich sehen, was es wert ist."
Frank ergriff Daniels Hand und sie tauschten einen festen Händedruck aus.
„Dann erzählen Sie mal, was Sie mir alles noch sagen möchten."
Saunders holte tief Luft, so, als wollte er etwas erzählen, das ihn schon lange quälte. Hoffnung, Erleichterung, aber auch Angst zeigte sich in seinen Augen.
„Das alles fällt mir nicht besonders leicht."
„Das glaube ich Ihnen gern."

„Ich habe gelernt, niemandem zu vertrauen. Da, wo ich der Kirche diente, war...ist Vertrauen gefährlich, tödlich."
Saunders senkte den Blick.
„Nicht alles, was Sie über mich herausgefunden haben, entspricht der Wahrheit. Das bedeutet aber genauso, das nicht alles gelogen ist."
Saunders schaute Frank mit festem Blick in die Augen.
„Wenn das hier funktionieren soll, müssen wir uns eben beide ab einem gewissen Punkt einfach vertrauen."
Frank erwiderte den Blick und nickte.

„Wo soll ich anfangen?"
„Vielleicht mit Ihrem Ausschluss aus der Kirche."
„Nun gut. Nachdem man sich sicher war, dass ich nicht mehr loyal hinter den Zielen von Pro Deo und der Glaubenskongregation, also der Inquisition, stand, suchte man nach Möglichkeiten, mich ohne größeres Aufsehen loszuwerden und mich gleichzeitig soweit zu diskreditieren, dass niemand auch nur das Geringste von dem, was ich zu erzählen habe, glauben würde. Davon ahnte ich zu diesem Zeitpunkt jedoch nichts."
„Inquisition?"
„Ja, die Glaubenskongregation ist ihr Nachfolger. In den 30er Jahren wurde sie umbenannt. Aber mal abgesehen davon, dass es nicht mehr abläuft wie vor 500 Jahren, hat

sich eigentlich wenig geändert. Wenn etwas die Macht der Kirche bedroht, ist sie und Pro Deo die erste Verteidigungslinie. Und glauben Sie mir, damit braucht die Kirche keine weitere."

„Verstehe."

Frank notierte sich das, um da noch genauer zu recherchieren.

„Also auf jeden Fall machte man sich meine Arglosigkeit zunutze, um mich in eine Falle zu locken."

„Naja, so ganz unschuldig scheinen Sie da nicht reingestolpert zu sein. Nach dem, was ich recherchiert habe, war alles relativ eindeutig und für einen Priester wohl absolut daneben."

„Ja, irgendwie schon, aber ganz so, wie es offiziell geschildert wird, war es nicht."

„Dann erzählen Sie mir, wie es wirklich war."

„Naja, ich hab den Zölibat nicht ganz so genau genommen. Und ich hab dabei auch noch gegen andere Gebote verstoßen sozusagen. Ich hatte ein Verhältnis mit einem jungen Mann."

„Nach meinen Recherchen war es eher ein Minderjähriger."

„Nein, nein, lassen Sie mich zu Ende erzählen."

Frank nickte und schenkte ihnen beiden noch Chianti aus der Karaffe nach.

„Ich glaube, ich könnte noch etwas Stärkeres gebrauchen."

Frank hob den Kopf.

„Grappa?“

Daniel nickte.

„Ja, Grappa ist in Ordnung.“

Frank wandte sich Richtung Theke.

„Zwei Grappa bitte.“

Der Kellner hob das Kinn als sei die Bestellung akustisch nicht ganz bei ihm angekommen, nickte dann aber und griff zwei Gläser aus dem Regal, die er mit klarem Grappa füllte und dann an den Tisch brachte.

„Auf die Wahrheit.“

Frank hob sein Glas in Richtung des alten Mannes. Der erwiderte die Geste.

„Und den Glauben“, sagte Saunders.

Beide tranken die Gläser in einem Zug und stellten sie deutlich hörbar wieder auf den Tisch.

„Wie gesagt, ich hatte ein Verhältnis mit einem jungen Mann. Anscheinend wusste man das schon länger. Naja, die wissen immer alles über ihre Leute. Aber man hat es toleriert. Zumindest so lange, bis man an meiner Loyalität zu zweifeln begann. Ich traf ihn also ein- oder zweimal pro Woche, wie es sich eben grade einrichten ließ. Bei ihm wohnte auch sein kleiner Bruder. Eines Abends war ich zum Essen bei den beiden. Ich trank ein Glas Wein zum Essen und ab da wusste ich nichts mehr. Als ich wieder zu mir kam, lag ich in meiner kleinen Wohnung in meinem Bett und hatte einen Pyjama an. Ich versuchte noch, in meinem Kopf alles auf die Reihe zu bekommen, da klopfte es schon heftig an der Tür. Ich hatte sie noch nicht richtig geöffnet, da drückten sich schon zwei Männer herein, die mir unbekannt waren. Hinter ihnen betrat Kardinal Meininger meine Wohnung. Das ist der Chef der Glaubenskongregation, also der Großinquisitor. Meininger ließ den einen Mann einen Aktenkoffer öffnen und holte dann einen Umschlag heraus, den er wortlos auf den Tisch warf. Im Umschlag waren Fotos. Eindeutige Fotos. Fotos, die mich mit dem jungen Mann zeigten. Nackt. Im Bett. Aber nicht nur das. Auf den Bildern war auch der Bruder, auch nackt. Und alles sah so aus, als würden wir uns zu dritt vergnügen."

Saunders senkte den Kopf.

„Aber nichts davon ist passiert. Jedenfalls nicht in meiner Erinnerung. Und da dämmerte es mir, dass man das alles arrangiert hatte, mit Geld, Drohungen oder was sonst noch. Man hatte mich reingelegt und kaltgestellt."

Kapitel 6

„Kommen Sie, Saunders, die Beweise sind eindeutig. Sie sind für die heilige Mutter Kirche untragbar geworden. Sie werden den Kirchendienst verlassen."

„Ich bin kein Kinderschänder. Das ist alles Lüge. Ich werde die Kirche nicht verlassen. Da müssen Sie mich schon rauswerfen."

Kardinal Meininger reichte Saunders ein weiteres Papier aus dem Koffer.

„Hiermit geschehen."

Das Papier war eindeutig. Saunders war aus dem Kirchendienst entlassen, verlor alle Privilegien und alle Konten, die die Kirche für ihn eingerichtet hatte. Zudem wurde er zur Persona non grata erklärt und durfte den Vatikanstaat und jegliches seiner Hoheitsgebiete nicht mehr betreten.

„Das können Sie nicht machen. Ich werde an die Öffentlichkeit gehen und alles publik machen."

„Wir können nicht nur, wir haben bereits", sagte Meininger abfällig grinsend. „Wenn Sie an die Öffentlichkeit gehen, werden Sie ja sehen, wem man glauben wird, der Kirche oder einem Päderasten."

„Ich bin kein Päderast!"

„Das spielt keine Rolle. Niemand wird Ihnen glauben. Wir haben die Beweise. Und noch etwas. An welcher Sache haben Sie eigentlich zuletzt gearbeitet?"

„Steht doch alles in den Akten."

„Ich meine das, was nicht in den Akten steht."

„Da gibt es nichts."

„Sie haben auch nicht irgendwo Dinge versteckt und für sich behalten, die rechtmäßig der Kirche gehören?"

„Nein."

„Falls doch, hören Sie von uns."

Und wie ein böser Spuk verschwand der Kardinal nach dieser letzten Drohung mit den zwei Männern aus der Wohnung.

Kapitel 7

„Es war eine Falle und ich bin hinein gelaufen wie ein Anfänger. Glauben Sie mir, so hat es sich abgespielt. Ich habe nichts getan was ungesetzlich war."

„Ich glaube Ihnen. Ich habe gelernt, dass die Dinge oftmals anders sind als sie ausschauen und das manchmal die unglaubwürdigste Version einer Geschichte die Wahrheit ist. Und außerdem denke ich, dass wenn ein Mensch keinen hat, der ihm Glauben schenkt, dies eine Möglichkeit ist, zu beweisen, wie ernst einem die Menschlichkeit ist, indem man dann derjenige ist, der diesem Menschen glaubt. Es ist zudem merkwürdig, dass man sich eine solch absurde Mühe gegeben hat, Sie aus der Kirche zu befördern, wo es doch sicher schon ausgereicht hätte, Ihnen das Verhältnis mit dem jungen Mann nachzuweisen. Da steckt mehr dahinter. Da wollte jemand ganz sicher gehen, dass Sie nicht wieder auf die Füße kommen. Das alles sind, wie ich finde, mehr als genug gute Gründe, um Ihnen zu glauben. Sollte sich allerdings später herausstellen, dass Sie mich weiter belogen oder mir wichtige Dinge verschwiegen haben, findet unsere Abmachung sofort ein Ende."

„Das ist nur fair."
„Ich habe übrigens versucht, etwas über Canaletti herauszubekommen."
„Und?"
„Nun ja, angeblich ist er nach Spanien."
„Angeblich?"
„Soweit ich bis jetzt weiß, ist er dort nie angekommen und die angebliche Arbeitsstelle, weshalb er nach Spanien sein soll, scheint auch nicht zu existieren."
„Oh nein."
Saunders ließ seinen Kopf sinken. Als er wieder aufblickte, sah Frank echte Traurigkeit in seinen Augen.
„Es ist meine Schuld. Es hätte mir klar sein müssen, dass man es nicht zulassen würde, dass ich meine Informationen weitergebe. Versprechen sie mir, dass Sie gut auf sich aufpassen."
„Das werde ich. Wir wissen ja nun, dass die Geschichte nicht ungefährlich zu sein scheint. Und noch wissen wir ja nicht, was tatsächlich mit Canaletti passiert ist. Aber Sie haben wohl recht. Auch ich habe keine große Hoffnung, dass der Kollege wieder auftaucht. Zumindest nicht lebend. Leider."
„Wir haben es hier mit sehr gefährlichen Leuten zu tun. Ich weiß es, weil ich Jahrzehnte lang dazu gehörte. Ich war selbst einer der gefährlichen Männer. Und ich bin nicht stolz

darauf. Damals war ich es, noch bis vor nicht allzu langer Zeit. Ich habe mit Freuden jeden Befehl befolgt, tat ich es doch im Namen Gottes."

Saunders verzog verächtlich den Mund.

„Wie dumm ich doch war. Wie verblendet. Nichts von dem was ich tat, trug die göttliche Liebe in sich, nichts. Und ich glaubte bereitwillig, was man mir erzählte. Dass ich Gottes Werk vollbringen würde, dass ich helfen würde, die Reinheit des Glaubens, der Kirche und der Schöpfung zu erhalten. Ich frage mich, wieso mir das früher nie aufgefallen ist, dass all diese Befehle und all diesc Taten nicht von göttlicher Liebe beseelt waren."

„Es ist nicht leicht, sein gesamtes Weltbild umzustoßen."

„Nein, das ist es nicht", seufzte der alte Mann, der nun irgendwie noch älter wirkte. Plötzlich jedoch, als hätte ein Funke ihn getroffen, wirkte er wieder viel frischer, als habe er neuen Mut gefasst. „Das, was ich entdeckt habe, wird alles verändern. Die Menschen müssen keine Angst mehr haben vor Gott und vor der Hölle und all dem, womit die Kirche versucht, die Angst zu verbreiten, mit der sie Macht über die Menschen ausüben kann." Saunders beugte sich nach vorne und schien so lebendig, wie ihn Frank, seit er ihn kennen gelernt hatte, noch nicht erlebt hatte. „Angst und Macht haben nämlich nichts mit Gott zu tun", sagte er in einem leisen, fast verschwörerischen Ton. „Nur Menschen

streben nach Macht über andere Menschen. Und das erreichen sie mit Angst."
„Und diese Erkenntnis haben Sie aus dem, was sie entdeckt haben?"
„Ach was, das ist eine der Grunderkenntnisse. Bei mir hat es nur sehr lange gedauert, bis ich es erkannt habe. Dabei ist es eigentlich kein Geheimnis. Es liegt sogar sehr offen vor jedem Menschen. Vielleicht wird es deswegen so leicht übersehen. Es wird immer erzählt vom Gott der Liebe, aber wie heißt es so schön? An ihren Taten sollt ihr sie erkennen. Wenn etwas nicht in Liebe getan wird, zu sich selbst oder anderen Menschen, dann ist auch nicht im Sinne eines liebenden Gottes, oder?"
„Klingt einleuchtend."
„So einleuchtend, dass ich der Meinung bin, dass es eigentlich jeder Mensch instinktiv wissen müsste. Aber vielleicht ist das auch nur das Wunschdenken eines alten Mannes."
Saunders lachte.
„Vielleicht ist es ja besser, dass alles beim Alten bleibt und ich mein Wunschdenken für mich behalte."
„Möchten Sie das denn?"
„Wissen Sie, es gibt Situationen im Leben, da stellt sich die Frage, ob man etwas möchte, nicht wirklich. Und dann weiß man, dass man es einfach tun muss, egal ob man es möchte

oder nicht. Als ob es dahinter einen höheren Sinn gibt. Und ist es nicht das, was wir alle immer suchen, einen höheren Sinn?"

„Naja, ich denke, das ist das, was den Menschen ausmacht. Journalismus ist ja auch so etwas wie eine ständige Sinnsuche."

„Was den Menschen wirklich ausmacht, ist wohl eher die bewusste Sinnsuche. So wie auch Journalismus", Saunders hob den Finger, „wenn er richtig gemacht wird."

Frank nickte.

„Aber so, wie es da auch die andere Seite gibt, gibt es sie auch bei den Menschen. Da sind viele, die nicht bewusst nach einem Sinn suchen, oder zumindest nicht im Gedanken der Liebe. Das führt dann nur zu einem egozentrischen Leben, entweder als Wolf oder als Schaf. Die beiden Tiere mögen mir diesen Vergleich verzeihen."

„Ich verstehe, was Sie meinen. Aber ich halte die Menschheit für entwicklungsfähig. Schön, es sieht vielleicht nicht immer so aus, aber letzten Endes wird sie ihren Weg finden, zu sich selbst und auch zu Gott."

„Ich habe da noch meine Zweifel. Ich hoffe aber, dass Sie recht haben."

Frank lächelte den alten Mann an.

„Vielleicht können wir ja mit dem, was wir vorhaben, ein kleines Stück dazu beitragen."

Saunders schaute Frank an und lächelte ebenfalls.
„Ja, vielleicht können wir das."
„Wissen Sie, Daniel, selbst die größten Veränderungen in der Geschichte der Menschheit haben mit ganz kleinen Vorkommnissen begonnen. Vielleicht schaffen wir es ja, ein kleines Steinchen los zu treten, das später zu einer Lawine wird. Die kleinen Steinchen werden von den Leuten, die Veränderungen verhindern wollen, oft übersehen. Und wenn sie dann eine Lawine geworden sind, sind sie nicht mehr aufzuhalten. So, und bevor sie mir jetzt ihren Beweis zeigen..."
Frank gab dem Kellner ein Zeichen. Dieser schaffte nur den halben Weg bis zum Tisch, als Frank ihm schon zurief: „Zwei Grappa, bitte."
Keine Minute später standen zwei Grappa auf dem Tisch.
Frank hob das Glas.
„Auf die kleinen Steinchen im Getriebe eines wenig netten Systems."
Saunders erwiderte die Geste.
„Wenig nett? Ist das journalistische Zurückhaltung."
Er lachte.
„Auf die kleinen Steinchen."
Sekunden später stellten beide Männer gut hörbar zwei leere Gläschen auf den Tisch. Das erregte aber nur kurz Aufmerksamkeit.

„Das ist keine Zurückhaltung“, sagte Frank in verschwörerischem Ton und mit einem Augenzwinkern, „ich bin nur vorsichtig.“
„Sehr weise, mein lieber Freund, sehr weise.“
Beide lachten.
„Also, alter Mann, was wollten Sie mir zeigen?“

Saunders griff neben seinen Stuhl und hob eine Ledermappe auf den Tisch, die ihrem Aussehen nach mindestens seit Saunders Schulzeit in dessen Besitz war. Ihr bestimmt früher einmal einheitlich braunes Leder war mit den Jahren fleckig und speckig geworden und wie ein lebendes Wesen hatte auch sie sichtbare Narben davongetragen. Sie sah nicht mehr aus wie eine einfache Ledermappe, mehr wie ein treuer Freund, der Saunders durch sein ganzes bisheriges Leben begleitet und ihm offensichtlich gute Dienste geleistet hatte.
Frank deutete auf die Mappe.
„Die haben Sie wohl schon sehr lange.“
„Wie?“
„Die Mappe meine ich. Die haben Sie wohl schon sehr lange.“
„Die? Nein, nein. Die habe ich im letzten Jahr auf einem Flohmarkt gekauft. Ich brauchte dringend eine und die hier war die erste Mappe, die meinen Weg kreuzte.“

„Soviel zu meinen romantischen Vorstellungen“, murmelte Frank zu sich selbst.

„Also“, sagte Saunders und fischte Papiere, Fotos und Notizblätter aus der Mappe, „das hier habe ich alles zusammengetragen, seit mir diese antiken Schriften zum ersten Mal in die Hände fiel. Es ist wirklich unglaublich. Bei Grabungen unter einer kleinen Kirche in Jerusalem fand man so eine Art Bibliotheksarchiv. Natürlich nicht, wie man sich das heute vorstellt. Es waren beschriebene Papyrusblätter, teilweise beschriebene Tierhäute, die sich in verschlossenen Krügen befanden. Da es kirchliches Gelände war, wurde Rom von den Archäologen vor Ort, die auch der Kirche angehörten, informiert. Der Leiter der Glaubenskongregation ordnete an, dass zwei Priester von Pro Deo sofort nach Jerusalem zu reisen hatten, um die Aufsicht zu übernehmen und alles, was eine potentielle Gefahr für die Kirche darstellen könnte, unter Verschluss zu nehmen. Einer dieser Agenten war ich. Wir schickten die gesamte Bibliothek per Flugzeug nach Rom, versiegelten die Ausgrabungsstätte bis auf weiteres und flogen dann selbst zurück. Das war eigentlich bis dahin das standardmäßige Vorgehen in solchen Situationen. Und es war auch nicht überraschend. Schließlich sind wir über alle Ausgrabungen, die von der Kirche unternommen werden immer informiert und auch über die meisten, die nicht von der Kirche unternommen werden."

Saunders zwinkerte Frank mit einem Lächeln zu.

„Wirklich interessant wurde es, als wir in Rom begannen, das Material zu sichten, zu konservieren, zu analysieren und zu übersetzen. Da wurde schnell klar, dass der Fund brisanter war, als man das zu Beginn vermuten konnte. Noch brisanter hätten nur handgeschriebene Briefe von Jesus selbst sein können."

„Nun machen Sie mich aber wirklich noch neugieriger, wenn das überhaupt noch geht."

„Geduld, mein lieber Freund. Sie werden alles erfahren. Zuerst ließen wir von unseren Fachleuten Proben nehmen, um die Schriftstücke auf ihr Alter überprüfen zu lassen. Dabei kam heraus, dass sie durchweg aus dem Anfang des 1. Jahrhunderts, teilweise auch davor, stammten. Das legte nahe, dass bei den Schriftstücken vielleicht auch Zeitzeugenberichte zu Jesus zu finden sein könnten. Da wir ja vorher nicht wissen konnten, was dabei herauskommen würde, durfte außer uns beiden Agenten keiner mehr die Gesamtheit des Fundes in Augenschein nehmen. Wenn wir eine Expertise oder Übersetzung brauchten, mussten wir das so machen, dass dieser Person nicht klar werden konnte, um was es sich genau handelte. Wir durchsuchten also zuerst alle Schriftstücke auf einen Namen. Jesus. Wir dachten, die

Wahrscheinlichkeit, auf seinen Namen zu stoßen sei ziemlich groß, da die Schriftstücke ja aus seiner Zeit stammten. Aber was wir dann fanden, hatten wir so nicht erwartet. In etwa zwei Dritteln aller Schriften tauchte sein Name mehrfach auf."

„Wollen Sie damit sagen, es gäbe authentische, weil zeitgenössische Schriften über Jesus? Das wäre eine Weltsensation, nicht nur für das Christentum."

„Genau das will ich damit sagen. Man könnte es am ehesten mit einer Art Nachrichtenarchiv vergleichen, in dem viele Ereignisse dokumentiert und für die Nachwelt konserviert wurden. Wir fingen dann an, eine chronologische Ordnung hineinzubringen. Die Schriften umfassten außerdem nicht nur Ereignisse aus Jerusalem selbst. Ganz offensichtlich haben verschiedene Leute, professionelle Schreiber womöglich, Berichte von einzelnen Augenzeugen niedergeschrieben. Wir fanden sowohl die Tempelepisode, als Jesus als Zwölfjähriger die heiligen Schriften auslegte und mit den Gelehrten diskutierte, als auch spätere Episoden von Predigten überall im Land. Es schien fast so, als ob dieses Archiv fast nur Jesus zum Thema hatte. Selbst die Schriften, in denen sein Name nicht auftauchte, behandelten Ereignisse, die für die Jesus-Geschichte in irgendeiner Form eine Rolle spielten. Das war aber erst eines der letzten Puzzlesteinchen, das wir entdeckten. Eine Frage, die uns beschäftigte, auf die wir aber nie eine Antwort fanden, war, dass die Person oder die Personen, die diese Geschichten gesammelt haben, ganz offensichtlich schon vor dem Rest der Welt wussten, welche Bedeutung Jesus einmal haben würde, zu einem Zeitpunkt, als das noch niemand wissen konnte. Wie konnten sie sonst ausgerechnet diese Geschichten niederschreiben und sammeln? Schließlich passierten teilweise noch viel aufregendere Sachen zu dieser Zeit."

Saunders blickte Frank durchdringend an. Frank zuckte mit den Achseln.

„Zufall vielleicht?"

Saunders hob eine Augenbraue.

Frank wusste nicht, ob er diesen Gedanken wirklich weiterdenken wollte.

„Ok, mal angenommen, dass es kein Zufall war..."

„Wie kann das Zufall gewesen sein? Wie sollte so etwas jemals als Zufall geschehen können?"

„Keine Ahnung. Ehrlich gesagt, bin ich da auch überfragt. Ich könnte mir solch einen Zufall auch nicht vorstellen."

Saunders nickte.

„Wir uns damals auch nicht. Und das machte uns schon andeutungsweise bewusst, wie brisant die ganze Geschichte werden könnte."

„Das kann ich mir vorstellen. Jemand wusste von der Wichtigkeit Jesu, bevor es sonst jemand wusste. Dieser Jemand hat alles gesammelt an Geschichten über ihn. Es dürfte authentischer sein als alles, was es bisher über das Leben und Wirken Jesu zu lesen gab.“

„Ja. Und insofern könnte der Inhalt dieser Schriften entscheidend für den Fortbestand der Kirche sein. Aus diesem Grund wäre es eigentlich unsere Pflicht gewesen, alles wegzupacken, zu versiegeln und den Geheimarchiven zu übergeben. Allein schon die Möglichkeit dieser Gefahr hat diese Entdeckung schon einige Entscheidungsebenen höher gesetzt. Aber es war etwas passiert, das uns anders handeln ließ. Wir waren neugierig, wollten wissen, ob und was in den Schriften über Jesus zu lesen war, weil es wohl nie etwas Authentischeres geben wird, als diese Aufzeichnungen. Also handelten wir nicht pflichtgemäß, verschwiegen unsere Erkenntnisse und machten weiter. Wir wussten auch, dass man unserem Urteil und unserer Arbeit vertrauen würde und dass, wenn wir nichts Neues vermeldeten, die Sache weiter oben wie unzählige andere Sachen langsam in die Vergessenheit absinken würde. Zumal ja auch manchmal die Vorgesetzten wechseln und ihre Nachfolger nicht über alles informiert sind. Es kamen lange keine Nachfragen und so konnten wir unbehelligt an den Schriftstücken weiterforschen. Wir übersetzten alle

Schriften, in denen sein Name vorkam. Alle anderen Schriften nur in Stichproben. Das Gesamtbild, das sich uns zeigte, bot auf der einen Seite wenig Spektakuläres, weil Bekanntes, auf der anderen Seite kamen jedoch Dinge zu Tage, die das Bild, das wir von Jesus hatten und von den Hintergründen seiner Existenz, völlig über den Haufen warfen."

„Sie sagten, Sie übersetzten die Schriften. In welcher Sprache waren sie verfasst?"

„Aramäisch. Sie waren alle in Aramäisch. Alle im selben Dialekt."

„Sie waren zu zweit bei dieser Entdeckung?"

„Ja."

„Was ist aus ihrem Kollegen geworden?"

„Was glauben sie wohl?"

„Tot?"

„Keine Ahnung. Er ist bei einem Auftrag in Südamerika verschwunden und nicht wieder aufgetaucht."

„Teilte er Ihre Ansichten zur Bedeutung dieser Entdeckung?"

„Ohja, genau genommen haben wir uns gegenseitig immer wieder Mut gemacht, das was wir durch diese Schriften erfahren haben, weiterzudenken. Man könnte auch sagen, dass wir den Geist Jesu in den Schriften fanden und er uns den rechten Weg zeigte."

„Den rechten Weg?“

Saunders nickte.

„Ja, zur Liebe, zur göttlichen Liebe.“

„Wie gesagt, im Kern fanden wir in den Texten zum großen Teil eine Bestätigung der Texte aus der Bibel. Wir fanden aber auch Texte, die das Bild ergänzten und dadurch komplett veränderten, also allem insgesamt eine neue, eine andere Bedeutung gaben. Sagt Ihnen das Judas-Evangelium etwas?“

„Ja, ich hab mal darüber einen interessanten Artikel gelesen. Wäre es ein anerkanntes Evangelium, wäre es am nächsten an der Lebenszeit Jesu, aber immer noch einige Zeit nach seinem Tod geschrieben.“

„Das stimmt. Wichtig ist aber der Inhalt.“

„Sie meinen, dass Judas nicht der gemeine Verräter ist, als der er später dargestellt wurde?“

„Und zwar wurde er immer gemeiner, je jünger das beschreibende Evagelium ist, ja. Das hat zwar damit zu tun, ist aber nicht das, was ich meine. Laut Judas-Evangelium war Judas der einzige, der das, was Jesus meinte, wirklich erkennen konnte und sich außerdem bewusst war, dass er den gesamten Umfang der Bedeutung der Mission Jesu nicht wirklich begreifen konnte. Nur Judas konnte Jesus verraten, weil nur er wusste, dass es geschehen musste. Und Jesus hat ihn damit beauftragt. Er hat Judas um das größtmögliche Opfer gebeten. Nicht nur, ihn, seinen geliebten Meister zu verraten und damit der Folter und dem Tod zu übergeben, sondern sich auch selbst für alle Zeiten als Verräter darstellen zu lassen, der den liebevollsten Menschen überhaupt verraten hat."

„Sie meinen Gottes Sohn."

„Dazu kommen wir noch. Auf jeden Fall bestätigen die gefundenen Texte den Großteil des Judas-Evangeliums. Und das ist die eigentliche Sensation, denn im Judas-Evangelium spricht Jesus von einem Gott, der der Höchste ist, aber nicht der, der die Welt erschaffen hat. Und als er von dem „Neuen Bund" sprach, da meinte er tatsächlich einen neuen Bund. Nur Judas hat das begriffen."

„Also gibt es zwei Götter, oder was?"

„Ja und nein, irgendwie schon, aber auch nicht."

„Klingt ein bisschen konfus."

„Das mag sein, aber es führt uns zu dem Kern der Sache."

„Und der wäre?"

„Dass Gott ein anderer ist, als immer alle geglaubt haben...mit ein paar Ausnahmen vielleicht."

„Ok, lassen Sie mich das mal zusammenfassen. Unsere Gottesvorstellung entspricht also nicht dem wahren Wesen Gottes?"

„Das trifft es in etwa.“
„Und an wen oder was glauben dann die Menschen?“
„Wenn ich es jetzt ganz provokant ausdrücken soll, an historische Mythen. Natürlich ist das nur die halbe Wahrheit, denn viele Werte entsprechen ja dem, was Gott – ich sage mal „vielleicht“ – wirklich ist. Also so ganz falsch ist der Glaube nie gewesen. Es geht schließlich darum, sein Leben nach bestimmten Werten auszurichten. Und wenn das höhere Werte sind, die sich an der göttlichen Liebe orientieren, wäre es letztlich egal, ob man zum Beispiel die Sonne oder den Gott der Bibel anbetet. Jesus hat ja auch die Apostel nicht beschimpft, weil sie ihn nicht verstehen konnten. Er wusste eben, dass die Zeit erst kommen wird, da wir alle unseren Vater erkennen werden. Und deswegen konnte Jesus, um auf ihre Frage zurückzukommen, sich auch als Gottes Sohn empfinden, weil er das wahre Wesen seines, unseres Vaters erkannt hat. Und dass er als Mensch, als Prophet, das Opfer brachte, das er gebracht hat, macht ihn nur noch größer.“
„Ich verstehe, was Sie meinen.“
Saunders lehnte sich zufrieden lächelnd zurück, während Frank sich die Fotos und Papiere anschaute.
„Und was sind nun die entscheidenden Texte, die das belegen?“

„Alle, die Sie hier sehen. Es sind Predigten, die darauf hinweisen. Aber eine ganz besonders.“

„Welche denn?“

Saunders schob eine Fotokopie über den Tisch.

„Diese hier.“

Frank warf Saunders einen enttäuschten Blick zu.

„Ich kann das nicht lesen. Das ist Aramäisch, nehme ich an.“

„Ja, entschuldigen Sie. Hier ist die Übersetzung.“

Frank nahm den zweiten Zettel und fing an zu lesen.

Saunders deutete mit dem Finger auf den Zettel.

„Die Stelle hier ist besonders wichtig.“

Frank begann an der Stelle weiter zu lesen.

„Meinen sie diese Stelle hier: ‚Der Gott der Liebe trägt das Licht zu den Menschen, denn sie alle sind seine Kinder. Und alle seine Kinder sind ohne Schuld, wenn sie in sein Reich eintreten. Er hinterließ seinen Kindern sein Zeichen zwischen den zwei Strömen‘?“

„Ja, genau diese.“

„Was ist an dieser Stelle so besonders?“

„Nun ja, es weißt auf ein Zeichen hin und auch auf den Ort des Zeichens. Das Besondere ist, dass wir diesen Hinweis in keinem anderen Text gefunden haben. Warum Jesus das nur einmal erwähnt hat, ist unklar. Klar ist nur, wenn der Text wirklich authentisch ist, dann gibt es womöglich einen Hinweis von Gott auf seine eigene Existenz."

„Und von welchem Gott genau reden wir jetzt?"

„Vom Gott der Liebe. So wie ich das verstehe, ist das quasi der verlängerte Arm des großen Schöpferwesens. Schon bei den Sumerern existiert eine fast menschliche Götterwelt. Natürlich lief die Argumentation immer so, dass diese Menschen religiös primitiv waren und sich die Welt nur mit vielen Göttern mit durchaus menschlichen Eigenschaften erklären konnten. Darüber stand so etwas wie ein Übergott. Dieses polytheistische Weltbild gilt seit dem Aufkommen des Monotheismus im Judentum - naja, genau genommen hat auch in Ägypten damals Echnaton mit dem Aton-Kult versucht, eine monotheistische Religion zu etablieren - und später dann eben auch im Christentum, als rückständig. Wenn man es aber so macht, dass man – wie bei einer mathematischen Gleichung – alle menschlichen Faktoren herauskürzt und die übrigbleibenden zusammennimmt, so decken diese sowohl die alten Religionen als auch die monotheistischen Religionen ab. Es sind also verschiedene bestimmte Eigenschaften, die das Göttliche in der Welt ausmachen. Eine der beschriebenen Eigenschaften ist eben jener Anteil, der den Menschen erschaffen hat – auf welche Art auch immer. Interessant ist, dass dieser Anteil bei den Sumerern und auch später bei den Griechen als liebend dargestellt ist, Enki bei den Sumerern und Prometheus bei den Griechen. Interessant ist weiter, dass in der Geschichte bestimmte Eigenschaften neu miteinander kombiniert wurden, was bedeutete, dass einige Rollen teilweise sogar komplett in ihr Gegenteil verdreht wurden. Lassen wir einfach mal alle möglichen Motive dafür außer Acht wie Machterhalt oder höher liegende Legitimation und vergleichen ähnliche Eigenschaften miteinander, entstehen echte Merkwürdigkeiten."

„Welcher Art?"

„Enki hat die Menschen erschaffen und liebte sie so sehr, dass er sie beschützt hat vor anderen Göttern, die ihn um seine Schöpfung beneideten. Prometheus aus dem Geschlecht der Titanen, der Dynastie, die vor Zeus und seinen Göttern herrschte, war der Schöpfer der Menschheit. Er liebte und beschützte sie. Er liebte sie so sehr, dass er gegen einen Befehl von Zeus verstieß und den Menschen das Feuer, also das Licht der Erkenntnis brachte. Ebenso wie Enki, der die Menschen mit Erkenntnis beschenkte. Während Enki nicht gegen einen Befehl verstoßen hat, hat Prometheus genau das getan. Er wurde damit bestraft, dass er an einen Berg gekettet wurde, also sich nicht mehr im Reich der Götter befand, und dass Adler ihm jeden Tag Teile seiner Leber wegfraßen, die ihm über Nacht wieder nachwuchs. Mal abgesehen davon, dass diese Behandlung unserer Vorstellung von Hölle schon sehr nahe kommt, offenbart es auch ein erstaunliches Wissen. Denn die Leber ist tatsächlich das regenerationsstärkste Organ des menschlichen Körpers. Prometheus hat also eine Sünde gegen Zeus begangen und wurde deshalb aus dem Olymp gestoßen. Ein gestürzter Engel quasi."

„Wie der Teufel."

„Alles nur mythologische Welten, die uns immer etwas deutlich machen sollen."

„Der Teufel hat uns aber – mythologisch betrachtet – nicht die Erkenntnis gebracht, oder?"

„Irgendwie schon. Die Schlange im Paradies, sie erinnern sich?"

„Also ist die Schlange, also der Teufel, der liebende Gott, der die Menschen erschaffen hat?"

„Nein, ist er nicht. Verstehen Sie nicht? Das sind nur Teilaspekte, über Jahrhunderte und Jahrtausende menschlicher Geschichte und Religionsgeschichte immer wieder verdreht, gewandelt und angepasst. Aus diesem Grund wird auch der Teufel oder Satan immer wieder mit Luzifer gleichgesetzt oder verwechselt. Der Lichtträger, der den Menschen die Erkenntnis bringt, bei den Ägyptern ist das Horus zum Beispiel. Dabei erscheint der Name Luzifer in der Bibel kein einziges Mal. Wie ich schon sagte ist es so, dass verschiedene Eigenschaften immer wieder neu zu verschiedenen Charakteren zusammengefügt wurden. Und in der Predigt steht ebenfalls, dass der Gott der Liebe den Menschen das Licht bringt. Ganz offensichtlich ist aber nicht der Teufel gemeint. Da ist also auch wieder diese Verbindung. Es ist wie ein Muster, das sich immer wieder wiederholt, aber nie so richtig auffällt, weil es immer wieder mit verschiedenen Attributen kombiniert wird, um der jeweiligen Religion ein eigenes Gesicht zu verleihen."

„Also ist Religion doch nur Opium für das Volk?"

„Nein. Der Kern ist ja immer: Es gibt das Göttliche. Es existiert und ist bei uns, kümmert sich um uns, sorgt sich um uns. Und es liebt uns. Und nach diesem Teil aus der Predigt liebt das Göttliche uns bedingungslos."

„Und dieses Göttliche hat uns ein Zeichen hinterlassen?"

„Ja, zwischen den zwei Strömen, dort wo der Ursprung der menschlichen Zivilisation liegt."

„Im Irak?"

„Genau dort."

„Woher wissen Sie, dass es nach so vielen Jahrtausenden noch da ist? Nach all den Kriegen, Katastrophen und was weiß ich noch alles."

„Weil Gott es hinterlassen hat. Was könnte wohl mehr Bestand haben? Und weil wir den Hinweis darauf gefunden haben. Warum wohl sollte Gott einen Hinweis auf sich hinterlassen, um ihn dann für alle Zeiten zu verbergen oder wieder verschwinden zu lassen? Und wenn dieser Hinweis von Gott ist, existiert er auch. Und wenn er existiert, soll er auch gefunden werden. Sonst wäre uns nicht dieses Schriftstück in die Hände gefallen. Hören Sie auf Ihr Herz."

„Im Moment plagen mich gerade sehr heftige Zweifel. Das Ganze ist so unglaublich. Nicht weil es nicht wahr sein kann, sondern weil es so groß, so bedeutend ist. Weil ich mir nicht vorstellen kann, dass zwei unbedeutende Menschen wie wir beide zu so etwas berufen sein könnten. Denn das ist es ja, was sie mir zu sagen versuchen, dass wir diese Botschaft erhalten haben aus einem 2000 Jahre alten Archiv, weil wir diesen Hinweis, den Gott zurückgelassen hat, finden sollen."

Saunders lächelte Frank an.

„Ich verstehe Ihre Gefühle. Ich verstehe sie, weil ich sie selbst fühle. Aber mein Herz sagt mir, dass ich eine Aufgabe habe. Eine Aufgabe, die allem einen Sinn gibt."

Frank nickte.

„Ich verstehe."

„Und noch etwas."

„Was?"

„Jesus war der Sohn eines Zimmermanns."

Frank nickte erneut. Und holte tief Luft bevor er sprach.

„Ich bin dabei."

Saunders legte seine Hand auf Franks Hand.

Der alte Mann hatte eine Träne im Auge. Aber er lächelte auch voller Wärme.
„Ich bin froh", sagte er.
„Dann sollten wir alle Vorbereitungen treffen, damit wir uns möglichst bald auf den Weg machen können. Ich werde uns über meine Agentur zwei Journalisten-Visa besorgen. Zwei Glücksritter auf der Suche nach archäologischen Kostbarkeiten dürfte die aktuelle Regierung wohl kaum ins Land lassen. Um den Flug kümmere ich mich auch. Besorgen Sie sich ein Prepaid-Handy und schicken Sie mir eine SMS. Hier ist meine Nummer. Ich rufe Sie an, sobald ich alles erledigt habe."

Kapitel 8

Das Licht des Spätsommerabends ließ die Dächer Roms rotgolden glänzen, als Frank vom Balkon seines Appartments aus in Richtung Zentrum blickte.
Er liebte diese Zeit des Tages in dieser Stadt, die Zeit, wenn die geschäftigen Geräusche des Arbeitstages langsam immer weniger werden, bis zu dem Moment, wo für eine knappe halbe Stunde fast Stille herrscht, bis dann schließlich die typischen Abendgeräusche beginnen, nicht weniger geschäftig, aber in einer ganz anderen Klangfarbe als die Geräusche am Tag.

Frank holte tief Luft.
Soweit war nun alles geregelt.
Er hatte gleich am nächsten Tag mit seinem Chef in der Agentur gesprochen und um Urlaub gebeten. Da er auch noch Resturlaub aus dem Vorjahr hatte und zur Zeit auch keine wichtigen Themen existierten, für die man jeden Tag hätte recherchieren müssen, um den Verlagen weltweit ständig den aktuellsten Stand durchgeben zu können, hatte ihm sein Vorgesetzter kurzerhand den Urlaub genehmigt.

Der Umstand, dass Frank erwähnt hatte, dass vielleicht sogar eine interessante Story herausspringen könnte, hatte wohl auch dazu beigetragen, dass Franks Chef so leicht zu überzeugen war. Schließlich wusste auch er, dass Frank Lemm an keiner Story vorbeilaufen konnte.

Da Frank nicht wusste, wie lange das alles dauern würde, hatte er sich den Urlaubsschein gleich für fünf Wochen unterschreiben lassen.
Vorher hatte er sich über die Agentur bei der irakischen Botschaft noch zwei Journalisten-Visa besorgt, was ausnahmsweise sehr schnell ging.
Und für den kommenden Samstag hatte er für Saunders und sich zwei Plätze auf der Lufthansa-Linienmaschine gebucht, die leider wegen zweier Zwischenstopps knapp 19 Stunden unterwegs sein würde, um von Rom-Fiumicino zum Arbil International Airport zu kommen. Dieser lange Hinflug ließ in Franks Augen den Rückflug über weniger als die Hälfte der Zeit fast unrealistisch kurz erscheinen.
Abflug war um 17 Uhr 30. Gegen 15 Uhr 30 Ortszeit am nächsten Tag würden sie im Irak landen, in einem noch ungewissen Abenteuer. So sah es Frank jedenfalls in seinen nicht ganz sorgenfreien Gedanken, während er zuschaute, wie die letzten Strahlen einer tiefroten Sonne hinter den

Häusern und Dächern der ewigen Stadt verschwanden und sich eine leichte Kühle wie feinste Seide über alles legte.
Er nahm das Glas von dem kleinen Tisch, der auf seinem Balkon stand, führte es an seine Nase, schloss die Augen und sog tief den Duft ein, der von seiner Herkunft her so gar nicht zu Rom passte. Der Geruch nach Jod und Tang passte aber zu den kühler werdenden Temperaturen. Dann schmeckte ein Single Malt von der Insel Islay einfach am besten.
Frank hob das Glas Richtung Horizont und prostete der Stadt zu.
„Wenn wir wieder da sind, wirst Du vielleicht nie wieder so sein wie vorher. Falls wir wiederkommen..."
Entgegen seiner sonstigen Gewohnheit was Malt Whisky anging, leerte Frank die Zweifingerbreit in einem Zug.
„Was soll's", murmelte er.
Dann packte er seine Tasche.

Kapitel 9

Auf dem Flug befanden sich nur wenige Europäer. Einige waren wohl Diplomaten, andere waren Sicherheitsleute, wie man Söldner nannte, wenn sie offiziell große Nationen und ihre Interessen im Ausland unterstützten.

Frank dachte bei sich, dass beide Berufe oftmals Hand in Hand gingen und es eigentlich keine Rolle spielte, wer das Porzellan zerschlägt, denn der jeweils andere würde sich dann um die Scherben kümmern. Und im Irak, so schien es, hatte diese Maschinerie ein perfektes Perpetuum Mobile geschaffen.

Die anderen Passagiere waren wohl auf dem Heimflug, entweder zu einer der Zwischenstationen oder in den Irak.

Wobei die Maschine noch nicht einmal zur Hälfte belegt war. Und nach den Zwischenstopps dürften es noch weitaus weniger Menschen sein, die sich Richtung Irak bewegen würden.

Frank seufzte und wandte sich an Saunders.

„Das wird ein langer Flug.“

Saunders nickte bedächtig.

„Aber es gab keinen anderen. Leider.“

Saunders lächelte.
„Nehmen wir es, wie es ist.“
„Ist wohl das Beste“, sagte Frank.
„Und es ist ja auch nicht der Flug, der so lang ist“, zwinkerte Saunders, „sondern die Zwischenaufenthalte, hab ich recht? Sehr unpräzise für einen guten Journalisten.“
Während er eine Zeitung auffaltete mit einem nicht zu übersehenden Grinsen, schaute Frank ihn fast fassungslos an.
„Sie sollten schlafen, Frank. Hier geht das bestimmt besser als auf den Flughäfen, die wir notgedrungen noch sehen werden.“
Frank nahm sich still eine Decke, zog sie sich über den Körper und schloss die Augen. Vorher warf er noch einen Blick auf Saunders, der ganz offensichtlich in seine Zeitung vertieft schien. Wäre da nicht dieses Grinsen in seinem Gesicht gewesen.
„Von wegen ‚unpräzise‘“, murmelte Frank, bevor er langsam in den Schlaf hinüber driftete.
Dass das Grinsen von Daniel Saunders noch ein paar Zentimeter breiter wurde ob dieser Bemerkung, konnte er nicht mehr sehen.

Nach den Zwischenlandungen und etlichen enervierenden Stunden des Wartens waren die beiden wieder unterwegs auf der letzten Etappe Richtung Irak.

„Bald treffen wir dort ein, wo wir eine Verabredung mit dem Schicksal haben“, sagte Saunders bedeutungsvoll.

„Ich dachte, wir hätten eine Verabredung mit Gott.“

„Ich glaube, in diesem Fall macht das keinen Unterschied“, sagte Saunders und lachte.

„Wenn Sie es sagen“, meinte Frank und grinste zurück.

„Sagen Sie mal, Daniel, gab es in dem Archiv eigentlich auch Berichte über die Zeit im Leben von Jesus, über die nichts in der Bibel steht? Ich meine aus der Zeit, als er so zwischen zwölf und 30 Jahre alt war.“

„Ja, die gab es. Sie sind aber für das, was wir vorhaben, nicht so relevant.“

„Nun kommen Sie schon. Das fragen sich die Menschen doch schon sehr lange, was Jesus als Teenager und als junger Erwachsener so getrieben hat.“

„Naja, er hat wohl das getrieben, was einige Menschen in dem Alter so tun. Er hat sehr viele Fragen gestellt und war sehr idealistisch. Er hatte eine ganz eigene Auffassung davon, wie Menschen miteinander umgehen sollten und welches Verhältnis sie zu Gott haben. Er war sowas wie ein kleiner Rebell. Nicht im rechtlichen Sinne, aber darin, bestehende Zustände zu kritisieren und Änderungen zu fordern. Er war wohl so etwas wie ein Hippie. Das ist natürlich nicht wirklich vergleichbar, aber er war schon in seiner Jugend ein idealistischer Weltverbesserer. Aber von der Zeit kurz bevor er wieder auftaucht, so etwa drei Monate, fehlt jegliche Aufzeichnung. Es sah auch nicht so aus, als hätten überhaupt welche existiert. Auf einmal taucht er wieder auf und übernimmt die ihm von Gott zugedachte Rolle in der ganzen Geschichte. Was in dieser kurzen Zeitspanne vorher passiert ist, darüber können wir nur Vermutungen anstellen."

Saunders zuckte mit den Achseln.

„Auch wenn es sich uns nicht erschließt, so gibt es auch dafür einen Grund. Vielleicht, weil die Art, wie sich Gott einzelnen Menschen offenbart, etwas sehr Persönliches ist, wer weiß."

Er lächelte Frank an.

„Mag sein, dass am Ende dieser Reise alle Fragen beantwortet sind. Vielleicht aber auch nicht, wir werden sehen. Vertrauen wir einfach darauf, dass Gott uns zu den richtigen Stellen führen wird."

Kapitel 10

Eine trockene Hitze empfing die beiden, als sie am Arbil International Airport aus der Maschine stiegen.
Überall sah man gepanzerte Fahrzeuge und schwer bewaffnete Soldaten. Seit dem Selbstmordanschlag auf den Flughafen waren die Sicherheitsvorkehrungen noch einmal verschärft worden.
Vom Flughafen aus konnte man im Norden und Osten die relativ flach und weich wirkenden Ausläufer des Zagros-Gebirges erkennen - einem nach Süden verlaufenden Gebirgszug, der im Norden auf das Taurusgebirge trifft - , die dem Horizont durch ihre abwechslungsreiche Farbstruktur in verschiedenen Grün- und Brauntönen eine friedliche Normalität verliehen in einem Land, in dem zur Zeit nur wenig normal zu verlaufen schien.
Der Flughafen selbst war sehr modern gebaut und ausgestattet, mit sehr viel Glas und einer fast schwebend wirkenden Bauweise.
Frank dachte bei sich, dass es fast unwirklich wirkte, wenn man sich vorstellte, dass sich dieser Bau in einer der instabilsten und unsichersten Gegenden der Welt befand.

Auf der anderen Seite war es wohl auch ein Beispiel dafür, wie das Land langsam wieder aufgebaut wurde und sich Schritt für Schritt und mit viel Hoffnung in Richtung einer Normalität bewegte, die nach allem, was dem Irak widerfahren war, ebenfalls unwirklich wirkte.
Die Taxifahrt zum Hotel dauerte nicht lange, denn Arbil schmiegte sich mit einem nur kleinen Abstand an seinen Flughafen. Die Straßen zum Hotel, das im nördlichen Teil der kleinen Stadt lag, waren zwar asphaltiert, ähnelten aber doch eher staubigen Pisten. Zumindest schienen sie noch recht neu zu sein, was das Fehlen von Schlaglöchern erklärte.
Die Unterkunft von Daniel und Frank befand sich in Sichtweite des Airports und von ihren Zimmern im vierten Stock konnten sie sehr gut die startenden und landenden Flugzeuge sehen.
Frank schaute auf seine Uhr bevor er seine Zimmertür öffnete. Sie waren pünktlich gelandet und alle Formalitäten waren schnell und ohne Probleme erledigt worden und sie waren nicht mal eine Stunde später in ihrem Hotel angekommen.
„Hier ist es zwei Stunden später. Eigentlich drei, aber wegen der Sommerzeit bei uns...", sagte Daniel, der auch gerade die Tür seines Zimmers öffnete, das direkt neben Franks Zimmer lag.

Frank blickte zu ihm und nickte. Und die nächsten Minuten beschäftigte ihn der Gedanke, ob er seine Uhr auf die hiesige Zeit umstellen sollte oder nicht.
Als er seine Sachen ausgepackt hatte und sich auf das Bett legte, um sich kurz auszuruhen, war er noch immer nicht zu einem Ergebnis gekommen.
Dann schlief er ein.

Blitzartig schreckte er hoch.
Er brauchte einen Moment, um sich zu orientieren. Er war wohl eingeschlafen, dachte er sich. Das Klopfen an der Tür hatte ihn wieder geweckt.
Er schlurfte zur Tür.
„Ja?"
„Ich bin es. Daniel. Alles in Ordnung?"
Frank öffnete die Tür.
„Ja, ich war nur eingeschlafen."
„Der Schlaf des Gerechten, was?"
Saunders grinste. „Lassen Sie uns etwas essen gehen."

Nach dem Essen saßen sie in Franks Zimmer, über Kartenmaterial gebeugt, das in seiner Gesamtheit sowohl den Nord- als auch den Südirak zeigte.
„Wo sollen wir suchen?"
„Wir müssen nach irgendwelchen Auffälligkeiten schauen."

„Denken Sie doch mal logisch, Daniel. Wenn man irgendwelche Auffälligkeiten auf diesen Karten erkennen könnte, dann wären sie auch schon anderen Leuten aufgefallen, die dann schon entdeckt hätten, weswegen wir hergekommen sind."

„Wohl wahr."

„Wir müssen die Sache anders angehen", meinte Frank nach kurzem Nachdenken. „Das Gebiet zwischen Euphrat und Tigris ist ziemlich groß. Der Süden ist stark besiedelt und auch archäologisch gut erforscht. Den sollten wir ausschließen können."

Saunders nickte. „Etwa 150 Kilometer nordwestlich von hier befindet sich übrigens das biblische Ninive, direkt bei Mosul und westlich daran anschließend die Ninive-Ebene." Saunders unterstrich seine Ausführung mit einem Wischen seines Zeigefingers über die Karte.

„Und nicht viel weiter nördlich befindet sich bereits die syrische Grenze. Das Gebiet dort scheint auch komplett landwirtschaftlich erschlossen zu sein. Das einzig relativ freie Gebiet scheint die Ninive-Ebene und das Gebiet drumherum zu sein", ergänzte Frank.

Saunders nickte wieder.

„Was ist das da?"

Frank tippte mit dem Finger auf die Abbildung einer Erhebung auf der Karte.

Beide beugten sich noch etwas tiefer über die Karte.
„Sinjar Mountain. Ist wohl ein Berg. Sieht fast ein bisschen merkwürdig aus."
„Ja, Daniel, sieht fast aus wie ein geschlossenes Auge. Sehen Sie mal, hier ist das Lid und hier sind sogar Wimpern. Lustiger Zufall."
Beide hoben ihre Köpfe und schauten sich an und fast gleichzeitig sagten sie: „Es gibt keine Zufälle!"
„Und ein geschlossenes Auge ist ja geradezu unübersehbar als Symbol für die Suche nach etwas Verborgenem."
Frank schaute Daniel an.
„Ich finde, wir sollten hier am Sinjar Mountain mit unserer Suche beginnen."
„Das sehe ich auch so, mein Freund."
„Wir sollten jetzt schlafen gehen. Morgen besorgen wir uns Ausrüstung und ein Fahrzeug und dann fahren wir zum Sinjar Mountain."

Kapitel 11

Am nächsten Morgen fuhren die beiden mit einem Taxi in das Stadtzentrum und ließen sich bei einem Autoverleih absetzen.

Auf dem Hof standen, neben normalen PKWs, auch einige Geländewagen. Daniel steuerte darauf zu und blieb vor verschiedenen, in Wüstentarnfarben lackierten Fahrzeugen stehen.

„Von denen sollten wir keinen nehmen, Daniel."

„Warum denn nicht? Wir wollen doch nicht auffallen. Und die Tarnfarbe macht uns fast unsichtbar."

„Aber eben nur fast. Ein Zivilfahrzeug in Tarnfarben in einem Land wie diesem wirkt eher verdächtig unauffällig und damit eben total auffällig."

Daniel kratzte sich am Kinn.

Frank zeigte auf einige ziemlich ramponierte Geländewagen, die in den verschiedensten Farben lackiert waren.

„Je auffälliger und besser zu erkennen, desto unverdächtiger sind wir unterwegs."

Daniel nickte und Frank deutete mit einer Kopfbewegung unauffällig in Richtung eines älteren Toyota Landcruiser. Der Wagen war wohl einmal rot mit weißem Dach gewesen. Das musste jedoch schon längere Zeit her sein, denn das Dach war fleckig von braunen Rostschlieren und beim Rest des Fahrzeugs konnte man durch die verblasste schmutzig-rote Lackierung kaum erkennen, wo die Lackierung aufhörte und der Rost anfing.

„Der ist genau richtig", sagte Frank.

„Wenn er fährt", meinte Daniel skeptisch.

„Wenn er fährt", lächelte Frank.

Eine Viertelstunde später parkten sie den Landcruiser vor einem Laden, der Outdoor-Ausrüstung verkaufte.

Dort deckten sie sich mit Wasser- und Benzinkanistern, einem Zelt, ein paar Decken, Konservenverpflegung, Campingbesteck, zwei Survivalmessern, Spitzhacken, Spaten und Schaufeln, einem Kompass, einem GPS-Tracker, einem Fernglas sowie Taschenlampen und einer Straßenkarte ein.

Nachdem sie an einem Brunnen und an einer Tankstelle die Kanister befüllt hatten, fuhren sie zurück ins Hotel, wo sie noch Kleidung in ihre Taschen packten.

Frank griff sich seinen Buschhut, den er nicht mehr getragen hatte, seit er den Job in Rom angenommen hatte. Ein

zufriedenes Grinsen ging über sein Gesicht, als er ihn vor dem Spiegel in seinem Zimmer aufsetzte.
„Dann mal los“, nickte er sich selbst zu.

Auf dem Flur traf er Daniel.
„Bereit für den Versuch, Geschichte zu machen?“
„Ich auf jeden Fall“, grinste Frank. „Und Sie, Daniel?“
Daniel nickte. „So Gott will.“
Beide mussten grinsen.

Auf dem Parkplatz legte Frank die Straßenkarte auf die Motorhaube.
„Schauen wir doch mal, wie wir am besten zu dem Berg kommen. Da wir keine Propheten sind, wird es wohl nur so herum funktionieren“, grinste Frank.
„Ich bin mir nicht sicher, ob uns die ganze Geschichte letzten Endes nicht doch irgendwie zu Propheten macht. Aber selbst wenn, bezweifle ich, dass der Berg zu uns kommen würde“, lachte Daniel zurück.
„Oh, ihr Kleingläubigen“, lachte auch Frank.

Kapitel 12

Kardinal Meininger blickte von den Schriftstücken, die er auf dem großen Schreibtisch in seinem Arbeitssaal vor sich liegen hatte, auf und blickte den Priester, der gerade durch die großen Türen eingetreten war, streng an.

„Was gibt es?"

„Sie wollten doch wissen, falls Saunders etwas tun sollte, das möglicherweise unsere Aufmerksamkeit erfordert, Eminenz."

„Und? Muss ich Ihnen erst alles aus der Nase ziehen?"

„Nein, Eminenz. Saunders hatte Kontakt zu einem Journalisten aus Deutschland, der in Rom für eine internationale Presseagentur arbeitet. Und der hat dann Erkundigungen eingezogen über Saunders. Und über Canaletti. In Barcelona hat sich fast zur selben Zeit ebenfalls jemand über Canaletti erkundigt. Ein anderer Journalist, Studienkollege des Deutschen."

„Wie heißt er?"

„Wer?"

„Der Deutsche."

„Lemm, Frank Lemm."

„Was wissen wir über ihn?"
Der Priester legte eine braune Aktenmappe vor den Kardinal auf den Schreibtisch.
„Müssen wir schon einschreiten?"
„Nun..."
„Also?"
„Lemm und Saunders sind vor zwei Tagen von Fiumicino aus in den Irak geflogen."
„Vielleicht nur ein kleiner Liebesurlaub. Wir kennen ja die Vorlieben von Saunders." Meininger verzog angewidert die Mundwinkel. „Aber wir sollten auf Nummer Sicher gehen. Sie haben also zwei Tage Vorsprung?"
„Nicht ganz, Eminenz. Ich habe mir erlaubt, sofort einen unserer Agenten hinterher zu schicken. Sie haben sich Ausrüstung besorgt und wollen wohl in die Wüste fahren."
„Und Sie geben mir erst jetzt Bescheid?"
Unter dem strengen und lauten Ton des Kardinals zuckte der Priester zusammen. „Verzeihung, Eminenz."
„Wen haben wir geschickt?"
Der Priester reichte dem Kardinal eine weitere Mappe. Nach einem Blick in die Akte nickte Meininger. „Gute Arbeit, Pater Lorenzo. Das sollte uns wieder einen Vorteil verschaffen. Ich erwarte, ständig auf dem Laufenden gehalten zu werden. Und finden Sie heraus, woran Saunders

zuletzt gearbeitet hat. Und ich meine das, was nicht in unseren Akten steht."

„Aber wie soll ich..."

Meininger blickte ihn streng an.

Der Pater verbeugte sich.

„Selbstverständlich, Eminenz."

Kapitel 13

Frank fuhr mit dem Finger auf der Karte herum.
„Wie müssen nicht durch die Stadt. Wir nehmen hier diese Nebenstraße am Stadtrand, die ist gleich hier um die Ecke und führt uns direkt zur Airport Road. Der folgen wir, bis wir auf den Highway 2 stoßen. Dann geht es weiter bis Mosul am Tigris, durch Mosul durch über die dritte Brücke – das wird ein bisschen knifflig – weiter über den Highway 1 und den Highway 47 nach Sinjar, direkt am Fuß des Berges. Von Sinjar aus geht dann eine Piste auf den Berg hinauf. Luftlinie sind das etwa 200 Kilometer. Ich schätze, dass wir etwa vier Stunden unterwegs sein werden. Ungefähr jedenfalls und wenn nichts Unvorhergesehenes passiert.“
„Dann sollten wir losfahren, es ist schon fast elf Uhr.“
„Ich sollte endlich meine Uhr umstellen.“ Mit diesen Worten setzte sich Frank hinters Steuer, startete den Toyota und fuhr los.

Die Fahrt verlief ereignislos. Sie kamen gut voran und hatten nach weniger als zwei Stunden auch schon Mosul und den Tigris hinter sich gelassen.
Als sie schließlich vom Highway 1 auf den Highway 47 abbogen, wurde der Verkehr merklich weniger, was nicht verwunderlich war, denn Sinjar war die einzige größere Ansiedlung in der Umgebung und außer einer in der Nähe befindlichen Zementfabrik und dem Berg selbst gab es nichts wirklich Interessantes.
Schon von weitem war Sinjar Mountain in dem relativ ebenen Gelände deutlich auszumachen.
Als sie an der Zementfabrik vorbeifuhren, die rechts vom Highway lag, befanden sie sich schon auf der Südseite des Berges.
„Besonders hoch ist er ja nicht."
„Ich glaube, ich hab auf der Karte gesehen, dass er an der höchsten Stelle etwas über 1400 Meter hoch ist."
„Gott scheint kein Angeber zu sein", lachte Frank.
„Aber er macht alles mit einem Augenzwinkern", lachte Daniel.
„Zumindest diesen Berg", entgegnete Frank.

Nachdem sie auch Sinjar hinter sich gelassen hatten und sich immer weiter dem steilen Anstieg des Berges näherten, drückten sie ihre Gesichter während der Fahrt auf der

staubigen Piste in Richtung Frontscheibe und folgten mit den Augen den in unzähligen Windungen sich den Berg hinauf schraubenden Strecke.
„Da geht es aber doch ganz schön steil nach oben."
„Hoffentlich schafft das unsere alte Kiste."

Während der Fahrt nach oben warf Daniel immer wieder Blicke den Berg hinab.
„Nach was schauen Sie?"
„Finden Sie es nicht auch sehr merkwürdig, dass es bis jetzt so absolut reibungslos gelaufen ist? Ich hätte erwartet, dass wir in unserem Vorhaben behindert werden, dass man uns beobachtet oder verfolgt."
„Vielleicht werden wir ja auch verfolgt. Aber solange wir das nicht sicher wissen, können wir auch nichts dagegen tun oder nicht mehr dagegen tun, als wir bisher getan haben. Wir sollten froh sein, dass die ganze Sache bisher ohne Probleme abgelaufen ist."
„Wahrscheinlich haben Sie recht."
Daniel warf noch einen Blick nach unten, zuckte mit den Schultern und schaute den Berg hinauf.

Als sie auf dem Kamm des Berges ankamen, stöhnte Daniel.

„Oh Mann, das waren mindestens hundert Rechts- und Linkskurven. Und dazu die Hitze. Ich fühle mich wie ein Wäschestück nach dem Schleudergang im Trockner."

„Abhängig davon, was man als Kurve zählt, waren es etwa achtzig Kurven insgesamt", korrigierte Frank.

„Egal, es waren zu viele. In meinem Alter kann man Belastungen immer noch ganz gut wegstecken, aber wenn es mehrere auf einmal über längere Zeit sind, dann wird es anstrengend. Da kommen Sie sicher auch noch hin."

„Ich freue mich schon darauf."

Frank grinste Daniel an.

„Aber zuerst sollten wir uns um unsere Aufgabe kümmern."

Frank stoppte den Wagen und blickte nach rechts dann wieder geradeaus.

„Hier geht ein Weg nach rechts ab. Fahren wir nun hier weiter nach links über den Kamm oder biegen wir ab? Wo soll es lang gehen? Werfen Sie mal einen Blick auf die Karte, Daniel. Gibt es da irgendetwas, das uns weiterhelfen könnte?"

„Warten Sie mal. Zum höchsten Punkt geht es nach rechts. Macht wahrscheinlich Sinn, dort mit unserer Suche anzufangen. Wenn wir hier überhaupt auf der richtigen Fährte sind."

„Wenn die ganze Geschichte nicht bloß ein Hirngespinst ist. Eigentlich sollten Sie als Gottesmann uns doch ganz genau führen können."

„Gott hat uns ganz offensichtlich beide auf diese Suche geschickt. Und wenn das so ist, dann müssen wir hier einfach richtig liegen."

„Wenn Sie es sagen. Also, sollen wir nach rechts fahren?"

„Ja, fahren wir nach rechts."

Die Piste führte immer am Kamm entlang, hinauf zum höchsten Punkt der Erhebung, dem sie sich langsam näherten.

„Was ist das da vorne? Sehen Sie mal auf der Karte nach."

„Das ist wohl ein kleiner Tempel mit Heiligtum. Kurdisch."

Die beiden schauten sich an.

„Deutlicher geht es ja wohl nicht."

„Ja, wenn dort etwas ist, dann ja. Fahren Sie zu dem Tempel."

Beim Tempel befand sich ein kleiner freier Platz, auf dem sie den Wagen parkten. Ein paar Meter weiter stand ein weiteres Fahrzeug, ein alter R4, der seine besten Tage auch schon lange hinter sich hatte. Rost stritt sich mit einem alten ausgeblassten Petrol um die vorrangige Farbgebung des kleinen Franzosen.

Die beiden schauten sich um, konnten jedoch nirgendwo Fahrer oder Insassen des R4 entdecken.
„Die sind wahrscheinlich im Tempel“, sagte Saunders.
Frank nickte.
„Wie sollten mal um den Tempel herumgehen und schauen, ob wir irgendwelche Hinweise finden können.“
Frank schüttelte den Kopf und machte dabei einen leicht abwesenden Eindruck.
„Wenn wir hier Hinweise finden, müssten das welche sein, die schon ewig hier sind. Also sollten wir nach etwas Unveränderlichem schauen.“
Jetzt nickte Saunders. Dann hob er resignierend die Schultern. „Aber was sollte das hier schon sein? Hier gibt es nur Steine, Staub und den Tempel.“
„Ja, ich weiß, ich fühle mich im Moment auch etwas überfragt.“
Ein klickendes Geräusch ließ beide Männer herumfahren. Das Geräusch wiederholte sich ein paar Mal. Es kam aus der Nähe des Tempels. Zu sehen war jedoch nichts. Zumindest nicht, bis eine junge Frau mit einer Kamera vor dem Gesicht um eine Ecke des Tempels kam. Fast ständig fotografierend und sich seitwärts bewegend schien sie den Tempel zu umrunden wie der Mond die Erde umrundet. Sie schien völlig in ihrer Tätigkeit versunken, schien die beiden Männer gar nicht wahrzunehmen.

Auch als sie sich aufrichtete und die Kamera herunternahm, konnte sie ihren Blick noch nicht von dem kurdischen Heiligtum abwenden.
Dann zuckte sie kaum merklich zusammen, drehte ihren Kopf und schaute die beiden Männer an. Auf Englisch sagte sie: „Wunderschön, nicht wahr. Diese Schlichtheit, diese erhabene Schlichtheit."
„Ja", antworteten beide fast gleichzeitig.
Frank musterte die junge Frau. Sie war schätzungsweise zwischen 27 und 30 Jahre alt, hatte langes, glattes schwarzes Haar, das sie hinten mit einem Gummi zu einem Pferdeschwanz zusammengebunden hatte. Über ihren khakifarbenen Trekkingstiefeln trug sie eine dreiviertellange Cargohose in der gleichen Farbe sowie ein rotes Poloshirt. Um den Hals hatte sie ein Palästinensertuch gewickelt. Ihre große Sonnenbrille hatte sie auf dem Kopf nach oben geschoben. Ihre Haut hatte einen leicht bräunlichen Teint und glänzte wie teure Seide. Ihre Augen waren licht und wach und lagen unter dünnen, aber sehr markanten, Augenbrauen und verführerisch langen, geschwungenen Wimpern, die ihr Aussehen selbst in dieser Umgebung noch exotisch erscheinen ließen. Mit ihren schlanken 178 Zentimetern war sie nur zehn Zentimeter kleiner als Frank, der mit ausgestreckter Hand auf sie zu ging und in ihre braunen Augen blickte.

„Frank Lemm."
Sie nahm seine Hand. „Laura, Laura Agnelli."
Dann schaute sie an Frank vorbei zu Daniel.
„Und ihr Freund ist...?"
Mit ausgestreckter Hand eilte der alte Mann ihr entgegen, ergriff ihre Hand, verbeugte sich und deutete einen Handkuss an.
„Saunders, Daniel Saunders. Was verschlägt eine hübsche junge Frau an so einen trockenen und staubigen Ort?"
Sie lächelte geschmeichelt.
„Ich arbeite an einem Buch über von Menschenhand an entlegenen Orten geschaffene spirituelle Gebäude."
„Klingt interessant."
„Ist sehr anstrengend und reiseintensiv. Aber ja, auch wahnsinnig interessant. Und Sie beide? Was machen Sie im Irak?"
Die beiden schauten sich verlegen an. Frank ergriff die Initiative.
„Ich bin Journalist, aber zur Zeit bin ich in Urlaub. Aber wie das so ist, die Neugier treibt einen dazu, dann doch irgendetwas entdecken zu wollen und seien es Orte, an denen sonst niemand Urlaub macht. Und da sind wir in den Irak. Daniel und ich sind seit langem befreundet. Wir haben uns bei einer Story kennengelernt. Er ist..."

„Ich bin Lehrer. Im Ruhestand. Religionslehrer. Natürlich faszinieren mich Orte, die noch heute so aussehen, wie sie vielleicht zu Zeiten des Alten Testaments ausgesehen haben.“

Laura nickte.

„Aha. Und was genau suchen Sie gerade hier? Ich meine, der Tempel ist nicht gerade eine der bekanntesten Sehenswürdigkeiten des Irak.“

„Das stimmt wohl. Wir sind auch mehr zufällig hier gelandet. Wir wollten vom Tigris zum Euphrat fahren und da kamen wir an diesem Berg vorbei. Als wir sahen, dass eine Straße hier hinauf führt, dachten wir uns, dass wir ja einmal schauen könnten, wo sie denn hinführt. Und nun sind wir hier.“ Frank lächelte.

Laura lächelte zurück, drehte sich um und ging wieder auf den Tempel zu.

„Was machen wir jetzt“, raunte Daniel Frank zu.

„Erstmal gar nichts. Wir benehmen uns wie Touristen. Vielleicht erfahren wir ja sogar noch etwas Wichtiges von ihr über diesen Ort.“

Daniel verdrehte die Augen.

„Ganz locker, Daniel. Was immer hier ist, wenn etwas hier ist, es hat ziemlich lange auf uns gewartet und es wird auch noch einen weiteren Tag warten können. Wir haben ein Zelt und alles Nötige dabei. Wir werden warten, bis wir alleine sind und dann legen wir los."

„Bis dahin ist es dunkel."

„Dann suchen wir eben morgen früh weiter."

Laura, die noch vor dem Tempel stand, schaute auf ihre Uhr.

„Ist schon ziemlich spät", sagte sie.

„Naja, Nachmittag", meinte Frank.

„Ja, schon, aber bis Arbil schaffe ich es nicht mehr. Gegen Abend sollte man nicht unbedingt noch unterwegs sein. Nicht allein. Und schon gar nicht als Frau."

Frank überlegte kurz und blickte zu Daniel. Der zuckte mit den Achseln, hob seine Augenbrauen und schloss die Augen, womit er wohl sagen wollte, dass es nicht anders ginge, als der jungen Frau anzubieten, bei ihnen zu bleiben. Vielleicht würde sie ja auch ablehnen.

„Sie wohnen in Arbil?"

„Ja, in einem Hotel in der Nähe des Flughafens."

„Dann wohnen wir im selben Hotel."

„Wirklich? Dann können wir ja gemeinsam zurückfahren. Das wäre mir sehr recht."

Frank und Daniel schauten sich wieder an und dann wieder zu Laura.

Ihr Blick wechselte zwischen beiden Männern hin und her.

„Oh, entschuldigen Sie, ganz schön dreist von mir, davon auszugehen, dass Sie schon nach Arbil zurückfahren wollen. Vielleicht wollten Sie ja noch woanders hin?“
„Nein, eigentlich nicht. Aber eigentlich wollten wir noch hierbleiben.“
„Würde es Sie sehr stören, wenn ich hier bei Ihnen bleibe? Zumindest bis morgen vormittag?“
„Ich denke, das lässt sich machen.“

Langsam ging die Sonne unter und tauchte den Berg in ein warmes rötliches Licht. Lediglich der kleine kurdische Tempel auf dem durch steinerne Mauern gehaltenen Podest leuchtete noch weißer als im Tageslicht, jetzt, da alles sonst im Dämmerlicht dunkler wurde und die letzten Strahlen der Sonne diesen höchsten Punkt noch streiften.
Ein Hauch von Erhabenheit lag über der Szenerie und die drei Menschen, die Zeugen dieses Naturschauspiels wurden, schwiegen ergriffen und schauten, wie die Sonne langsam hinter den Bergen im Westen versank, das letzte helle Blau und das letzte Rot aus dem Himmel mit sich hinter den Horizont nehmend, um dem Dunkelblau einer sternenklaren Nacht Platz zu machen.
„Wenn man das gesehen hat, versteht man, warum die Kurden an dieser Stelle ein Heiligtum errichtet haben“, sagte Frank leise.

„Heiligtümer werden nicht errichtet. Sie sind schon da. Der Mensch markiert lediglich ihren Standort“, sagte Laura leise, den Blick immer noch auf die Stelle gerichtet, an der vor ein paar Minuten die Sonne verschwunden war.
Frank und Daniel schauten sich verwundert an.
„Haben Sie auch so einen Hunger wie ich?“, platzte es plötzlich aus ihr heraus.
„Wir haben Konserven dabei.“
„Ja, Daniel, aber wir haben einen Kocher vergessen.“
„Kein Problem. Einen Kocher hab ich immer dabei. Der hat mich schon in viele Länder begleitet.“
Laura sprang auf und lief zu ihrem kleinen Renault. Sie kam mit einem kleinen Gaskocher wieder.
„Was ist los meine Herren? Ich steuere den Kocher bei, wo sind die versprochenen Konserven?“
Sie grinste und stellte den Kocher auf den Boden und platzierte ein paar Steine an drei Seiten.
Saunders wollte aufstehen.
„Bleiben Sie sitzen, Daniel. Ich geh schon.“
Und Frank verschwand in Richtung des Toyota.
Er kam mit drei Konserven und einem kleinen Topf zurück.
„Zwei Dosen Lammtopf mit Reis und Gemüse und eine Dose Pfirsiche als Nachtisch.“

„Lieber als Vorspeise“, lachte Daniel, schnappte sich die Dose und begann, sie mit seinem Messer zu öffnen, während Laura den Topf auf den Kocher stellte.
Nachdem Frank auch die anderen Dosen geöffnet hatte, füllte sie den Inhalt in den Topf. Daniel hielt ihr die Dose mit dem Obst unter die Nase.
„Pfirsich?“
Laura lächelte ihn an.
„Gerne. Danke.“
Mit Daumen und Zeigefinger fischte sie eine Pfirsichhälfte aus der Dose, neigte den Kopf in den Nacken und ließ das komplette Stück in ihren Mund gleiten, so wie ein Kind dies tun würde. Im spärlichen Licht des Gaskochers hatte dieses Bild sowohl etwas Naives, als auch etwas sehr Sinnliches.
Daniel und Frank starrten sie an.
Langsam senkte sie ihren Kopf wieder, mit einem Lächeln wohlig schmatzend, während sie die weiche, reife Frucht genüsslich in ihrem Mund zerkleinerte.
Sie bemerkte die Blicke, die auf ihr hafteten und schaute die beiden Männer irritiert an.
„Was ist? Ich habe Hunger“, sagte sie mit einer fragenden Geste und ob der Pfirsichhälfte in ihrem Mund auch sehr undeutlich.
Frank und Daniel mussten laut loslachen, denn durch den Versuch sich – wenn auch undeutlich - mit vollem Mund zu

artikulieren, lief ihr nun auch noch etwas Pfirsichsaft vom rechten Mundwinkel aus über ihr Kinn.

Sie bemühte sich, den Pfirsich in ihrem Mund so schnell wie möglich herunter zu schlucken, während sie sich mit dem Handrücken über den Mund wischte, denn auch sie fing an zu lachen.

Das Kunststück gelang ihr und dann – während alle drei immer noch lachten – sagte sie: „Sorry, ich liebe es, Pfirsiche so zu essen. Das hab ich schon als Kind so gemacht. Eigentlich mache ich das so nicht unbedingt in Gesellschaft. Aber ich hab schon länger keine Dosenpfirsiche mehr gegessen und da ist es einfach mit mir durchgegangen."

Sie lächelte.

Nachdem sie fertig gegessen hatten, ging Daniel zum Wagen und wühlte dort in seiner Tasche.

„Was sucht er?"

„Ich habe nicht die geringste Ahnung, Laura", lachte Frank.

Eine Minute später kam Daniel lachend zurück, wild eine Flasche schwenkend.

„Ich dachte schon, ich hätte ihn im Hotel vergessen."

„Ihn?"

„Single Malt. Islay."

Frank nickte anerkennend.
„Sie wissen offenbar, was gut ist, Daniel."
„Das will ich meinen. Hier, Leute, ich hab kleine Reisebecher extra für diesen Zweck."
Daniel verteilte die Becher.
„Aber an den Kocher konnten Sie nicht denken", kritisierte Frank. „Naja, ich will mal nicht so sein. Das macht es mehr als wett."
Nach dem zweiten Becher und ein paar Lagerfeuergeschichten kehrte ein wenig Ruhe ein.
„Was führt Sie beide wirklich hierher? Sind Sie ein Paar und ist das so etwas wie ein romantischer Liebesurlaub?"
Erschrocken schauten sich die beiden an. Dass ihre Expedition eventuell einen solchen Eindruck erwecken könnte war ihnen nicht in den Sinn gekommen.
„Nein", sagte Frank energisch.
„Auf keinen Fall", sagte Daniel.
„Ich bin nicht schwul", sagte Frank.
„Er ist überhaupt nicht mein Typ", kam von Daniel.
Frank schaute ihn verwundert an.
„Naja, ist eben so", grinste Daniel.
Und dann lachte Daniel und Laura warf sich lachend auf den Rücken. Dem konnte sich auch Frank nicht entziehen und er lachte aus vollem Herzen mit.

Als sich alle wieder gefangen hatten, startete Laura einen neuen Versuch.

„Also?“

„Also was?“

„Was führt Sie beide hierher?“

Daniel beugte sich zu ihr vor, deutete ihr mit dem Zeigefinger, näher zu kommen und flüsterte in verschwörerischem Ton: „Wir sind auf einer Abenteuerexpedition.“

Frank verpasste Daniel unauffällig einen leichten Schlag mit dem Handrücken gegen sein Bein. Daniel machte daraufhin eine beschwichtigende Handbewegung.

„Eine Abenteuerexpedition? So wie im Film?“

„Genau.“

„Und was suchen Sie? Den Heiligen Gral? Die Bundeslade? Den Garten Eden? Die Arche?“

„Wie kommen Sie darauf, dass es etwas mit religiösem Hintergrund ist?“

„Ich dachte, das würde sich in dieser Gegend am ehesten anbieten. Außerdem sind Sie hier an einem heiligen Ort und Sie sagten, Sie seien Religionslehrer im Ruhestand.“

„Wir könnten ja auch nach Spuren der Sumerer suchen.“

„Das stimmt. Wäre auch nicht der schlechteste Platz dafür. Aber nun mal im Ernst, was suchen Sie?“

„Eigentlich wissen wir das selbst nicht so genau. Es müsste ein sehr altes Zeichen oder ein Hinweis sein, etwas Unveränderliches. Wir dachten, im, an oder um den Tempel würden wir etwas finden. Aber der Tempel ist nicht alt genug, nichts hier oben ist alt genug."
„Hmmm."
Laura, die im Schneidersitz vor dem Kocher saß, stützte ihr Kinn in beide Hände – ihre Ellbogen ruhten auf ihren Knien – und starrte in die Flamme des Kochers.
„Nicht alt genug, hmmmm...der Tempel vielleicht nicht, aber vielleicht..."
„Vielleicht was?"
„Nun ja, ich sagte ja bereits, dass Heiligtümer immer schon da sind und Menschen sie nur markieren, eben mit solchen Bauwerken zum Beispiel."
„Und?"
„Und manchmal oder sehr oft werden diese Bauwerke über dem eigentlichen Heiligtum errichtet. Manchmal gibt es dann im Inneren des Gebäudes einen geheimen Zugang zum wahren Heiligtum. Kann aber auch sein, dass der Zugang zum wahren Heiligtum sich außerhalb befindet. Also müssten Sie im Gebäude nach einem geheimen Zugang suchen, der logischerweise nach unten führen muss."
„Das ist genial."
„Danke. Aber das bringt hier nichts."

„Wieso?“

„Ich war im Inneren. Eine geheime Tür wäre mir aufgefallen. Sie können gerne selbst noch einmal schauen, aber ich glaube nicht, dass Sie etwas finden werden.“

„Nein, wahrscheinlich haben Sie recht. Eine Tür wäre im Laufe der Jahrzehnte gefunden worden. Und egal wie alt dieses Tempelchen ist, die Erbauer haben es auf etwas aufgebaut, dass viel älter ist. Wer weiß, wieviel Gebäude an der Stelle schon standen. Wenn wir davon ausgehen, dass das wahre Heiligtum immer noch geheim ist, da man noch nichts davon gehört hat, würde das bedeuten, dass keinem der Erbauer dieses Tempels das wahre Heiligtum oder etwa ein Zugang dazu bekannt war.“

„Das klingt einleuchtend, Frank.“

„Also bleibt nur die Möglichkeit“, meldete sich Laura zu Wort, „dass es außerhalb des Gebäudes in einiger Entfernung einen Zugang geben muss, der unter den Tempel führt zum wahren Heiligtum. Wenn es nicht komplett eingegraben ist. Und wenn überhaupt etwas dort ist.“

Die beiden Männer nickten.

Laura schaute zwischen ihnen hin und her.

„Wahnsinn“, sagte sie. „Das ist total aufregend. Bitte lassen Sie mich mit Ihnen suchen. Ich könnte unsere Suche fotografisch dokumentieren.“

„Hören Sie, Laura, die Sache ist nicht ungefährlich. Und keiner von uns kann für Ihre Sicherheit garantieren. Wir können nicht einmal für die eigene Sicherheit unsere Hand ins Feuer legen. Möglicherweise sind sehr gefährliche Leute hinter uns her, die verhindern wollen, dass wir finden, was immer wir finden könnten."

„Ich bin ein großes Mädchen. Was glauben Sie, warum ich durch die Welt fahre? Ich bin hier vielleicht gerade auf das größte Abenteuer meines Lebens gestoßen. Würden Sie das etwa sausen lassen an meiner Stelle?"

Diesem Argument konnte sich Frank nicht verschließen, ähnelte es doch sehr seinen Gründen, an dieser Unternehmung teilzuhaben.

„Lassen Sie Daniel und mich das besprechen, in Ordnung?"

„In Ordnung. Ich lasse Sie mal ein paar Minuten allein."

„Was meinen Sie, Daniel?"

„Ich mag sie irgendwie und sie war uns nun ja auch schon eine Hilfe. Sie hat den gleichen Enthusiasmus, den ich auch schon bei Ihnen festgestellt habe."

„Ja, ich sehe das ähnlich."

„Die Frage ist, ob wir ihr wirklich trauen können."

„Ja, das frage ich mich auch."

„Auf der anderen Seite denke ich mir, wenn wir schon Gottes Auftrag erfüllen, wird auch alles so passieren, wie

Gott das vorgesehen hat, was das auch immer sein mag und wie auch immer die Welt darauf reagieren mag. Ist alles in Gottes Plan.“

„Wenn Sie das so sehen, dann kann man eigentlich auch gar nichts falsch machen.“

„Nicht aus der Sicht Gottes, mein Freund, nicht aus der Sicht Gottes.“

Daniel lächelte und legte seine Hand auf Franks Schulter.

„Also sind wir uns einig?“, fragte Frank.

„Gott hat die Entscheidung längst getroffen.“

Als sie Laura zurückriefen, standen beide auf.

Sie kam mit einem fragenden Blick auf beide zu. Frank streckte ihr die Hand entgegen.

„Sie sind dabei.“

Sie nahm seine Hand und schüttelte sie.

„Vielen Dank. Das werdet ihr nicht bereuen. Oh Mann, das wird klasse.“

Daniel grinste amüsiert.

„Ich weiß, normalerweise schlägt das der Älteste vor“, meinte Laura, „aber sollten wir nicht alle zum Du übergehen?“

Frank und Daniel schauten sich an und nickten sich zu.

„Einverstanden. Frank.“

„Daniel.“

„Laura.“

Und über dem flackernden Licht des Gaskochers legten die drei ihre Hände übereinander und besiegelten damit ihre Vereinbarung.

„Wenn das nicht der richtige Augenblick für einen Single Malt ist, dann weiß ich auch nicht“, lachte Daniel und füllte die Becher erneut mit dem schottischen Gold.

Kapitel 14

Während Daniel und Frank in ihrem Zelt geschlafen hatten, diente Laura ihr R4 als Schlafstatt. Sie schien gut geschlafen zu haben, denn als die beiden Männer noch leicht verschlafen aus ihrem Zelt krochen, hockte Laura schon vor dem Gaskocher.

„Ich dachtc, weil die Nacht ziemlich kalt war, ich mache uns frischen, heißen Kaffee."

„Gute Idee", gähnte Frank.

„Genau was ich jetzt brauche", murmelte Daniel.

Als sie den Kaffee tranken, aus weißen Porzellantassen, die die junge Italienerin herbeigezaubert hatte, und sowohl die Müdigkeit als auch die Kälte der vergangenen Nacht aus ihren Gliedern wich, brach Laura das Schweigen.

„Wie geht es jetzt weiter? Mit der Suche, meine ich."

„Nun", antwortete Frank, „ich denke, wir werden erstmal rund um den Tempel suchen und den Abstand immer weiter vergrößern, bis wir etwas finden. Dann sehen wir weiter."

„Klingt nach einem Plan für mich", meinte Daniel.

„Und nach was suchen wir?"

„Ich dachte, das sei klar. Nach einer Öffnung oder nach einem Hinweis darauf. Da hier wohl bis heute niemand etwas in der Art gefunden hat, wird es nicht offensichtlich sein, wo sich der Eingang zum wahren Heiligtum befindet, wenn es so etwas denn überhaupt gibt."

„Entschuldige", sagte Laura, „aber sollten wir dann nicht vielleicht mit der Suche dort anfangen, wo garantiert nicht so viele Menschen herumgelaufen sind, wie auf dem Platz rund um dem Tempel?"

„Im Prinzip hast Du recht, aber auf der Ebene hier am Tempel könnte sich dennoch der Zugang befinden. Er könnte unter etlichen Zentimetern Erde verborgen liegen, vielleicht mit einer Steinplatte darüber."

„Und wenn das so wäre, wie sollen wir den Zugang dann finden?"

Frank kratzte sich am Kinn und schob seinen Hut in den Nacken.

„Gute Frage."

„Gott wird uns schon die richtige Stelle zeigen", sagte Daniel.

„Gott?", fragte Laura. „Wieso? Weil er einen Religionslehrer nicht enttäuschen will? Nein, nein, ich finde, wir sollten logisch vorgehen. Wir wissen nicht einmal, ob es überhaupt etwas gibt, zu dem es einen Zugang geben könnte. Wenn es ein verborgenes Heiligtum gibt, das mehrere tausend Jahre alt ist, dann hat man es dort verehrt, wo es war, als man es entdeckt hat. Ausgegraben hat man es wahrscheinlich nicht, denn woher sollte man wissen, dass dort, wo man gräbt, auch etwas ist. Nein, Jungs“, sagte sie fest, „wenn ich so darüber nachdenke, kommt nur eine Höhle in Frage. Mag sein, dass es entdeckt wurde, weil jemand durch die Höhlendecke gebrochen ist, aber trotzdem muss ein Eingang zu der Höhle existieren. Und einen solchen Eingang finden wir wahrscheinlich eher irgendwo seitlich vom Heiligtum als darüber. Wir müssen also nach einer Stelle suchen, an der sich ein Höhleneingang befinden könnte.“

Laura nickte bekräftigend.

„Außerdem interessiert mich noch immer, wie Ihr darauf kamt, gerade hier nach was auch immer zu suchen. Ein kurdisches Heiligtum auf einem Berg allein kann es ja wohl nicht gewesen sein.“

Frank grinste und breitete die Karte vor Laura aus, während er sich zu Daniel umdrehte und sagte: „Kann Kaffee kochen und ist intelligent. Was man nicht alles in der Wüste findet.“

Daniel lachte.

Laura legte den Kopf schief.

„Ja, ohne mich hättet Ihr weder warmes Essen noch einen Kaffee gehabt und Ihr würdet planlos um einen alten Tempel herumlaufen.“

„Touché“, lachte Daniel.

Frank tippte mit dem Finger auf die Karte, dort wo sich Sinjar Mountain befand. Dann blickte er Laura an und wartete auf ihre Reaktion.

Sie blickte auf die Karte.

„Und?“

Plötzlich weiteten sich ihre Augen.

„Es sieht fast wie ein geschlossenes Auge aus. Ein riesiges Auge, ein Tempel, ein Heiligtum. Klar, jetzt verstehe ich. Wo sollte man sonst nach etwas suchen, wenn nicht an einer solchen Stelle. Aber Moment mal, das kann doch kein Zufall sein, dass Ihr darauf gestoßen seid. Ihr wusstet schon bevor Ihr in den Irak gekommen seid, dass es irgendwo hier irgendetwas gibt, habt ein Zeichen dafür gesucht und diesen Berg gefunden.“

Sie blickte Frank in die Augen.

Der grinste und nickte.

Und dann erzählte Daniel von dem Schriftstück, das sie bis dorthin geführt hatte. Wobei er darauf achtete, die Details der Entdeckung und aller Umstände, die damit verbunden waren, zu verschweigen.

„Und Du bist sicher, dass dieses Schriftstück authentisch ist?“

„Ja, absolut.“

„Wahnsinn. Jetzt verstehe ich auch, warum Ihr annehmt, dass dieses ganze Unternehmen nicht ungefährlich ist."

„Möchtest Du nun vielleicht lieber aussteigen?"

„Ich bin doch nicht bescheuert. Die Geschichte wird doch immer besser. Wer weiß, was wir finden. Wir könnten damit die Welt verändern."

„So haben wir uns das auch gedacht", lachte Frank.

„Also", erklärte Laura, „der Tempel steht ziemlich nah an der Nordseite des Berges, der an dieser Stelle auch oben ziemlich steil abfällt. Ich würde vorschlagen, dass wir an dieser Wand zuerst nach einem Höhleneingang suchen."

„Einverstanden."

Kapitel 15

Vorsichtig kletterten die drei den steilen Hang hinunter, der hauptsächlich aus lockerem Geröll zu bestehen schien. Etwa 25 Meter unterhalb des Kammes befand sich ein Absatz, der etwa zwanzig Meter lang war und horizontal zum Hang lag. Er war stabil, denn er bestand aus festem Fels, war aber nicht sehr breit.

Als sie alle auf dem Absatz waren, ragte vor ihnen die schräge Wand bis zum Kamm auf.

„Was meint ihr? Scheint mir vielversprechend zu sein", sagte Daniel.

„Die Frage ist nur, ob es sinnvoller ist auf dem Absatz oder unterhalb dieses Felsens nach einem Höhleneingang zu suchen", meinte Frank.

„Da wir nun schon mal hier stehen, fangen wir einfach hier an. Wenn wir nichts finden, machen wir einfach unterhalb weiter", meinte Laura pragmatisch.

„Weise gesprochen, junge Lady", entgegnete Daniel.

„Lasst uns in der Mitte anfangen."

Sie begannen, mit den mitgebrachten Spitzhacken, Spaten und Schaufeln auf drei Metern Breite in der Mitte des Absatzes das lose Geröll und Erdreich abzutragen, das von oben aber auch immer wieder nachrutschte.
Erst nach etwa zwanzig Minuten hörte dieses Nachrutschen von oben auf. Nur unterhalb einer dadurch zum Vorschein gekommenen Felskante rutschte noch Erdreich nach unten. Je mehr sie wegschaufelten, desto mehr wurde von dieser Felskante freigelegt, die fast wie ein Türsturz wirkte. Als die Felskante etwa auf einen halben Meter Dicke freigelegt war, starrte Daniel gebannt darauf.
Er klopfte Frank und auch Laura auf die Schulter und bedeutete ihnen, mit den Arbeiten aufzuhören. Dann deutete er mit dem Arm in Richtung der Felskante.
„Täusche ich mich oder ist da auf dem Stein ein Zeichen eingeritzt?“
„Ich sehe es nicht genau“, sagte Frank und begann, auf dem verbliebenen Geröllhaufen zu der Felskante hinauf zu steigen.
Oben angekommen, wischte er mit der Hand mehrfach über den Fels. Dann drehte er den Kopf und schaute die beiden anderen an.
„Es ist ein Zeichen.“
„Was ist es?“, fragten beide fast gleichzeitig.

„Es ist ein Auge. Es ist geöffnet und hat so eine Art Strahlenkranz.“
„Ist ein Witz, oder?“
„Nein, kein Witz.“
„Du meinst, wir fangen hier an zu graben und stoßen direkt auf das, was wir suchen? Wir machen das hier ohne einen einzigen Fehlversuch? Nachdem ihr diesen Berg einfach mal so ausgesucht habt, weil er aussieht wie ein Auge und ihr damit auch noch richtig lagt?“, fragte Laura ungläubig. Dann lachte sie laut und fest. „Mann, hab ich ein Glück. Ich bin in der irakischen Wüste über die wahrscheinlich größten Glückspilze auf dem gesamten Planeten gestolpert.“
„Mit Glück hat das nichts zu tun“, erwiderte Daniel.
„Du meinst also tatsächlich, dass Gott uns zu dieser Stelle geführt hat?“
Daniel nickte. „Wer denn sonst?“
Frank rutschte wieder runter zu den beiden.
„Los, lasst uns weiter graben.“

Gegen Mittag hatten sie schon ziemlich viel des Gerölls wegschaffen können. Man konnte jetzt sehen, dass unterhalb des Sturzes – mit leichtem Versatz nach hinten – kein Erdreich oder Geröll mehr lag, sondern sich eine Art Mauer befand, die anfangs wie eine Felswand aussah, sich aber

nach kurzer Zeit als zu regelmäßig für natürlichen Fels entpuppte.
„Wir sollten mal eine Pause einlegen und etwas essen. Außerdem ist mein Wasser leer und die Hitze ist auch nicht gerade angenehm."
„Ok, Daniel. Gehen wir zum Lager und ruhen uns etwas aus. Laura, gibt es noch etwas von dem guten Kaffee?"
„Ihr wollt wirklich jetzt eine Pause machen? Jetzt, wo wir fast fertig sind?"
„Laura, wir haben keine Ahnung, wieviel Arbeit noch vor uns liegt. Vielleicht müssen wir noch Tage dranhängen. Es bringt gar nichts, wenn wir gleich am Anfang unsere Kräfte aufbrauchen ohne sie wieder aufzufüllen."
Laura blickte Frank trotzig an, nickte dann aber.
„Habe ich schon erwähnt, dass ich manchmal sehr ungeduldig bin?", fragte sie.
Frank lachte. „Wäre mir nie aufgefallen."

Nachdem sie sich gestärkt und auch etwas ausgeruht hatten – sie hatten beschlossen, die stärkste Mittagshitze zu meiden und erst am späteren Nachmittag weiter zu graben – kletterten sie wieder hinunter zu ihrer Grabungsstelle. Die Sonne stand schon tief, als sie ihre Arbeit fortsetzten.
Kurz vor Sonnenuntergang hatten sie den größten Teil des Erdreichs abtragen können und standen nun vor einem fast

drei Meter hohem Eingang, der jedoch durch eine Mauer versperrt war.

Die Mauer selbst schien aus mehr oder weniger gut behauenen Steinen und einem groben Lehmputz zu bestehen. Sie war so angelegt, dass sie fast wie eine natürliche Felswand wirkt. Nur das auffällige Auge auf dem Sturz über diesem vermutlichen Eingang verriet, dass diese Wand von Menschenhand erschaffen worden war.

Verschwitzt, dreckig und etwas atemlos standen die drei davor.

„Heute wird das nichts mehr."

„Nein, Daniel, wir werden wohl morgen weitermachen."

„Schade", meinte Laura und grinste, „ich war gerade so schön in Fahrt."

Zurück im Lager wurde nicht mehr viel geredet. Dazu waren sie zu erledigt. Nach dem Essen war Schlaf das dringendste Bedürfnis. Am nächsten Tag wollte jeder wieder fit sein, denn das Geheimnis hinter der Mauer lockte.

Kapitel 16

„Eminenz?“

„Was gibt es, Pater?“

„Neues über Saunders und den Journalisten. Sie befinden sich auf einem Berg im Irak, in der Nähe eines kurdischen Heiligtums und suchen dort etwas. Sie graben.“

„Graben? Nach was?“

„Ich weiß es nicht, Eminenz.“

„Dann finden Sie es heraus! Wissen Sie denn wenigstens, an was er zuletzt gearbeitet hat?“

„Nein, Eminenz.“

„Wie kann das sein? Wieso weiß mein persönlicher Assistent nicht, was in meiner Kongregation vorgeht?“, schrie der Kardinal wütend.

„Ich bitte um Vergebung, Eminenz, aber wir versuchen noch, herauszufinden, welche Stücke kurz vor seinem Ausscheiden in das Archiv gebracht wurden. Das ist nicht einfach. Saunders ist anscheinend absichtlich etwas nachlässig gewesen bei der Archivierung. Wir hatten ja auch schon versucht vor einiger Zeit darüber etwas herauszufinden – Sie wissen, Canaletti, der andere Reporter, den Saunders vor Lemm aufgesucht hatte. Aber wie Sie sich sicher noch erinnern, hatte der italienische Journalist einen, nun ja, bedauerlichen Unfall, als wir ihn zu einer Befragung bitten wollten. Und der Mitarbeiter von Saunders, der uns mit Sicherheit Auskunft geben könnte, ist während eines Auftrages in Südamerika verschwunden."

„Waren wir das auch?"

„Nein, Eminenz. Wir haben weder mit seinem Verschwinden etwas zu tun, noch wissen wir, was ihm zugestoßen ist."

„Könnte es sein, dass er untergetaucht ist?"

„Das könnte natürlich sein, Eminenz, aber dann wäre er in Südamerika wohl kaum wieder aufzuspüren."

„Unsere Leute dort sollen die Augen aufhalten. Und überprüfen Sie die Akten über archäologische Funde auf ungewöhnliche Dinge, Auffälligkeiten, die in Zusammenhang mit der Reise von Saunders in den Irak stehen könnten. Und lassen Sie ihn dort nicht aus den Augen. Ich will über jede neue Entwicklung informiert werden."

Kapitel 17

Der ohnehin nicht mehr überall vorhandene Lehmputz platzte mit jedem Schlag, den die beiden Männer mit den Spitzhacken ausführten, ab und legte mehr und mehr von den Steinen der Mauer frei.

Nun zielten sie auf die Fugen zwischen den Steinen, in der Hoffnung, ein erstes Loch in die Mauer schlagen zu können.

„Wenn wir erstmal einen Stein herausgeschlagen haben, geht der Rest fast von allein“, schnaufte Daniel.

„Dein Wort in Gottes Ohr“, schnaufte Frank.

„Na los, ihr habt es fast geschafft“, rief Laura. „Der Stein da links scheint schon ziemlich locker zu sein.“

„Vielleicht möchtest Du dich einmal mit der Spitzhacke versuchen“, schlug Frank vor, ganz offensichtlich leicht genervt ob der ständigen Ratschläge, die Laura seit sie begonnen hatten, die Wand mit den Spitzhacken zu bearbeiten, von sich gab.

Laura verdrehte die Augen.

„Schon gut, ich sag ja schon nichts mehr.“

Es hatte sich aber tatsächlich einer der Steine gelockert, was sowohl Daniel als auch Frank aufgefallen war, weswegen beide versuchten, ihn mit der Spitze ihrer Hacke heraus zu hebeln. Als das auch nach mehreren Versuchen nicht gelang, schob Frank Daniel etwas zur Seite, drehte seine Hacke um und stieß mit dem Stielende gegen den Stein, der sich löste und hinter der Mauer nach unten fiel. Er hinterließ eine dunkle Öffnung.

Frank spähte hinein, konnte aber nicht das Geringste sehen.

„Nichts zu sehen", sagte er.

„Nichts drin?"

„Keine Ahnung, es ist einfach nur zu dunkel, um etwas zu sehen."

„Achso."

Frank zog den Kopf wieder zurück, steckte die breite Seite der Spitzhacke in das Loch und versuchte, die Steine darunter herauszubrechen, indem er den Stiel nach oben drückte.

„Geht's?", fragte Daniel.

„Du musst fester drücken", sagte Laura.

„Vielleicht helft Ihr mir mal, dann geht's auch fester."

Jetzt drückten alle drei den Stiel nach oben. Erst passierte gar nichts. Dann deutete ein leichtes Knirschen an, dass einige der Fugen sich zu lockern schienen.

Auf Kommando drückten sie alle noch einmal mit einem Ruck gegen den Stiel und mit einem Krachen brach ein Brocken mit fünf oder sechs Steinen aus der Wand. Frank

steckte seinen Oberkörper in die entstandene Öffnung, nahm sich aber damit zuviel Licht, um etwas sehen zu können. Also zog er sich wieder etwas zurück und bedeutete Daniel und Laura, aus dem Licht zu gehen.
„Was siehst Du?“
„Nicht sehr viel. Hier scheint tatsächlich eine Höhle zu sein. Wie tief sie ist kann ich aber nicht erkennen. Soweit reicht das Licht nicht hinein. Hol mal die Taschenlampen, Daniel. Die Öffnung ist groß genug. Wir werden hineingehen.“

Kurze Zeit später hatten sie durch die Öffnung die Höhle betreten und standen nun in einer Art Tunnelgang, der etwa zwei Meter breit und zweieinhalb Meter hoch war. Wände und Decke waren unregelmäßig. An manchen Stellen schienen sie behauen worden zu sein, an anderen konnte man erkennen, dass man sie dort so belassen hatte, wie sie entstanden waren.
Langsam, ständig mit den Taschenlampen um sich herum alles ableuchtend, gingen die beiden Männer voran, dicht gefolgt von Laura, deren Augen den wandernden Flächen folgten, die die Taschenlampen am Ende des sich bewegenden Lichtkegels auf Decke, Boden und Wänden der Höhle hinterließen.
Die Luft war zwar abgestanden, aber kühl und sauber, fast zu frisch für eine Höhle, die seit Jahrhunderten oder gar seit

Jahrtausenden verschlossen war. Der Boden war weich, mit Sand und Erde bedeckt. Nach einigen Metern jedoch änderte sich das. Nun setzten die drei ihre Füße auf dünn mit Erde bedeckten Fels, der ziemlich eben war.
Plötzlich stieß Daniel mit dem Fuß gegen etwas. Sofort leuchtete er auf den Boden.
„Wartet mal, hier ist etwas."
Er bückte sich und hob es auf. Es war eine Tontafel, die, wie es schien, auf beiden Seiten beschrieben war. Das konnte man sehen, als Daniel sie unter dem Licht der Taschenlampe hin und her drehte. Sie war etwas größer als zwei Männerhände.
Daniel seufzte.
„Mist."
„Was ist los?"
„Ich kann ja einige Sprachen und Schriften, aber die hier gehört nicht dazu. Das ist Keilschrift, assyrisch, sumerisch oder was weiß ich."
„Gott lässt uns doch nicht bis hierher kommen und dann scheitert das Ganze an einer Keilschrifttafel", sagte Frank.
„Naja", meldete sich Laura, „ich bin zwar kein absoluter Experte, aber ich bin einigermaßen mit alten Schriften aus der Zeit der Sumerer und ihrer Nachfolgezivilisationen vertraut."
Daniel grinste.

„Ist alles so, wie es sein soll. Er lässt uns nicht hängen."
„Scheint so", bestätigte Frank. „Sieht so aus, als hätte der Himmel Dich geschickt, Laura."
Laura lächelte.
„Wenn Du das sagst."
„Wie lange wird es dauern, bis Du die Tafel entziffert hast?"
„Keine Ahnung. Ich brauche auch meine Bücher und die sind im Auto. Aber ein paar Stunden wird es schon dauern."
Frank leuchtete mit seiner Taschenlampe nach vorne.
„Sieht aus, als würde sich der Gang da vorne aufteilen. Womöglich steht auf der Tafel, welchen Weg man nehmen soll. Sollen wir weitergehen? Oder bleiben wir auf der sicheren Seite und schauen, was auf der Tafel steht?"
Die drei schauten sich an.
„Wir sollten erst die Tafel entschlüsseln."
„Ja, sehe ich auch so. Ich werde mich auch beeilen damit."
„Dann lasst uns mal wieder zum Lager gehen."

Im Lager ging Laura sofort zu ihrem Renault, die Tafel in der Hand, während Daniel und Frank begannen, das Essen vorzubereiten.

Kapitel 18

„Was gibt es, Pater Lorenzo?"

„Nachricht von unserem Agenten im Irak, Eminenz."

„Ah, die Saunders-Expedition", erwiderte der Kardinal in abfälligem Ton.

„Ja, Eminenz. Ganz offensichtlich haben sie etwas gefunden oder vielmehr sind sie auf einen Hinweis gestoßen, der zu einem wichtigen Fund führen könnte."

„Und was könnte dieser wichtige Fund wohl sein, Pater?"

„Unbekannt, Eminenz. Zu diesem Zeitpunkt wissen wir noch zuwenig."

„Haben die Recherchen im Archiv denn noch keine neuen Anhaltspunkte geliefert?"

„Nein, wir sichten noch. Aber es könnte etwas mit einem archäologischen Fund in Jerusalem zu tun haben. Im Moment wissen wir nur, dass es um eine Art Bibliothek ging. Mit alten Schriften."

Meininger verdrehte die Augen.

„Natürlich mit alten Schriften, was sollte denn sonst in einer Bibliothek, die Teil eines archäologischen Fundes ist, zu finden sein."

„Ja, Eminenz. Wie es scheint, stammen die Schriften schätzungsweise aus dem ersten Jahrhundert. Dem frühen ersten Jahrhundert und auch älter."

„Sie meinen, es geht hier um Schriften aus Jerusalem, die zu Lebzeiten unseres Herrn Jesu verfasst wurden? Steht darin etwas über unseren Heiland?"

„Ist zu vermuten. Wie gesagt, wir sichten noch."

Der Kardinal nahm einen Zeigefinger vor seine Lippen und sprach bedächtig weiter, auf einen Punkt in der Ferne blickend.

„Was könnte in diesen Schriften stehen, dass sie Saunders zu seinem schändlichen Verrat an der heiligen Mutter Kirche verleitet haben? Und in welcher Verbindung könnte der Irak dazu stehen?"

Er blickte wieder zu Pater Lorenzo.

„Finden Sie endlich heraus, um was es geht."

„Sollen wir dafür sorgen, dass die Grabungen auf diesem irakischen Berg beendet werden?"

Meininger überlegte kurz.

„Nein, lassen Sie Saunders weitermachen. Wir werden warten, bis sie gefunden haben, was sie suchen. Und dann werden wir es ihnen im Namen der Kirche abnehmen. Wenn es etwas mit Jesus zu tun hat, haben wir das größte Anrecht darauf."

Er lächelte verächtlich.

„Machen Sie sich an die Arbeit, Pater. Ich will über jede neue Erkenntnis sofort unterrichtet werden. Sofort."

Der Pater verbeugte sich.

„Ganz wie Sie wünschen, Eminenz."

Kapitel 19

„Magst Du etwas essen, Laura? Du sitzt nun schon ziemlich lange über der Tafel."
„Ja, danke, Frank. Ich denke, ich bin bald fertig. Es wird zwar nicht perfekt, aber zumindest werden wir genug Text haben, um zu versuchen, etwas heraus zu lesen."
„Wir müssen also auch interpretieren?"
„Ja, solche alten Sprachen sind schwer zu übersetzen und im Falle der Keilschrift, die noch immer nicht vollständig entschlüsselt ist, ist es schwierig, bei vielen synonymen Ausdrücken den passenden heraus zu finden."
„Naja, wenn Du den Großteil übersetzen kannst, werden wir es zu dritt schon schaffen, den Sinn zu erkennen."
„Hoffentlich. Ist alles etwas verwirrend, gerade wenn man gar nicht weiß, um was es eigentlich geht."
Frank dachte sich, dass Laura ja noch nicht unbedingt alles wissen müsse. Also verschwieg er ihr weiterhin, dass sie vermutlich dem Gottesbeweis auf der Spur waren.
„Du schaffst das schon, Laura. Wie sieht es mit dem Essen aus?"
„Sobald ich hier fertig bin."

„In Ordnung. Wir werden es Dir warm halten."
Mit diesen Worten ging Frank zurück zu Daniel, der bereits drei Becher mit Whisky eingeschenkt hatte.
„Wo ist Laura?"
„Sie will es noch fertig machen. Dauert nicht mehr lange."
„Na, dann trinken wir schon mal."
Frank schaute Daniel nachdenklich an.
„Wann wollen wir ihr es sagen?"
„Was wir suchen?"
Frank nickte.
„Ich schätze, spätestens wenn wir den Text verstehen wollen, werden wir damit rausrücken müssen."
Frank nickte wieder.
„Sehe ich auch so. Können wir ihr trauen?"
„Bisher gibt es keinen Grund, das nicht zu tun."
„Dann werden wir es wohl riskieren."
„Mach Dir keine Sorgen. Gott weiß, was er tut."

Kapitel 20

„Satt geworden?“

„Ja, danke“, sagte Laura.

„Konntest Du die Tafel übersetzen?“

„Ja, ich habe versucht, einen halbwegs sinnvollen Text daraus zu machen und soweit ich konnte interpretiert, was die Verfasser meinten.“

„Die Verfasser?“

„Ja, sie bezeichnen sich selbst als die ‚Boten des Einen‘.“

„Was ist damit gemeint?“

„Naja, ich schätze mal, es geht um Gott und eine erste Idee des Monotheismus. Zumindest auf eine gewisse Weise.“

Frank und Daniel schauten sich an.

„Dann lass mal hören.“

Laura begann zu lesen.

„Wir, die Boten des Einen, wozu Er uns berufen, legen Zeugnis ab. Er offenbarte sich jedem von uns an verschiedenen Orten. Er führte uns zusammen und zeigte uns Du-Ku, den heiligen Berg, an dem er selbst die Welt berührte. Er zeigte uns den Saal und gebot uns, alles herzurichten für den Abschied der Götter. Er offenbarte uns, dass noch viele Götter kommen und gehen werden, dass noch zahlreiche Boten kommen und gehen werden, bevor ein Menschengeschlecht geboren wird, das den Einen finden und erkennen wird. So errichteten wir, die Boten des Einen, den zweigeteilten Schrein im Saal des heiligen Berges, getrennt durch die Worte des Einen, warten sie auf den Tag der Vereinigung, um damit das Menschengeschlecht wieder zu vereinen, das Enki durch die Sprache getrennt und Enlils Winde auf der Welt verteilt hat. Dort sollt Ihr die Worte des Einen finden, wo die Trennung war. Die Worte des Einen werden das Zeitalter der Vereinigung unter der Liebe des Einen einleiten. Die Worte des Einen werden Ihre Wirkung entfalten. Einmal durch Glauben befreit, werden sie für alle sichtbar sein und die unaufhaltsame Wandlung einleiten und nach gemessener Zeit für das Menschengeschlecht liebevolle Wahrheit sein. Die Priester der alten Götter, die Menschenwerk sind, werden dies zu verhindern trachten, doch sie werden scheitern, denn die Liebe des Einen ist groß. So versiegeln wir, die Boten des Einen, den heiligen Berg. So sei es bis zu dem Tag, an dem der Eine Dich hierher geführt hat. Wisse, dass Du sein Werk tust.“

Laura blickte von ihrem Schreibbrett auf.

Frank und Daniel sahen sie an.

Laura redete als erste wieder.

„Also, mal abgesehen von der monotheistischen Idee, scheint das nun nicht so besonders zu sein, was wir hier gefunden haben. Hängt natürlich auch davon ab, was wir finden werden in diesem Saal."
„Und was ist, wenn es wirklich eine Botschaft von Gott ist?", fragte Daniel.
„Du meinst, wenn es hier nicht nur um bloße Mythologie geht? Keine Ahnung. Ist das nicht ein bisschen weit hergeholt?"
Frank blickte Daniel an.
„Daniel, ich finde, wir sollten Laura jetzt alles erzählen."
Daniel nickte.
Und dann begann er, die ganze Geschichte zu erzählen. Alles das, was er auch schon Frank erzählt hatte.
Laura saß mit offenem Mund da, schüttelte ab und an ungläubig den Kopf. Er zeigte ihr den Text aus der Bibliothek und ließ auch alle merkwürdigen „Zufälle" seit der ersten Sichtung der Texte nicht unerwähnt.
Manchmal schaute Laura zu Frank, wie um sich zu vergewissern, dass Daniel sie nicht auf den Arm nahm. Doch Frank nickte immer nur mit ernstem Gesicht.

Nachdem alles gesagt war, herrschte tiefes Schweigen rund um den kleinen Gaskocher.
„Wow", brach Laura die Stille.

Die beiden Männer nickten und es war wieder Stille.
„Ich würde sagen, wir gehen morgen in die Höhle und schauen, wie wir diese Zeilen von der Tafel zu interpretieren haben“, sagte Frank.
„Ja, für heute sind wir weit genug gekommen“, ergänzte Daniel.
„Ja, das sind wir wohl“, meinte Laura.
Mittlerweile war es Nacht geworden.
Die drei saßen noch lange schweigend beieinander, unter einem dunklen, aber vor Sternen strahlendem Nachthimmel, bevor sie sich zur Ruhe begaben.

Kapitel 21

„Eminenz? Eminenz? Wachen Sie auf, Eminenz."
„Um Himmels Willen, Pater Lorenzo, was ist denn los? Es ist mitten in der Nacht."
„Sie wollten sofort unterrichtet werden, wenn sich etwas Neues ergibt."
„Ja. Und?"
„Ich fürchte, es sind nicht gerade gute Nachrichten. Es könnte um die Existenz der heiligen Mutter Kirche gehen."
„Seien Sie in einer viertel Stunde in meinem Amtszimmer. Ich möchte dann umfassend über alles informiert werden."
Der Pater eilte zur Tür, bemerkte dann, dass er etwas vergessen hatte, drehte sich noch einmal um und verbeugte sich kurz.
Der Kardinal unterließ es, seinen Kammerdiener zu wecken und zog sich alleine an.
Dann machte er sich auf den Weg zu seinem Amtszimmer.

„Ich habe mir die Freiheit genommen, für Eminenz einen Kaffee bereit zu stellen", sagte Pater Lorenzo,

dienstbeflissen neben dem Kardinal durch die hohen Flügeltüren in dessen Amtszimmer eilend.
Kurz vor dem großen Schreibtisch blieb er jedoch stehen und wartete, bis sein Vorgesetzter sich auf den thronartigen Sessel gesetzt und die Tasse an den Mund geführt hatte.
Der Kardinal schlürfte den heißen Kaffee, setzte die Tasse ab und schaute den Pater an.
„Nun?“
„Die Schriften aus der Bibliothek scheinen tatsächlich aus der Zeit zu stammen als Jesus lebte. Sie beschreiben merkwürdigerweise zeitnah fast sein ganzes Leben.“
„Von Anfang an?“
„Ja, als ob jemand gewusst hätte, was aus ihm werden würde.“
„Naja, die Weisen aus dem Morgenland wussten es ja auch. Und weiter?“
„Es gibt da auch viele Dinge, die in den von uns als authentisch eingestuften Texten der Heiligen Schrift abweichen. Teilweise stark abweichen. Es gibt Hinweise, dass das Judas-Evangelium möglicherweise als authentisch erscheinen lässt. Möglicherweise sogar authentischer als die bekannten Evangelien, weil es sich mit diesen Schriften deckt und auch älter ist als die des Neuen Testaments.“
„Ihnen ist doch wohl klar, dass diese Texte niemals das Licht der Öffentlichkeit sehen dürfen. Wir tragen die

Verantwortung für eine Milliarde gläubiger Menschen auf der ganzen Welt. Wenn die bisherige Lehre auch nur in Teilen in Frage gestellt werden kann, werden bald Kritiker kommen, die alles in Frage stellen. Sogar die Legitimation der heiligen Mutter Kirche."

„Ich habe schon alles Notwendige veranlasst, Eminenz. Die entsprechenden Texte werden Ihnen noch vorgelegt und dann archiviert werden."

„Gut. Und was hat die ganze Geschichte mit Saunders und dem Irak zu tun?"

„Wir sind in den Schriften auf eine Stelle gestoßen, in der das Zweistromland erwähnt wird."

„Erwähnt? Von wem und in welchem Zusammenhang?"

„Nun ja, laut den Schriften hat Jesus in einer Predigt gesagt, dass alle Menschen Kinder Gottes sind."

„Das ist ja nun nichts Neues."

„Er soll auch gesagt haben, dass alle seine Kinder ohne Schuld sind, wenn sie in sein Reich eintreten."

„Ohne Vergebung durch die Kirche trägt man immer Schuld. Diese Schriften sind ganz offensichtlich die Ausgeburten eines Phantasten. Und sie sind gefährlich."

„Das ist noch nicht das Gefährlichste, was in dieser Predigt steht. Übrigens sind auch die meisten anderen dort niedergeschriebenen Predigten aus der Sicht der Kirche als subversiv zu bezeichnen."

„Nun lassen Sie sich nicht schon wieder alles aus der Nase ziehen, Pater. Was steht noch Gefährliches in diesem Text? Und was hat Jesus, laut diesem Text, über das Zweistromland gesagt?“

„Jesus hat, laut dieser Predigt, gesagt – ich wage es kaum auszusprechen, Eminenz -, dass Gott für seine Kinder einen Hinweis auf seine Existenz dort hinterlassen hat. Und das Zweistromland befindet sich im heutigen Irak. Wahrscheinlich ist dies der Grund, warum Saunders und der deutsche Journalist dort graben. Sie hoffen, diesen Hinweis auf die Existenz Gottes zu finden. Und wie es aussieht, sind sie möglicherweise nah dran.“

„Wir müssen verhindern, dass was immer sie dort finden, wenn sie überhaupt etwas finden, in falsche Hände gerät. Und wenn ich falsche Hände sage, meine ich alle Hände außer die der Kirche.“

„Ich verstehe, Eminenz.“

„Kontaktieren Sie die üblichen Leute, die solche Aufgaben normalerweise für uns übernehmen. Sie sollen so schnell wie möglich vor Ort sein, aber erst eingreifen, wenn Saunders etwas gefunden hat. Unser Agent dort wird uns ja rechtzeitig Bescheid geben, nehme ich an?“

„Natürlich, Eminenz.“

„Das Artefakt ist sicherzustellen und sofort und ohne nähere Begutachtung unter Verschluss zu nehmen. Danach soll es sofort hierher geschafft werden.“

„Was soll mit Saunders und dem Journalisten geschehen?“

„Keine unnötige Gewalt. Vorrang hat die Sicherstellung des Artefakts. Den beiden soll nichts geschehen. Tot erregen sie weitaus mehr Aufsehen als lebend, wenn sie verrückte Geschichten erzählen, die wir nicht einmal dementieren müssen, weil sie keine Beweise haben. Haben wir uns verstanden?“

„Natürlich, Eminenz.“

Pater Lorenzo verbeugte sich. Dies war bei ihm zu einem natürlichen Reflex geworden.

„Schaffen Sie mir nur alles her, was die dort gefunden haben.“

„Eminenz, angesichts der Bedrohung für die Kirche, sollten wir da nicht auch Seine Heiligkeit informieren?“

„Das soll nicht Ihre Sorge sein, Pater“, fuhr Meininger seinen Assistenten an. „Ich werde Seine Heiligkeit zu gegebener Zeit informieren. Wir wollen ihn doch nicht mit unnötigen Details belästigen. Kümmern Sie sich um Ihre Zuständigkeiten, ich kümmere mich um die meinen.“

Kapitel 22

Schweigsam saßen die drei bei ihrem Frühstück zusammen. Nur das Geschirrgeklapper zeigte, dass Menschen anwesend waren. Als Laura am Ende des Frühstücks den beiden Männern und sich selbst noch einmal Kaffee nachfüllte, sprach sie als erste an diesem Morgen.

„Ist ja eine tolle Geschichte, in die wir da rein geraten sind. Stellt Euch nur vor, wenn wir tatsächlich einen Beweis für Gottes Existenz finden. Davon träumen die Menschen, seit sie genug Bewusstsein hatten, um sich einen Gott überhaupt vorzustellen."

„Ja", sagte Daniel, „und gleichzeitig gibt es nichts, wovor die Menschen jemals mehr Angst hatten, als zu erfahren, dass Gott beweisbar existiert."

Frank nickte.

„Und Menschen, die Angst haben, aus welchen Gründen auch immer, können sehr gefährlich werden. Wenn Menschen zum Beispiel um ihre Macht fürchten. Glauben Sie mir", sprach Daniel weiter, „ich habe Menschen schon aus geringeren Gründen schlimme Dinge tun sehen. Aber

wenn sie ihre Macht oder ihre gewohnte Lebensweise bedroht sehen, sind sie zu vielen Dingen fähig."
„Wie jemanden an ein Kreuz zu schlagen", sagte Frank und nippte an seinem Kaffee.
„Wie jemanden an ein Kreuz zu schlagen", wiederholte Daniel und nickte.
Laura schaute zwischen beiden hin und her.
„Aber wir werden doch weitermachen, oder?"
Daniel nickte.
„Wir tun ja nur, was wir tun müssen. Da stellt sich keine andere Frage mehr."
„Vielleicht können wir ja schon mal versuchen, den Text zu deuten, bevor wir in die Höhle gehen. Zumindest, soweit wir es können."
Frank und Daniel stimmten Laura zu.
„Also, es sind mehrere Verfasser gewesen und ihnen allen hat sich Gott offenbart, woraufhin sie diesen Berg als den heiligen Berg Du-Ku erkannt haben. Dann haben sie wohl die Höhle gefunden und in ihr einen großen Raum, den Saal. Und in diesem Saal befindet sich der zweigeteilte Schrein, der durch die Worte Gottes getrennt ist. Wie ist das wohl gemeint? Durch die Worte Gottes getrennt."
„Ich schätze, das werden wir verstehen, wenn wir davor stehen. Ich würde mal annehmen, dass der Saal von zwei

Seiten zu erreichen ist. Der Gang spaltete sich ja auf in zwei Gänge."

„Ja, und die Worte Gottes sind irgendwo da, wo die beiden Schreine getrennt sind."

„Hilft ja nichts", meinte Frank, „wir müssen runter und nachsehen. Ich will endlich wissen, was hinter der ganzen Sache steckt. Ich bin ja normalerweise aus Berufsgründen schon sehr neugierig, aber hier ist das noch um einiges stärker."

Daniel lachte.

„Wäre auch schlimm, wenn es anders wäre."

Sie nahmen ihre Taschenlampen, Schaufel, Spaten und Spitzhacke sowie Lauras Niederschrift der Übersetzung, gingen zum Bergkamm und kletterten hinunter zur Höhle.

Kapitel 23

Sie hatten die Stelle, an der sie die Tafel gefunden hatten, hinter sich gelassen. Frank leuchtete nach vorne in Richtung der Gabelung. Als sie endlich dort standen, hielten sie kurz inne.

„So, nun müssen wir uns entscheiden. Gehen wir links oder gehen wir rechts?", fragte Frank.

„Wenn ich den Text richtig verstehe, dann müssten eigentlich beide Wege zum Saal führen," meinte Laura.

Daniel schüttelte den Kopf.

„Aber wenn die Schreine getrennt sind und zu jedem der Schreine einer der Gänge führt, wie können dann beide im selben Saal sein. Das widerspricht sich doch."

„Vielleicht ist es ja gar kein Widerspruch. Vielleicht glauben wir das ja nur, weil wir von den falschen Annahmen ausgehen", sagte Frank in nachdenklichem Ton.

„Wie auch immer", sagte Laura, „auf jeden Fall müssen wir uns für einen Weg entscheiden, wenn wir nicht für immer hier stehen bleiben wollen."

„Vielleicht finden wir ja an der Wand einen Hinweis", sagte Frank und ging ein paar Schritte nach vorne und wischte mit der Hand über den Felsen. „Hier ist eine glatte Fläche. Moment, da ist etwas eingraviert. Leuchte mal hierhin, Daniel.“

„Was ist es?“

„Zwei kleine Flächen mit Schriftzeichen, fast wie zwei Siegel, eines auf der rechten, eines auf der linken Seite. Aber es ist wieder Keilschrift.“

„Lass mich mal sehen“, drängte sich Laura nach vorne. „Das ist leicht. Links steht Enkis Name und rechts Enlils. Ist schon erstaunlich. Ist – soweit mir bekannt ist – das einzige Mal, dass beide Namen zusammen an einer Kultstätte gefunden wurden.“

„Aber was bedeutet das? Wo sollen wir jetzt lang gehen?“

„Laut der sumerischen Mythologie ließ Enki die Menschen erschaffen“, redete Laura weiter. „Wenn ich wetten müsste, würde ich links gehen.“

„Und warum?“

„Er hat die Menschen erschaffen lassen und nun sind die Menschen soweit entwickelt, dass sie zurückkehren. Im Text ist von der Vereinigung die Rede. Also für mich macht das Sinn. Außerdem kam erst die Sprachverwirrung durch Enki und dann erst wurden die Menschen in alle Winde verstreut. Zumindest steht das in diesem Text und eigentlich ja auch ähnlich in der Bibel. Wenn wir zum Ursprung wollen, müssen wir zu Enki. Und das ist der linke Gang.“

Daniel schaute Frank an und zuckte mit den Achseln.
„Also für mich klingt das auch einleuchtend. Hören wir auf die Kleine. Wir nehmen den linken Gang.“
„Okay, gehen wir nach links. Wenn wir dort nichts finden, können wir ja zurückkommen und den rechten Gang versuchen.“
Sie folgten dem linken Gang, der kleiner war als der Hauptgang, der sie zu der Gabelung geführt hatte. An manchen Stellen wurde er so schmal, dass sich die drei gerade so durchdrücken konnten. An anderen Stellen kamen sie nur leicht gebückt voran, weil die Höhlendecke so niedrig war.
„Wir müssten jetzt bald irgendwo unter dem Tempel sein“, meinte Daniel.
Frank wollte gerade antworten, da merkte er, wie sich der Klang ihrer Schritte veränderte. Es hörte sich weiter an. So, als wären sie am Eingang eines größeren Raumes.
Frank leuchtete nach vorne, aber nach zwei Metern schien das Dunkel den Lichtstrahl der Taschenlampe einfach zu verschlingen.
„Da vorne ist etwas.“
„Der Saal?“
„Wahrscheinlich.“

Langsam gingen die drei weiter, vorsichtig ihre Schritte setzend und ständig alles vor ihnen mit ihren Taschenlampen ausleuchtend.
Und dann öffnete sich der enge Höhlengang und sie betraten einen offensichtlich großen Raum.
„Das muss der Saal sein“, meinte Frank und leuchtete nach oben. Er ließ den Lichtkegel wandern.
„Scheint etwa vier bis fünf Meter hoch zu sein.“
Dann leuchtete rechts an der Wand entlang.
„Und er scheint ziemlich groß zu sein“, sagte er unsicher.
„Geh mit dem Licht noch mal etwas zurück“, bat Laura.
„Dort. Was ist das?“
„Sieht aus wie eine Fackel. Bestimmt gibt es noch mehr davon hier. Die haben ja damals sicher auch Licht benötigt“, sagte Daniel.
Frank ging zu der Fackel und zündete sie mit den Streichhölzern an. Sofort konnte man – wenn auch das meiste nur schemenhaft – einiges in der Höhle erkennen. Sie schien etwas über zwanzig Meter im Durchmesser zu sein. In der Mitte stand ein nur undeutlich erkennbares Gebilde. An der Wand befanden sich rundherum noch mehr Fackeln im Abstand von jeweils ungefähr drei Metern.
Frank lief mit der brennenden Fackel, die er aus der Wandhalterung genommen hatte, an der Wand entlang und entzündete alle anderen Fackeln.

Dann blieb er stehen und schaute sich in dem Höhlengewölbe um.
Auch Laura und Daniel ließen fasziniert ihre Blicke schweifen.
Das Gebilde in der Mitte des Höhlensaales war nun vollständig zu erkennen. Es handelte sich um eine Art übergroßen Thron, der aus Platten zusammengefügt war, die aus poliertem rosa Quarzgestein bestanden. Eine Darstellung Enkis zierte die Rückenlehne zur Sitzfläche hin. Der Thron selbst stand auf einem dreistufigen Podest. Neben dem Thron, jeweils in den Ecken des Podestes, standen Löwenfiguren, die aus einem bläulichen Stein gehauen waren. Ihre Mähnen waren mit Gold verziert, das im Fackelschein rötlich schimmerte.
„Das ist es?“, fragte Laura enttäuscht.
„Ich weiß nicht“, antwortete Frank. „Es war ja von zwei Schreinen die Rede, die getrennt sind. Wenn wir diesen steinernen Sessel hier als Schrein nehmen, dann fehlt der zweite. Aber der müsste ja auch in diesem Saal sein. Und dazwischen das Wort Gottes, also eine Schriftrolle, eine Tafel oder etwas in der Art.“
Daniel kratzte sich am Kopf.
„Tja, ich bin da auch überfragt. Vielleicht sollten wir noch einmal in den Text schauen.“
Laura schaute auf ihr Schreibbrett.

„Man könnte es auch so deuten, dass der Saal selbst der Schrein ist."
„Riesenidee, Laura, aber wo ist dann der zweite Schrein?"
„Der Saal ist beide Schreine", antwortete Laura.
„Wenn der Saal beide Schreine ist, wo ist dann Enlils Thron? Oder musste er etwa stehen?"
Frank konnte sich den bissigen Unterton nicht verkneifen. Er war etwas frustriert, standen sie doch nun nach ihrer hoffnungsvollen Suche vor einem Rätsel innerhalb eines Rätsels.
„Und wenn wir erst einmal zurückgehen und den anderen Weg versuchen?", fragte Daniel.
„Ja, lasst uns das tun", antwortete Laura. „Frank, gehst Du bitte mit der Fackel voran?"
Frank übernahm die Führung und sie zwängten sich wieder durch den engen Gang, zurück zur Gabelung. Dann schlugen sie den rechten Weg ein, der ein bisschen gewundener war als der linke. Aber er war weniger eng und sie konnten die ganze Zeit bequem dort gehen.
Auch hier kamen sie schließlich in ein großes Höhlengewölbe, das fast wie das Spiegelbild des vorherigen Saales aussah, nachdem sie auch dort die Fackeln angezündet hatten. Auch hier stand in der Mitte ein Thron, der jedoch aus grünlichem Quartzgestein bestand und sich von dem Thron im anderen Raum lediglich durch eine

Darstellung Enlils auf der Rückenlehne unterschied. Auch er stand auf einem dreistufigen Podest, an dessen Ecken jedoch statt Löwen vierbeinige Greife postiert waren. Sie waren auch aus blauem Stein gearbeitet und Schnäbel und Schwingen waren vergoldet.

„Und nun?“

Frank klang ratlos.

„Tja“, sagte Daniel, „keine Ahnung. Sieht fast genauso aus wie der andere Saal.“

„Denkt doch mal nach, Jungs. Zwei Schreine, zwei Säle. Die müssten doch nach meinem räumlichen Empfinden, wenn ich mal so überlege, in welche Richtungen wir gegangen sind, ziemlich dicht nebeneinander liegen.“

„Schon möglich. Das könnte hinkommen.“

„Und wenn sie vielleicht sogar direkt nebeneinander liegen?“

„Bringt uns das irgendwie weiter, Laura?“

„Weiß ich nicht, aber sollten wir das nicht erst einmal austesten? Vielleicht sollten wir in beiden Räumen sein. Ginge ja, schließlich sind wir zu dritt.“

„Ja, und dann?“

„Dann sehen wir einfach weiter, Jungs. Wir können uns ja mal auf die Steinsessel setzen und sehen, was passiert.“

„Aber wie verständigen wir uns?“, wollte Frank wissen.

„Wenn die beiden Säle direkt nebeneinander liegen, dann könnte es mit Rufen klappen, wenn die Wand nicht zu dick ist“, meinte Daniel.

„Also gut, versuchen wir es“, sagte Frank. „Ich werde in den anderem Saal gehen.“

„Ich komme mit“, rief Laura.

„Geht Ihr nur, ich bleibe hier. Soll ich mich schon mal auf den Thron setzen?“

„Nein, Daniel, warte bitte bis ich rufe.“

Daniel nickte.

Frank und Laura gingen los und beeilten sich, den anderen Saal zu erreichen. Dort angekommen ging Frank zu der Wand, die in Richtung des zweiten Saales liegen musste.

„Daniel, kannst Du mich hören?“, rief er ziemlich laut.

„Ja, sehr gut sogar“, hörte er Daniel antworten. Seine Stimme klang laut und deutlich.

Er drehte sich zu Laura um.

„Scheint eine ziemlich dünne Wand zu sein.“

Laura nickte.

Frank drehte sich wieder zur Wand.

„Ich werde jetzt den Thron besteigen, Daniel.“

Er musste schmunzeln.

„Ich werde Dir jeden Schritt zurufen, bevor ich ihn tue und dann tun wir ihn gleichzeitig.“

„Okay.“

Er schaute Laura an.

„So funktioniert das zumindest immer in Abenteuerfilmen."

„Wenn Du meinst", sagte Laura.

„Daniel, ich stehe vor dem Podest. Ich gehe jetzt Schritt für Schritt die Stufen hinauf."

„Bin dabei", tönte es hinter der Wand.

„Ich stehe oben und drehe mich um. Jetzt setze ich mich langsam hin."

Frank tat dies alles tatsächlich sehr langsam, aber als er endlich saß, schaute er mit hektischem Blick im gesamten Saal umher. Sein Kopf bewegte sich von links nach rechts, von oben nach unten und sein Blick sprang über Wände, Decke und Boden, um nicht zu verpassen, falls irgendwo etwas passieren sollte.

Aber es passierte nichts.

„Tut sich bei Dir irgendwas, Daniel?"

„Nein. Nichts."

„Verdammt!"

Laura verdrehte die Augen.

„Hab ich mir gleich gedacht, dass das nichts bringt."

„Achja? War die Idee nicht von Dir? Hast Du vielleicht noch eine bessere?"

„Wer? Ich?", rief Daniel von der anderen Seite.

„Nein, nicht Du. Laura."

„Ja", sagte sie, „die habe ich allerdings."

„Und die wäre?"

„Naja, wenn wir davon ausgehen, dass jeweils ein Thron einen Schrein repräsentiert, dann müsste laut der Tafel das, was die beiden Schreine trennt, das Wort Gottes sein, das wir suchen."

„Und weiter?"

„Von was werden die beiden Schreine getrennt?"

„Oh, das ist leicht", erwiderte Frank in einem ironischen Ton, „von einer Felswand. Du willst mir also erzählen, die Felswand sei das Wort Gottes, das seine Existenz beweist?"

„Was wäre, wenn es keine Felswand ist? Und was wäre, wenn diese Wand, aus was auch immer sie besteht, das in der Tafel beschriebene Wort Gottes enthält?"

Frank kratzte sich am Kinn.

„Diese Idee ist genauso sehr oder genauso wenig verrückt wie jede andere. Ach, verflucht, die ganze Geschichte ist verrückt."

„Könnte mir mal jemand sagen, was da drüben bei Euch vorgeht?", rief Daniel von der anderen Seite der Wand.

„Wir werden jetzt mal auf unserer Seite die Wand untersuchen, die beide Säle trennt. Vielleicht schaust Du einmal, ob Dir auf Deiner Seite etwas auffällt."

„Mach ich."

Auf beiden Seiten wurde jetzt die Wand abgetastet. Während Daniel sie auf seiner Seite alleine absuchte, klopften Frank und Laura die Wand gemeinsam ab.
„Warte mal“, sagte Frank, „hier klingt sie etwas massiver. Das geht ja eigentlich nicht.“
„Ja, merkwürdig.“
„Daniel, versuch mal meinem Klopfen zu folgen.“
„Ja, bin an der Stelle.“
„Hat die Wand da eine Verdickung?“
„Nein, sieht ganz normal aus.“
„Lasst uns mal abklopfen, von wo bis wo die Wand massiver klingt.“

Nachdem sie dies mit Schaufel- und Hackenstielen getan hatten, zeigte sich – sie hatten das markiert, indem sie mit der Fackel an der Wand rieben -, dass die Fläche an der Wand, die massiver klang als der Rest, ungefähr sechzig Zentimeter hoch und vierzig Zentimeter breit maß.
„Lasst uns versuchen, dieses Stück freizuschlagen“, schlug Frank vor.
Er schaute zu Laura, die seinen Blick erwiderte und ihm zunickte.
Dann packte sie die Spitzhacke und begann, die Wand rund um die markierte Fläche damit zu bearbeiten. Frank ergriff die zweite Hacke und tat es ihr gleich. Schnell zeigte sich,

dass die Wand nur aussah, als bestünde sie aus Fels und Erde. Sie war auf ähnliche Art errichtet worden wie die Wand, die den Eingang zur Höhle verdeckt und versperrt hatte.

Lehmputz splitterte ab und immer mehr grobe Steine wurden freigelegt, knirschten unter den Schlägen und deuteten damit an, dass die stabilisierenden Fugen langsam nachgaben. Dieses Signal spornte die beiden noch mehr an. Die Schläge wurden trotz der Anstrengung fester und gezielter und bald brach der erste Stein heraus.

Sie hielten kurz inne.

„Daniel, siehst Du ein Loch in der Wand?“

„Ja, hier ist ein Riesenstück Putz abgeplatzt und dann kam einer der Steine herausgeflogen.“

„Gut. Tritt etwas zurück, wir machen hier weiter.“

Und damit schlugen Laura und Frank weiter auf die Wand ein. Immer mehr Steine lösten sich, fielen auf beiden Seiten der Wand zu Boden.

Nach über einer Stunde hatten die beiden es geschafft, dass sie die untere Seite der markierten Flächen mit einem breiten, halbrunden Schlitz freigelegt hatten.

„Lass mich alleine weitermachen, Laura. Hier kann jeden Moment alles herunterbrechen. Da ist es besser, wenn nur einer hier steht und die letzten Schläge ausführt.“

Laura trat zurück und Frank versuchte, mit weiteren Schlägen, den Schlitz rechts und links der Fläche zu vergrößern. Nun begann das freigelegte Stück Mauer unter jedem Schlag zu schwingen, immer etwas mehr. Es vermittelte den Eindruck eines einzigen riesigen, lockeren Zahnes in einem grotesk lächelnden Mund.

Plötzlich knackte es ganz laut in der Wand. Frank sprang zurück. Gerade noch rechtzeitig, denn fast zeitgleich fiel das freigelegte Stück Mauer mit einem lauten Krachen zu Boden, direkt auf den Schutthaufen, der sich dort schon durch dic vorangegangenen Arbeiten gebildet hatte. Dabei platzte das Stück auf und legte etwas frei, dass anfangs wegen des ganzen Staubes nicht zu erkennen war.

Als der Staub sich etwas gelegt hatte, stand Daniel in dem entstandenen Loch in der Mauer. Er grinste.

„Du machst keine halben Sachen, was?“

„Etwas halb getan ist nichts getan“, zwinkerte Frank Daniel zu.

„Schaut doch mal“, sagte Laura aufgeregt, „da ist etwas. Sieht aus wie eine Tafel.“

„Vielleicht die zehn Gebote in der Originalausgabe“, witzelte Frank.

Die drei gingen näher und beugten sich über das Objekt.

„Was ist das wohl?“

„Eindeutig eine Tafel.“

„Und das soll der Beweis sein?", fragte Frank.
„Wir sollten sie aufrecht an die Wand stellen", meinte Daniel.
„Sieht aber schwer aus."
„Dann geh mal zur Seite, Laura. Lass uns das mal machen."
Daniel und Frank hoben die Platte an, wobei beide darauf gefasst waren, dass sie ziemlich schwer sein könnte.
„Erstaunlich leicht", bemerkte Daniel.
„Merkwürdig leicht", entgegnete Frank.

Sie stellten sie an die Wand und gingen alle drei vor ihr in die Hocke. Gebannt blickten sie das Objekt an.
„Also los, Daniel, tu irgendetwas", forderte Frank.
„Was soll ich denn tun?"
„Keine Ahnung, Du bist doch hier der ehemalige Priester."
Laura blickte zu Frank und dann zu Daniel.
„Priester? Ich dachte, Du warst Lehrer."
„Ja, Priester. Ich binde es nur nicht gerne anderen auf die Nase. Ist nicht gerade die rühmlichste Episode in meinem Leben gewesen."
„Aha. Noch etwas, was ich wissen sollte?"
„Könnt ihr beiden das später klären", unterbrach Frank. „Wir sollten uns darauf konzentrieren, wie wir hier weiterkommen."
„Also mir fällt nichts ein", sagte Daniel.

„Wir sind doch nicht den ganzen Weg gekommen, um dann hilflos auf eine nackte Metalltafel aus Titan oder was weiß ich zu starren. Auch wenn es zugegebenermaßen schon sehr außergewöhnlich ist, so etwas aus dieser Zeit zu finden, als es das noch gar nicht gegeben hat."
„Ich würde Dir ja beipflichten, Frank, aber die Tafel ist eindeutig aus Stein. Marmor würde ich sagen", sagte Daniel.
„Marmor? Hast Du zuviel Staub auf den Augen? Das ist eindeutig Metall."
„Ihr irrt Euch beide", rief Laura dazwischen. „Sie ist aus Holz, aus dunklem Holz. Und es scheint ein einziges großes Stück zu sein."
Die drei starrten sich an.
„Moment mal, Leute. Es kann doch nicht sein, dass jeder von uns etwas anderes sieht."
„Naja, möglich wäre es schon. Wenn wir davon ausgehen, dass diese Tafel von Gott kommt und wir weiter davon ausgehen, dass Gott sich immer so offenbart – heute wie früher -, dass jeder Mensch ihn aus seiner eigenen Erfahrungswelt heraus erkennen kann, dann ist es nur logisch, dass jeder von uns etwas anderes sieht."
„Das würde im Umkehrschluss bedeuten, dass viele Menschen Gott gar nicht mehr erkennen konnten, weil sie der Sichtweise von anderen gefolgt sind, die..."

„...die ihnen gesagt haben, was Gott ist, was von Gott kommt und all dies, ja, genau“, ergänzte Daniel. „Ich schätze, genau deswegen sind wir hier, damit die Menschen wieder lernen können, ihrem eigenen Glauben, der tief mit Gott verbunden ist, zu folgen und nicht mehr den Vorstellungen einiger weniger.“
„Und warum ist die Tafel dann blank? Kein einziges Zeichen ist darauf“, fragte Laura.
„Vielleicht sind wir noch nicht bereit“, antwortete Daniel.
„Ach komm schon, Daniel. Wie bereit sollen wir denn noch sein?“
Daniel schloss die Augen.
„Wir danken Dir, dass Du uns hierher geführt hast.“
Laura und Frank blickten Daniel an. Dann schlossen sie ebenfalls die Augen und wiederholten den Satz, den Daniel gerade gesprochen hatte.
„Führe uns auch weiter“, sagte Daniel.
„Führe uns auch weiter“, sagten Laura und Frank.
Dann öffneten alle drei wieder ihre Augen.
„Jetzt lesen wir die Botschaft“, sagte Daniel.
Alle blickten auf die Tafel.
„Welche Botschaft?“, fragte Frank. „Da ist immer noch nichts zu sehen.“
„Du musst glauben, dass die Botschaft dort steht. Wenn ich den Text auf der Tontafel richtig interpretiere, dann können

wir die Botschaft nur durch unseren Glauben sichtbar machen. Wenn wir das getan haben, wird sie auch für alle anderen immer sichtbar bleiben. Lasst einfach alle Gedanken los. Öffnet Euch für das Göttliche."

Frank schloss erneut die Augen, lies alle Gedanken los. Die anderen taten es ihm gleich. Und wie Frank fühlten auch sie bald eine tiefe Ruhe und Erfülltheit, als sie in eine Art Trancezustand glitten.

Keiner von ihnen konnte sagen, wieviel Zeit vergangen war, als sie fast gleichzeitig wieder ihre Augen öffneten.

Dic Tafel war von einem warmen Glanz umgeben und vor den erstaunten Gefährten erschien auf der Oberfläche eine goldene Schrift.

Als die Tafel mit der Schrift ausgefüllt war, ließ der Glanz nach, was aber das Leuchten der Schrift noch betonte.

„Wow", sagte Laura, „seht Ihr auch, was ich sehe?"

„Ja, ich denke schon. Das dürfte die Botschaft sein."

„Es ist Italienisch", sagte Laura.

„Dann sehen wir doch nicht dasselbe. Ich lese hier nämlich einen deutschen Text", sagte Frank.

„Und für mich ist es Englisch", sagte Daniel, „aber das ist nur logisch und war zu erwarten."

Frank und Laura schauten ihn an.

„Na, wenn schon die Tafel selbst so erscheint, wie jeder von uns sie in seinem Glauben sieht und Gott sich so offenbart, dass er für den erwählten Menschen erkennbar und verstehbar ist, dann kann der Text ja nur in der jeweiligen Muttersprache erscheinen. Außerdem ist es – wenn wir uns zusätzlich noch auf den Text auf der Tontafel beziehen – quasi die Aufhebung der babylonischen Sprachverwirrung. Die Unterschiede existieren, aber sie trennen nicht mehr. So eine Art Einheit in vielfältiger Göttlichkeit."
Die beiden nickten.
„Hast Du schön gesagt, Daniel."
„Ja, finde ich auch", sagte Laura.
Dann wandten sie ihre Blicke wieder auf die Tafel.

Kapitel 24

„Wisset dies und lebt danach. Gott ist in allem und alles ist in Gott. Alles ist beseelt und göttlich. Gott ist Liebe. Wer in der Liebe ist, ist bewusst in Gott. Und Gott wirkt durch den, der in der Liebe ist.

Und die Liebe ist das Licht, wie das Licht Gott ist. Und alles ist Licht.

Licht ist Erkenntnis. Wahre Erkenntnis kommt immer aus der göttlichen Liebe.

Der, der das Licht trägt, bringt Gott und seine Liebe.

Und Lichtträger ist ein jeder, der Gott und seine Liebe bringt, die bedingungslos und unendlich ist.

Öffne Dich der Liebe und Du öffnest Dich Gott und seinem Licht. Und Du wirst das Licht tragen. Wisset, dass jeder Mensch dies kann.

Wisset, dass jeder, der diese Worte liest, Gott erkennen wird, weil er sich erkennt. Wer dies tut, erkennt die Liebe und wird ihr Lichtträger.

Vertrauet dem Licht und der Liebe Gottes, die Euch immer begleiten und Euch stets zur Seite stehen.

Gott ist in Euch, wie Ihr in Gott seid.

Von Anbeginn bis in Ewigkeit.

Es ist an Euch, das Reich Gottes auf Erden zu errichten, das nur Liebe kennt.

Wisset, dass jeder, der diese Worte liest, bereits begonnen hat, für die Liebe Gottes zu arbeiten.

Sie wird den Weg in alle Herzen finden, alle Widerstände überwinden, die zahlreich noch sein werden, doch schließlich werden alle Menschen bewusst in Gott sein und bewusst Gott in sich erkennen.

Dies sagt Euch Euer Vater, der Alles ist, in seiner unendlichen und bedingungslosen Liebe.

Alles was war, alles was ist, alles was sein wird, ist so, wie es sein soll.

Die unendliche Liebe sei mit Euch."

Kapitel 25

Die drei blickten sich an.

„Im Grunde alles gar nicht so neu“, sagte Frank.

„Aber es ist deutlich. Und es ist unverfälscht. Vielleicht ein bisschen blumig“, sagte Laura.

„Ich glaube, es kommt weniger auf die Worte selbst oder den Stil an, als vielmehr auf die Bedeutung, die es für jeden Einzelnen und auch die gesamte Menschheit hat“, ergänzte Daniel.

„Ja, die Worte allein haben es auch bisher nicht geschafft, die Menschen zu ändern. Aber wenn die Worte direkt von Gott kommen, für jeden lesbar und für jeden auch klar belegbar, dass dies nicht von Menschen geschaffen wurde, dann wird dies definitiv einiges ändern. Ich kann mir nicht vorstellen, dass es nichts ändern wird. Ich meine, das ist eine Nachricht von Gott. Und er liebt uns. Trotz allem.“

„Ja, Frank. Diese Tafel ist womöglich das größte Ereignis seit der Erschaffung des Universums. Und sie wird der Menschheitsgeschichte eine völlig neue Richtung geben.“

Frank und Laura nickten.

„Und nun?“, fragte Laura. „Was machen wir jetzt damit? Wie bringen wir diese Tafel so unter die Leute, dass jeder Mensch sie lesen kann?“

„Wir müssen irgendwo anfangen, Interesse wecken und dabei trotzdem glaubwürdig sein“, antwortete Frank.

„Wir sollten behutsam vorgehen. Die Tafel deutet an, dass es noch etwas dauern wird, bis sich alles ändert. Und sie deutet an, dass es nicht einfach wird für diejenigen, die die Erkenntnis verbreiten“, warnte Daniel.

Frank nickte.

„Du hast recht, Daniel. Wir müssen uns sehr genau überlegen, wie wir vorgehen.“

„Ich finde“, sagte Laura, „wir sollten uns der Führung Gottes anvertrauen. Damit sind wir bisher doch gar nicht so schlecht gefahren.“

„Also gut, dann lassen wir erstmal alles auf uns zu kommen. Jetzt schaffen wir die Platte erstmal nach draußen, packen sie ins Auto und fahren zurück ins Hotel. Wir haben schließlich einige bezahlte Mahlzeiten verpasst, die wir wieder reinholen müssen“, lachte Frank.

„Ja“, sagte Daniel, „ich finde, wir drei haben uns ein kleines Festmahl verdient.“

„Bin ich auch eingeladen?“, fragte Laura mit einem Augenzwinkern.

„Klar“, sagte Frank und lachte. „Die Gemeinschaft der Tafel kehrt vom heiligen Berg zurück.“

„Und wer von uns ist Frodo?“, lachte Laura.

„Wer oder was ist Frodo?“, fragte Daniel.

Kapitel 26

Die Zeit in der Höhle kam ihnen wie eine Ewigkeit vor, als sie wieder ins Tageslicht traten. Vielleicht lag es daran, dass die Welt eine andere war, als sie die Höhle betreten hatten und sich durch und während ihres Aufenthaltes dort ihr gesamtes Weltbild verändert hatte, mutmaßte Frank in seinen Gedanken. Und damit, dass sie die Tafel aus der Höhle in die Welt gebracht hatten, hatten sie den Weg für umwälzende Veränderungen bereitet.

Es war so, wie Daniel es in Rom prophezeit hatte und wie auch Frank es damals – damals, es schien so lange her zu sein, dabei waren es erst ein paar Tage – noch als entfernte Möglichkeit empfunden hatte: Die Welt wird nie wieder dieselbe sein. Zumindest traf dies schon mal auf Frank, Daniel und Laura zu. Sie hatten die ultimative Erfahrung gemacht. Nun ging es darum, diese zu teilen, mit allen Menschen.

Frank kamen die Refrain-Zeilen von Michael Jacksons „Heal the World“ in den Sinn. Der Traum von vielen Menschen von einer besseren, friedlichen, liebevollen Welt würde sich erfüllen. Vielleicht nicht morgen oder in ein paar

Wochen oder Monaten. Vielleicht würde es auch noch ein paar Jahre dauern. Aber er würde sich erfüllen. Er würde wahr werden und nichts würde die Ankunft dieser neuen Welt aufhalten können. Frank fühlte sich tief erfüllt von Freude, Dankbarkeit und Mitgefühl.

Sie machten sich daran, die Meter zum Kamm des Berges aufzusteigen. Die Tafel erwies sich dabei nicht als Last. Sie schien sich fast von selbst zu tragen. Und auch den drei Gefährten fiel der Aufstieg diesmal leichter als vorher.

Sie erreichten den Kamm, gingen vorbei an dem kleinen Tempel, der unwirklich bescheiden wirkte, gemessen an dem Fund, den er so lange unter sich verborgen hatte.

Sie brachten die Tafel zum Landcruiser, luden sie ein und deckten sie mit einer Decke ab.

Dann begannen sie, ihr Lager abzubrechen und ihre gesamte Ausrüstung wieder zu verstauen. Auch Laura brachte ihren Kocher wieder in ihren R4.

Nachdem sie alles verpackt und eingeladen hatten, wurden die Heckklappen und die Türen noch einmal zugeschlagen und die drei trafen sich zwischen ihren Fahrzeugen.

„Wie geht es jetzt weiter?“, fragte Laura.

„Wie geplant. Wir fahren zurück zum Hotel. Laura, Du fährst vor, wir sind dicht hinter Dir“, antwortete Frank.

„Hey“, rief Daniel, „da unten hat es aber einer eilig.“

Er deutete mit dem Finger in Richtung der Stadt Sinjar. Mitten durch die Stadt, entlang der Straße Richtung Sinjar Mountain, wanderte mit beachtlicher Geschwindigkeit eine drei- oder viersäulige Staubfahne.
Die drei betrachteten das Schauspiel bis die Staubwolken sich eindeutig auf den Serpentinenweg zu bewegten, der den Berg hinauf führte. Das Ziel der Fahrzeuge war klar.
Frank lief zum Toyota, öffnete die Tür und nahm das Fernglas vom Armaturenbrett. Als er wieder neben Laura und Daniel stand, hob er es vor die Augen und richtete es auf die Staubwolke.
„Es sind drei schwarze Geländewagen. Die sehen ziemlich neu und teuer aus. Und sie sind schon auf der Zufahrt zur Serpentinenpiste. Die sind verdammt schnell."
„Wir sollten verschwinden", sagte Daniel.
„Aber wie? Wenn wir die Serpentinen hinunter fahren, fahren wir ihnen genau in die Arme", rief Laura.
„Schnell, Daniel, schau auf die Karte. Es führte doch auch noch ein Weg links den Kamm entlang. Geht von da irgendwo ein Weg wieder nach unten?"
Daniel lief zum Auto, holte die Karte heraus und breitete sie auf der Motorhaube aus.
„Da. Der Weg führt an einer Siedlung vorbei, die schon auf der nördlichen Seite des Berges liegt. Sie heißt Kursi und liegt ungefähr dreimal soweit von der Abzweigung weg wie

der Tempel hier. Von da ist es nicht mehr weit bis zum Fuß des Berges. Von dort führt eine Piste Richtung einer weiteren Siedlung, Snuny. Dort trifft die Piste auf eine etwas größere Straße, die uns in der Ebene an der Nordseite des Berges entlang wieder bis zu der Weggabelung an der östlichen Spitze bringt, zurück auf den Highway 47. Wenn wir uns beeilen, sind wir vom Berg runter, bevor die hier sind, alles durchsucht haben und festgestellt haben, dass wir schon längst weg sind."

„Dann los. Laura, hol aus deinem Wagen alles Notwendige, aber schließ ihn nicht ab. Wir holen ihn dann später wieder ab, hoffentlich unbeschädigt. Er ist in diesem Gelände für eine Flucht nicht geeignet. Außerdem werden sie denken, dass wir noch hier sind, solange hier noch ein Wagen steht", rief Frank.

Keine Minute später sprang Laura mit ihrer Tasche auf den Beifahrersitz des Toyota. Daniel hatte auf der Rückbank Platz genommen. Mit durchdrehenden Reifen fuhr Frank los. Daniel beobachtete vom Rücksitz aus mit dem Fernglas die schwarzen Fahrzeuge, die sich langsam wie ein kleiner Wurm die gewundene Piste auf den Berg hoch bewegten.

„Das schaffen wir locker", sagte er.

„Nur wenn sie nicht auf die Idee kommen, dass wir ihr Ziel sein könnten", erwiderte Frank.

„Schon klar“, sagte Daniel und hob das Fernglas wieder an die Augen. „Schwarze Geländewagen“, murmelte er. „Was für ein Klischee. Ich hasse so etwas.“

Frank musste grinsen, während er versuchte, den Toyota auf der staubigen Straße zu halten, was nicht leicht war angesichts der Geschwindigkeit mit der er fuhr.

Schnell hatten sie die Abzweigung hinter sich gelassen. Es ging jetzt immer steiler bergab. Als sie an Kursi vorbei fuhren, waren sie schon lange außer Sichtweite ihrer vermeintlichen Verfolger. Am Fuß des Berges wurde die Piste besser und lief fast schnurgerade auf Snuny zu. Normalerweise, so dachte sich Frank, würde er auf solchen Straßen nicht mit diesem Tempo fahren. Aber die Umstände waren nicht normal. Sie waren alles andere als das.

„Hoffentlich erreichen wir die Abzweigung auf den Highway rechtzeitig. Wäre sehr ärgerlich, wenn diese halsbrecherische Fahrt letzten Endes umsonst gewesen wäre und wir dort schon erwartet werden“, sagte er.

„Erstens haben wir einen Vorsprung, wenn wir Glück haben sogar etwa eine Stunde. Und zweitens müssten sie ja dann auch erstmal wissen, wo wir hingefahren sind“, sagte Daniel.

„Das ist doch leicht. Sie werden wohl zuerst in unserem Hotel nachschauen.“

„Wir könnten ja auch über die syrische Grenze gefahren sein."
„Die haben uns ja auch auf dem Berg gefunden. Wenn es überhaupt um uns ging."
„Hättest Du lieber warten wollen und es herausfinden?", fragte Daniel.
„Natürlich nicht. Aber wie haben die uns gefunden?"
„Keine Ahnung. Aber ‚Du weißt schon wer' hat überall seine Leute und Informanten. Auch in den entlegensten Gebieten."
„Ich weiß nicht. Die müssten schon verdammt gut sein."
„Glaub mir, das sind sie. Außerdem haben sie ja ein paar Tage gebraucht, um uns aufzutreiben."
Frank nickte.
Daniel drehte sich um und schaute aus dem verstaubten Rückfenster.
„Nichts zu sehen. Zumindest hinter uns sind keine Verfolger. Hoffen wir, dass es so bleibt."
„Wann werden wir mein Auto holen?"
„Jetzt müssen wir es erstmal ins Hotel schaffen und dann dort so schnell wie möglich weg. Deinen Wagen holen wir später."
„Das ist aber nur ein Leihwagen, den muss ich zurückgeben."
„Sind noch Dinge von Dir im Wagen?"

„Nein, hab alles in meiner Tasche", sagte sie und klopfte mit der flachen Hand auf das riesige Etwas, das einem Kinderschlafsack mehr ähnelte als einer Tasche.
„Dann werden wir zum Autoverleih gehen und dort sagen, wo sie den Wagen abholen können. Für ein bisschen mehr Geld dürfte das kein Problem sein."

Als sie die Straßeneinmündung zum Highway 47 erreichten, war dort nichts zu sehen. Richtung Sinjar sah man nur die Zementfabrik, aber keine Fahrzeuge, zumindest keine schwarzen Geländewagen.
Ohne abzubremsen zwang Frank den Landcruiser in einer Linkskurve auf den Highway. Der Wagen sprang, ächzte und quietschte so sehr, dass sich die drei Insassen wie Flipperkugeln fühlten.
„Vielleicht hättest Du vorher den Führerschein machen sollen", lachte Daniel.
„Vielleicht hättest Du in Rom keinen Journalisten, sondern einen Rennfahrer anquatschen sollen", lachte Frank.
„Gott dachte wohl, dass ein Journalist nötiger sei als ein Rennfahrer", witzelte Daniel zurück.
„Gott tut es bestimmt schon leid, dass er die Sache Euch zwei Komikern in die Hand gegeben hat", sagte Laura in gespieltem Ernst.
Und dann lachten alle drei.

„Ich hoffe, unser Vorsprung reicht.“

Das Lachen erstarb.

„Keine Angst, Laura, wir schaffen es“, beruhigte Daniel sie und legte ihr seine Hand auf die Schulter. Sie legte ihre Hand auf seine und lächelte ihn über die Schulter hinweg an.

Frank biss sich auf die Lippe. Hoffentlich, dachte er.

Dann trat er das Gaspedal durch und beschleunigte den Wagen. Er wollte so schnell wie möglich Arbil und das Hotel erreichen. Doch dazu mussten sie erst den gesamten Weg hinter sich bringen. Das waren noch zwei Stunden, in denen alles passieren konnte. Frank verscheuchte die negativen Gedanken und konzentrierte sich wieder auf die Straße.

Kapitel 27

„Nun, Pater, gibt es etwas Neues aus dem Irak?“, fragte der Kardinal wie beiläufig, aber dennoch in einem bissigen Ton, als Pater Lorenzo in das Arbeitszimmer des Kardinals trat, sich umdrehte, um die beiden Flügel der hohen Tür wieder zu schließen, um dann zum Schreibtisch zu eilen und zwei Meter davor stehen zu bleiben und sich zu verbeugen.

Meininger blickte von seinen Akten auf und schaute den Pater leicht angewidert an. Der Kardinal liebte es, wenn man ihm mit Unterwürfigkeit begegnete, aber er verabscheute unterwürfige Menschen. Er traute ihnen nicht. Er sah darin keinen Widerspruch. Für ihn war es ein sich selbst bestätigendes System, das wunderbar funktionierte und sein Weltbild stützte. Menschen, die sich nicht unterwürfig verhielten, hasste er zwar auch, aber sie waren leichter einschätzbar und somit vertrauenswürdiger. Dennoch sah er es als persönliche Herausforderung, zu versuchen, gerade solche Menschen zu unterwerfen. Egal wie Menschen sich verhielten, sich bestätigten damit immer seine Auffassung, wie schwach der Mensch ist und dass

diese schwachen Wesen immer die strenge Hand der Führung durch die Kirche benötigen würden.
„Ja, Eminenz. Sie sind uns entwischt. Vorerst zumindest."
Der Kardinal stand so schnell auf, dass der große Lehnstuhl, in dem er saß, fast nach hinten umkippte. Er streckte sich nach vorne, wobei er sich energisch mit beiden Fäusten auf der Tischplatte abstützte.
„Entwischt?"
„Ja, Eminenz. Als unsere Leute an der betreffenden Stelle ankamen, waren sie bereits weg. Und sie haben wohl mitgenommen, was sie gefunden haben. Unsere Leute haben nur eine Höhle gefunden. In der befinden sich zwar noch zwei Throne, aber das, um was es eigentlich geht, ist im Besitz von Saunders."
„Und wissen wir, was das ist?"
„Nicht genau. Aber es handelt sich anscheinend um eine Art Tafel."
„Und wo ist Saunders mit dieser Tafel?"
„Unser Agent konnte uns eine Nachricht zukommen lassen. Sie sind auf dem Weg in ihr Hotel. Leider haben sie einen Vorsprung auf unsere Leute. Wegen solcher Eventualitäten hatte ich bereits zu Beginn veranlasst, dass ein zweites Team neben dem ersten Team vor Ort sein wird. Dieses Team befindet sich beim Hotel und wird das Objekt sicherstellen."

Zum ersten Mal nickte Meininger anerkennend.

„Gut gedacht, Pater, gut gedacht."

„Danke, Eminenz."

„Halten Sie mich auf dem Laufenden."

Kapitel 28

„Da vorne ist das Hotel. Wir haben es geschafft“, rief Frank.
Mit quietschenden Reifen fuhr Frank den Toyota auf den Hotelparkplatz.
„Schnapp Dir die Tafel, Daniel, und geh aufs Zimmer. Ich werde mich darum kümmern, dass das Hotel sich um die Rückgabe des Wagens kümmert und das Lauras Wagen abgeholt und zurückgebracht wird.“
Laura nahm sich ihre Tasche.
„Ich werde meine Sachen zusammen packen. Wo und wann treffen wir uns?“
„Komm zu meinem Zimmer“, sagte Frank und nannte Laura die Zimmernummer, während er in das Hotel verschwand, um die Rezeption aufzusuchen.
Er und auch Daniel hatten sich vorher noch die wertvollsten Teile ihrer Ausrüstung aus dem Wagen geholt.
„Beeil Dich, Frank. Wir müssen packen und so schnell wie möglich hier weg“, sagte Daniel, als die beiden sich in der Eingangshalle des Hotels trennten.

Als Frank alles erledigt hatte, begab er sich zu seinem Zimmer. Er trat durch die Tür, spürte kurz einen Schmerz im Nacken und dann wurde es dunkel und still um ihn.

Kapitel 29

Langsam drang wieder Licht in Franks Welt als seine Augen sich vorsichtig versuchten zu öffnen, den Schmerz zu ignorieren versuchend, den es in seinem Schädel auslöste. Während er langsam und schwankend aufstand, rieb er sich den Hinterkopf, Ausgangspunkt des dumpf pochenden Schmerzes.

Als er wieder halbwegs sicher stand und einigermaßen klar sehen konnte, konnte er erkennen, dass sein Zimmer ganz offensichtlich durchsucht worden war. Er hatte den Eindringling wohl gestört, der hatte sich hinter der Tür versteckt und ihn beim Eintreten niedergestreckt. Der schmerzende Nacken und die furchtbaren Kopfschmerzen ließen daran kaum einen Zweifel.

„Frank! Frank! Bist Du in Ordnung?“

Daniel stürmte ins Zimmer.

Frank drehte sich um, um ihm zu antworten. Zu schnell offenbar, denn es wurde ihm wieder kurz schwarz vor Augen. Er schwankte kurz, bis Daniel bei ihm war und ihn unter dem Arm stützte.

„Alles okay, Frank?“

„Ja, nur ein Brummschädel und etwas verletzter Stolz."
„Tut mir leid. Ich konnte Dich nicht mehr warnen."
„Warnen?"
„Ja, als Du zur Rezeption gegangen bist, da bin ich doch zum Aufzug. Ich stand schon in der Kabine und kurz bevor die Tür zuging, sah ich einen schwarzgekleideten Typen mit Sonnenbrille und so einem Ding im Ohr, so ein..."
„Ein Funkgerät?"
„Ja. Der hat Dir nachgesehen, sich die Finger ans Ohr gehalten und irgendwas gesagt. Nun, ich hatte ja die Tafel und wollte nicht, dass man merkt, dass wir etwas gemerkt haben, also konnte ich nicht mehr raus aus dem Fahrstuhl, um Dich zu warnen."
„Verstehe, aber der Typ hat Dich doch sicher auch in den Fahrstuhl steigen sehen und seine Komplizen gewarnt."
„Du vergisst, dass ich auch mal Agent im Feldeinsatz war. Wir hatten zwar keine Ohrstöpsel-Funkgeräte, aber wir waren nicht dumm", grinste Daniel. „Mir war klar, dass sie auf unserem Stockwerk auf mich warten würden. Also hab ich gleich den Knopf für den ersten Stock gedrückt und von dort den Fahrstuhl ohne mich weiterfahren lassen. Dann bin ich in den Fahrstuhl am anderen Ende des Ganges eingestiegen und bis zum obersten Stock gefahren. Von dort bin ich durchs Treppenhaus wieder zwei Stockwerke nach

unten und habe mich dort in der Putzmittelkammer versteckt."
Daniel grinste stolz. „Und sie haben mich nicht gefunden."
„Aber mich", stöhnte Frank.
„Aber nicht die Tafel", ergänzte Daniel.
„Wenigstens etwas. Aber wie konnten die so schnell hier sein? Wenn sie uns überholt haben, warum haben sie uns nicht irgendwo in der Wüste überfallen?"
„Zweites Team", sagte Daniel.
„Und wo sind sie jetzt?"
„Weg. Aber sicher nicht für lange. Ist nicht ihr Stil, lange an einem Ort zu sein. Die Gefahr entdeckt zu werden ist zu groß. Standortwechsel. Und dann immer wieder kommen. Das ist die offizielle Vorgehensweise."
„Wieviel Zeit haben wir?"
„Da sie noch nicht haben, was sie suchen, höchstens ein paar Minuten. Sie haben in der Lobby und vor dem Hotel an allen Ausgängen unauffällig Stellung bezogen. Im Grunde sind wir in Sicherheit. Das ist die gute Nachricht."
„Und die schlechte?"
„Wir sitzen in einer Falle."
Frank setzte sich auf sein Bett.
„Na, großartig. Und nun?"
„Wir brauchen einen Plan."
„Und wir brauchen Laura. Wo ist sie?"

„Sucht ihr mich?“
Laura stand lächelnd in der Tür. Ihre Mundwinkel rutschten aber sofort nach unten, als sie Franks Zimmer sah.
„Was ist denn hier passiert? Hat die Feier schon ohne mich angefangen?“
„Jemand wollte die Tafel haben.“
„Oh nein. Ist sie weg?“
„Nein, Daniel konnte sie retten.“
„Ein Glück.“
„Ja, aber jetzt müssen wir und die Tafel hier raus, bevor die wiederkommen. Und ehrlich, ich habe keine Idee, wie wir das schaffen können ohne erwischt zu werden.“
„Ich glaube, ich weiß, was wir machen werden, Frank.“
„Dann lass mal hören, Daniel.“
„Ich werde das Hotel verlassen. Mit etwas, das wie die Tafel aussieht. Schließlich haben sie mich ja nur mit einem rechteckigen Objekt, eingeschlagen in einer Decke, gesehen. Sie damit zu täuschen, dürfte also kein größeres Problem sein. Damit werden wir aber nicht alle abziehen können. Und sie werden die Lücke, die ich vorne reiße schnell wieder schließen. Deshalb müsst ihr Euch beeilen und ohne Zögern handeln. Ruf bei der Rezeption an und lass Dir den Schlüssel des Landcruisers hier aufs Zimmer bringen. Sag, Du hättest es Dir anders überlegt und bräuchtest den Wagen noch. Nimm ihn an der Tür entgegen und dann werde ich

gehen. Ihr werdet zwei Minuten später versuchen, mit der Tafel den Wagen zu erreichen. Dann fahrt ihr in die Stadt. Biegt möglichst oft ab. Versucht, etwaige Verfolger abzuhängen. Versteckt Euch mit dem Wagen irgendwo. Verlasst nicht die Stadt. Meidet offenes Gelände und einsame Ecken."

„Und was ist mit Dir?"

„Wir machen einen Treffpunkt aus. Aber jetzt ruf erst die Rezeption an. Wir haben nicht viel Zeit."

Frank erledigte den Anruf und während sie auf den Boten mit dem Wagenschlüssel warteten, erklärte Daniel weiter.

„Wir treffen uns in der Seitenstraße hinter dem Autoverleih bei Einbruch der Dunkelheit. Haltet Euch aber weiter versteckt. Wenn ich bis Mitternacht nicht auftauche, müsst Ihr versuchen, alleine außer Landes zu kommen. Ich schaffe es dann schon irgendwie."

Es klopfte an der Tür.

„Es geht los", sagte Daniel.

Während Frank sich an der Tür den Wagenschlüssel aushändigen ließ, nahm Daniel sich eine Sitzauflage von einem Stuhl in Franks Hotelzimmer, schlug es in die Decke ein und packte die echte Tafel in Franks Rucksack.

Als Frank mit dem Schlüssel wieder im Zimmer stand, gab Daniel ihm die Hand und reichte ihm den Rucksack.

„Viel Glück, mein Freund", sagte er.

„Wir sehen uns wieder, Daniel. Viel Glück."
Daniel lächelte und nickte. Dann ging er zur Tür, drehte sich noch einmal um, hob Zeige- und Mittelfinger hoch und sagte: „Zwei Minuten."
Dann war er verschwunden.

Zwei Minuten später verließen Laura und Frank das Zimmer. In der Lobby stießen sie auf einen ihrer Verfolger. Er stellte sich ihnen in den Weg und versuchte, sie aufzuhalten. Frank warf sich gegen ihn, worauf dieser zu Boden ging. Diese für eine Hotellobby ungewöhnliche Aktion lenkte die Aufmerksamkeit aller Anwesenden auf das Geschehen. Frank war wieder aufgesprungen, während der Mann im schwarzen Anzug noch benommen am Boden lag. Die umstehenden Menschen schienen alle wie erstarrt zu sein. Frank deutete auf den am Boden Liegenden und rief: „Ein Dieb! Ein Dieb!"
Sofort wurde der Mann von eifrigen Hotelbediensteten umringt und festgehalten.
Laura und Frank nutzten die Gelegenheit und eilten durch den Hauptausgang Richtung Parkplatz. Dreißig Meter hinter ihnen zeigten sich zwei ihrer Verfolger, als sie gerade in den Landcruiser gestiegen waren. Sie rannten auf den Toyota zu.
„Starte den Wagen! Starte den Wagen!", rief Laura.

„Ich mach ja schon“, rief Frank und drehte den Schlüssel. Er schloss kurz die Augen und schickte ein stummes Gebet nach oben. Der Toyota sprang ohne Probleme an. Nichts ist unmöglich, dachte Frank, warf den ersten Gang rein, gab Gas und ließ die Kupplung kommen. Der Geländewagen machte einen Satz nach vorne und kurz danach schossen die beiden in dem rostigen Landcruiser vom Parkplatz des Hotels.

Laura drehte sich um.

„Sie sind noch nicht hinter uns.“

Erst als Frank die erste Abzweigung nutzte, um die Richtung zu wechseln, rief sie: „Da, jetzt kommen sie. Beeile dich, Du musst sie abhängen!“

„Ich tue, was ich kann.“

Frank wechselte immer wieder die Richtung und versuchte dabei, die Geschwindigkeit möglichst hoch zu halten. Als die Verfolger endlich aus dem Rückspiegel verschwunden waren, hielt er an und wartete kurz.

„Laura, sieh mal nach, ob wir uns hier irgendwo verstecken können. Wir sind hier ganz in der Nähe des Auto-Verleihers.“

Laura stieg aus. Nach zehn Minuten kam sie wieder.

„Da vorne ist ein Innenhof mit zwei Ausfahrten. Der ist ideal. Wir können uns sogar hinter ein paar Müllcontainern verstecken mit dem Wagen.“

„Gut. Zeig‘ mir, wo die Einfahrt ist.“

Laura lotste Frank in den Innenhof. Er fuhr den Wagen hinter eine Reihe Müllcontainer und stellte den Motor ab.

„Und nun?“, fragte Laura.

„Jetzt warten wir. Und dann treffen wir hoffentlich Daniel.“

Kapitel 30

Als Daniel durch die Lobby schritt, sah er, wie der schwarz gekleidete Mann mit Sonnenbrille seinen Kollegen über Funk Bescheid gab. Er beschleunigte seine Schritte und hielt die Decke mit der falschen Tafel fest unter den Arm geklemmt.

Er hatte den Hoteleingang nun hinter sich und begann, noch schneller zu laufen. Drei seiner „Wachleute“ kamen aus verschiedenen Richtungen gemessenen Schrittes auf ihn zu. Sie schienen sich sicher zu sein, dass der alte Mann nicht an ihnen vorbeikommen würde.

Daniel presste die Lippen aufeinander und kniff die Augen zusammen und lief, so schnell er nur konnte. Doch er rannte nicht, wie man es vielleicht erwartet hätte, so, dass er versucht hätte zwischen zwei Bewachern durchzukommen. Er schwenkte auf einen der langsam auf ihn zu schreitenden Männer zu. Der grinste und witterte leichtes Spiel. Daniel ließ sich nicht beirren und hielt weiter auf ihn zu. Als dieser leicht die Arme ausbreitete, um Daniel abzufangen, nahm er den Oberkörper im Vorwärtslauf leicht nach unten und neigte sich etwas nach vorne. Gleichzeitig schob er die

rechte Schulter etwas nach vorne. Als man im Gesicht des Bewachers sehen konnte, dass er ahnte, die Sache würde nicht so einfach verlaufen, wie er das erwartet hatte, war es für ihn auch schon zu spät. Der alte Mann rammte ihn mit der rechten Schulter in der unteren Hälfte des Brustkorbs, woraufhin dieser so vehement weggestoßen wurde, dass er einen Meter durch die Luft flog, um so heftig auf dem Rücken zu landen, dass ihm die Luft wegblieb.
Zwei Jahre Highschool-Football, Freundchen, dachte Daniel nur, grinste und lief. Drei der Bewacher folgten ihm.

Eine halbe Stunde dauerte nun schon die Verfolgung, aber Daniel gelang es immer wieder, seinen Verfolgern zu entwischen. Er nutzte jeden Trick, den er kannte, wechselte ständig die Richtung. Er rannte nicht, das würde zu sehr auffallen. Er bewegte sich schnell, aber unauffällig. Mehrere Male waren die Verfolger ihm fast zum Greifen nahe gewesen, ohne dass es ihnen bewusst war.
Manchmal sahen sie ihn, dann musste er sich schneller bewegen, durch Gassen und Höfe laufen, Haken schlagen, bis sie ihn wieder verloren hatten.

„Achtung, da kommt jemand“, zischte Frank Laura zu.

Beide duckten sich zwischen die Müllcontainer und den Toyota, der dahinter von der anderen Seite aus nicht auszumachen war.
Zwischen zwei Containern starrten Laura und Frank hindurch und warteten ab, was passierte. Plötzlich sahen sie Daniel nur wenige Meter entfernt vor den Müllcontainern vorbeilaufen. Laura wollte aufspringen und ihn herüberwinken, aber Frank zog sie am Arm wieder nach unten, blickte sie an und schüttelte den Kopf. Laura wollte etwas sagen, aber Frank bedeutete ihr, still zu sein.
Dann hörten sie Stimmen und schnelle Schritte. Zwei der schwarz gekleideten Männer rannten dicht vor den Containern vorbei. Auch sie sahen weder Frank und Laura noch den Landcruiser. Sie verfolgten ganz offensichtlich Daniel.
Ein paar Sekunden später war alles wieder ruhig.
„Hoffentlich kann er ihnen entkommen“, sagte Laura.
„Wenn es einer kann, dann er“, versuchte Frank sie zu beruhigen.

Kapitel 31

Daniel fühlte, wie er langsam an Kräften nachließ. Er war eben auch nicht mehr der Jüngste, dachte er sich. Er hielt die Luft an und drückte sich mit dem Rücken an die Wand eines Gebäudes in der kleinen Seitenstraße, als einer der Verfolger an der Ecke vorbeikam, kurz in die Gasse hinein schaute, dann aber weiterlief.

„Was mache ich eigentlich hier“, murmelte Daniel leise vor sich hin. Natürlich wusste er, was er tat. Er lenkte sie von Laura und Frank ab. Und der Tafel. Dabei wusste er noch nicht einmal, ob die beiden nicht schon längst gefangen worden waren. Die beiden sind clever, die schaffen es, dachte er sich. Dann stieß er sich von der Wand ab, ging auf die Ecke zu und bog wieder auf die größere Straße ein. Unter dem Arm trug er immer noch die falsche Tafel.

Schon längst war es dunkel geworden. Es war nicht mehr lange bis Mitternacht, er musste zum Autoverleih gelangen. Mit etwas Glück würde er dort Laura und Frank treffen, dann könnten sie versuchen, Arbil zu verlassen. Die Stadt und ihr Flughafen waren durch die Verfolger zu einer Falle geworden.

„Aber noch habt ihr uns nicht", sagte er zu sich selbst und klammerte sich so fest an die falsche Tafel, als sei es die echte. Er bewegte sich eng an den Häusern entlang, sich immer wieder durch Blicke in alle Richtungen vergewissernd, dass man ihn nicht bereits entdeckt hatte.
Als er die Seitenstraße hinter dem Autoverleih erreichte, waren es nur noch ein paar Minuten bis Mitternacht. Er ging in die Gasse und versteckte sich hinter einem kleinen Verschlag. Dort würde er warten auf seine Freunde. Er musste lächeln. Die beiden einzigen Menschen, denen er noch vertrauen konnte, waren zwei Menschen, die er kaum kannte. Er vertraute ihnen aber nicht, weil er es musste. Er vertraute ihnen, weil er es wollte. Und es fühlte sich gut an, Menschen zu haben, denen man vertraute, weil man sich dafür entschieden hatte. Er versuchte, sich zu erinnern, wann er das letzte Mal so empfunden hatte. Er wusste es nicht. Es spielte aber auch plötzlich keine Rolle mehr. In einer heiligen Höhle hatte er Gott und die Menschen wiedergefunden. Und in einer dunklen kleinen Seitengasse in einer kleinen Stadt im Irak hatte er sich selbst wiedergefunden. Er fühlte sich mit diesem Gedanken, mit diesem Gefühl, so lebendig wie ... noch nie.

Kapitel 32

„Wir sollten langsam los, es ist bald Mitternacht“, sagte Frank und blickte auf seine Uhr.

Laura nickte.

„Ist ja nicht weit“, sagte sie. „Lassen wir die Tafel hier oder nehmen wir sie mit?“

„Ich würde sagen, wir lassen sie hier. Wenn unsere Verfolger den Wagen nicht finden, ist die Platte hier am sichersten. Und bisher haben sie ihn ja auch nicht gefunden. Und dass jemand anderes den Wagen aufbrechen würde, glaube ich nicht. Die Menschen hier sind anders als in Europa. In Rom würde ich mein Auto nicht mal für eine Minute unbeaufsichtigt lassen“, sagte Frank und lachte.

„Ich weiß, was Du meinst. Ich wurde mal in einer Kirche bestohlen. Und das obwohl ...“

„Obwohl?“

„ ... obwohl sogar Nonnen anwesend waren. Ist das zu glauben?“

„Ich glaube, dass in Rom so gut wie nichts unmöglich ist“, grinste Frank, „schon gar nicht in der Kirche.“

Er zwinkerte Laura zu.

„Journalistenhumor?“

„Journalistenerfahrung.“

„Vielleicht hast Du einfach nur die falschen Erfahrungen gemacht.“

„Vielleicht. Wir sollten jetzt aber wirklich los.“

Es dauerte nicht lange bis sie die Seitenstraße hinter dem Autoverleih erreichten.

„Daniel? Daniel, bist Du da?“

„Psst, ich bin hier.“

Die beiden gingen der Stimme nach und fanden Daniel hinter einem Verschlag hockend. Dicht vor ihm gingen sie ebenfalls in die Hocke.

„Alles klar bei Dir, Daniel?“

„Ja, alles klar. War gar nicht so leicht, die Typen abzuschütteln. Und wie lief es bei Euch?“

„Wie hatten ein gutes Versteck. Wir haben Dich und Deine Verfolger sogar einmal vorbeilaufen sehen. Wir konnten Dich aber nicht zu uns rufen.“

„Ist auch besser so gewesen. Die hätten dort alles durchsucht, wenn ich auf einmal verschwunden gewesen wäre. Wichtig war, dass sie die Tafel nicht bekommen. Ihr habt sie doch noch?“

„Ja.“

„Wo ist sie?“

„In Sicherheit."

„Seid Ihr wahnsinnig? Was, wenn sie gefunden wird?"

„Nur die Ruhe, Daniel. Wir dachten, so sei es sicherer. Falls sie uns schnappen würden an unserem Treffpunkt, hätten sie zumindest die Tafel noch nicht. Sie ist im Wagen und der steht gut versteckt in einem Innenhof. Außerdem werden wir uns jetzt sowieso dort hin schleichen und uns mit dem Wagen und der Tafel aus dem Staub machen. Hast Du schon eine Idee, wo wir hinfahren sollten?"

„Wir müssen versuchen, es unseren Verfolgern so schwer wie möglich zu machen. Der Flughafen hier in Arbil wird garantiert von ihnen überwacht. Wir müssen aber nach Europa, zu unserer eigenen Sicherheit. Frank, Du musst noch einmal ins Hotel. Lass Dir Flugpläne von allen Flughäfen geben. Dann buchst Du drei Flüge von Arbil aus nach Italien."

„Ich dachte, Du hättest gesagt, den Flughafen in Arbil überwachen sie."

„Ja, genau deswegen sollen sie denken, dass wir von dort aus flüchten wollen. Damit sie keinen anderen Flughafen überwachen. Mosul liegt zu nahe und alle anderen internationalen Flughäfen liegen zu weit weg. Bis auf den Flughafen Sulaimaniyya. Von dort gehen – soweit ich weiß – auch Flüge nach Deutschland."

„Woher weißt Du das alles?"

„Berufskrankheit, mein Freund“, sagte Daniel. „Alte Regel. Bevor man irgendwo hineingeht, sollte man sich schon über alle möglichen Ausgänge informiert haben.“
Frank nickte.
„Sie sind nicht nur Priester gewesen, stimmts?“, fragte Laura.
Daniel grinste sie an.
„Sagen wir, Priester mit besonderem Aufgabengebiet.“

Sie schafften es ungesehen zurück zum Landcruiser, der immer noch unberührt hinter den Müllcontainern stand.
„Laura, schau vorne an der Ausfahrt, ob die Luft rein ist. Dann gibst Du uns ein Zeichen und wir holen Dich dort ab“, sagte Daniel.
Laura lief zur Straße, während Frank den Wagen in Position brachte. Durch die dunkle Einfahrt war sie nur als Schatten vor der helleren Straße zu erkennen. Als sie den Arm zu einem Winken hob, fuhr Frank los. Daniel saß auf der Beifahrerseite. Auf dem Stück Gehweg, das die Einfahrt von der Straße trennte, hielt Frank an und Laura stieg hinten ein.
„Zum Hotel“, sagte Daniel, „aber halte in der Querstraße südöstlich davon an und geh den Rest zu Fuß. Und pass auf, dass Dich keiner unserer Verfolger sieht. Falls sie noch dort

sind. Sobald Du einen von ihnen siehst, ziehst Du Dich zurück. Alles klar?“

Frank nickte.

„Alles klar.“

Die Fahrt zum Hotel verlief ereignislos. Und auch sehr ruhig. Keiner im Wagen sprach ein Wort. Die Anspannung sorgte dafür, dass jeder der drei sich mit seinen eigenen Gedanken beschäftigte.

Kapitel 33

Von dort, wo Frank den Wagen geparkt hatte, konnte man den Eingangsbereich des Hotels sehen. Es schien alles völlig unverdächtig.

Daniel versuchte aus dem Toyota heraus mit dem Fernglas abzuklären, ob tatsächlich niemand zu sehen war, der auch nur annähernd wie einer ihrer Verfolger wirkte. Erst als er davon völlig überzeugt war, nickte er Frank zu.

„Also los, Du weißt, was Du zu tun hast."

„Ja", sagte er und verließ den Wagen.

Frank schlenderte fast über die Straße, um nicht auffällig zu wirken.

Er betrat das Hotel und ging auf den Nacht-Concierge hinter dem Rezeptionsdesk zu.

„Guten Abend, Sir. Was kann ich für Sie tun?"

„Ich bräuchte die Flugpläne aller internationalen Flughäfen im Irak."

„Die liegen gleich hier drüben, Sir", sagte der Concierge und deutete auf das andere Ende der Empfangstheke.

„Danke."

Frank ging dort hin und suchte sich die entsprechenden Broschüren heraus.
„Darf ich fragen, ob Sie uns schon verlassen wollen, Sir?“
„Möglicherweise.“
„Soll ich vielleicht schon die Rechnung für Sie und ihren Bekannten fertig machen?“
„Wissen Sie was, das wäre sehr freundlich von Ihnen. Machen Sie alles auf eine Rechnung.“
„Kein Problem, Sir. Sonst noch etwas, Sir?“
„Ja, wenn Sie mich so fragen. Könnten Sie für morgen einen Flug nach Italien buchen? Es geht wohl im Laufe des Tages ein Lufthansa-Flug.“
„Natürlich, Sir. Zwei Personen?“
„Drei. Setzen Sie es auf meine Rechnung. Ich zahle es sofort.“
„Der Name für das dritte Ticket?“
„Lassen Sie es noch offen. Das machen wir morgen beim Check-In.“
„Wie Sie wünschen, Sir.“
Frank nickte, lächelte und reichte dem Concierge seine Kreditkarte.

Als Frank in den Wagen eingestiegen war, schauten die beiden anderen ihn an.
„Und?“

„Alles gelaufen wie geplant", sagte er. „Ich habe einen Moment lang überlegt, ob ich Deine Rechnung auch übernehmen soll, Laura."

„Besser nicht", erwiderte Daniel. „Wir wollen es ihnen ja nicht zu einfach machen. Hast Du die Flüge gebucht?"

„War sowieso nicht nötig", sprang Laura dazwischen und lächelte, „ich hatte mein Zimmer im Voraus bezahlt."

„Tickets für drei Personen, ja", antwortete Frank auf Daniels Frage.

„Auf welchen Namen?"

„Unsere Namen. Den dritten hab ich offen gelassen."

Daniel nickte.

„Gut. Dann sollten wir Arbil jetzt verlassen. Wir sollten jetzt etwas Vorsprung haben. Vielleicht reicht er aus, um in der Luft zu sein, bevor sie nah genug an uns dran sind."

Frank startete den Wagen.

„In welche Richtung, Daniel?"

„Erstmal in nordöstlicher Richtung aus der Stadt raus. Benutze die Nebenstraßen. Und dann müssen wir auf die Koya-Road."

Frank nickte und fuhr los.

Kapitel 34

Kardinal Meininger stand an einem der hohen Fenster seines Amtszimmers und blickte über den Petersplatz als Pater Lorenzo eintrat.

Der Pater verharrte in gebührendem Abstand hinter dem Kardinal und wartete auf eine Regung seines Vorgesetzten.

„Nun, Pater Lorenzo, gibt es etwas Neues in besagter Angelegenheit?", fragte Meininger ohne sich umzudrehen. Er blickte weiter starr aus dem Fenster, warf auch nicht nur einen Blick in die Augen des Paters, die eigentlich deutlich in seinem Spiegelbild auf der Fensterscheibe zu erkennen waren.

„Ja, Eminenz. Unsere Leute sind Saunders und dem Artefakt weiter auf den Fersen."

„Auf den Fersen?", zischte der Kardinal in unterdrückter Wut.

„Es ist unseren Leuten bislang nicht gelungen, des Artefaktes habhaft zu werden, Eminenz."

„Ich bin mir durchaus über die Bedeutung von „auf den Fersen" bewusst, Pater. Die Frage, die mich beschäftigt, ist vielmehr: Warum? Sollte ich mich vielleicht missverständlich ausgedrückt haben, wo die Prioritäten der heiligen Mutter Kirche liegen? Vielleicht sind Sie ja der Aufgaben nicht gewachsen, die Sie bei mir zu erledigen haben. Vielleicht möchten Sie ja lieber als Missionar tätig sein, statt hier der Kirche zu dienen. Ich bin sicher, wir könnten da einen Posten finden, weit weg von Rom. Weit weg von allem!"

Blitzartig drehte sich der Kardinal um, schrie die letzten Worte, die den Pater wie unter einer Peitsche zusammenzucken ließen.

„Nein, Eminenz", sagte er leise und verbeugte sich. „Ich werde unseren Leuten noch einmal nachdrücklich die Dringlichkeit ihrer Mission deutlich machen."

Der Kardinal nickte selbstzufrieden.

„Wie ist der Stand der Dinge?"

„Saunders will wohl das Land mit der Tafel verlassen. Sie versuchen, einen Flughafen zu erreichen, von dem aus sie außer Landes kommen. Sie versuchen, unsere Leute abzuschütteln. Unser Agent ist aber weiter dran und wird die Teams wieder auf die Spur führen."

„Besteht die Möglichkeit, dass wir den Agenten erreichen können, bevor Saunders und dieser Journalist den Irak verlassen können?"

„Wahrscheinlich nicht."

„Zu dumm. Wenn alle Stricke reißen, muss unser Agent das Artefakt an sich bringen. Dann eben außerhalb des Irak."

„Ich werde das beim nächsten Kontakt durchgeben."

„Wissen wir schon, wohin sie fliegen?"

„Noch nicht."

Der Kardinal nickte.

„Gehen Sie jetzt."

Der Pater ging, drehte sich an der Tür jedoch noch einmal um.

„Eminenz?"

„Ja?"

„Ich werde die Angelegenheit zu Ihrer vollsten Zufriedenheit lösen."

„Davon bin ich überzeugt. Ich entschuldige mich für meinen Ausbruch, Pater."

Pater Lorenzo verbeugte sich und Meininger machte das Segenszeichen in seine Richtung.

Kapitel 35

„Wie lange werden wir unterwegs sein?“, fragte Laura, zu Daniel gewandt.

„Naja, bis zum Flughafen von Sulaimaniyya sind es etwas weniger als zweihundert Kilometer. Also würde ich schätzen, dass wir etwa zweieinhalb bis drei Stunden brauchen werden. Siehst Du“, Daniel hielt ihr die Kartc hin, „wir sind jetzt ein Stückchen außerhalb von Arbil, ungefähr hier.“

Daniel tippte mit seinem Finger auf die Karte. Dann fuhr er mit dem Finger auf der Karte entlang der Straße, die sie nehmen wollten.

„Dann fahren wir Richtung Südosten auf der Route 18, auf Dokan zu. Und von dort aus geht's dann über Tasluja direkt zum Flughafen, der ein ganzes Stück vor der Stadt liegt. Ist ein kleiner aber ziemlich neuer Flughafen.“

„Und wohin fliegen wir?“

Frank wandte sich kurz vom Steuer ab.

„Nach Düsseldorf. Mit einem Direktflug.“

„Nach Deutschland?“

„Ja“, sagte Daniel.

Laura hob die Schultern.
„Von mir aus."
„Natürlich nur, wenn alles gut geht", sagte Frank.
„An Deinem Optimismus müssen wir noch arbeiten, Frank", grinste Daniel.
„An welchem Optimismus?", warf Laura lachend ein und ließ sich gegen die Lehne der Rückbank fallen. „Weckt mich, wenn wir da sind."
Dann schloss sie die Augen und schlief ein.
„Vielleicht solltest Du auch ein bisschen schlafen, Daniel. Ich wecke Dich in einer guten Stunde, dann übernimmst Du das Steuer."
„In Ordnung."
Dann wurde es stiller im Wagen. Nur das Motoren- und das Fahrgeräusch waren zu hören und das eine oder andere Steinchen, das – von den Reifen aufgesammelt und gleich wieder weggeschleudert – lautstark gegen die Abdeckung der Radkästen sprang, als der Landcruiser der Straße durch das Vorgebirge folgte.

Eine Stunde später hielt Frank den Wagen am Straßenrand an. Er schob sich den Hut in den Nacken und packte Daniel mit der Hand am Arm.
„Daniel? Könntest Du jetzt das Steuer übernehmen?"
„Ja, klar", sagte Daniel verschlafen und rieb sich die Augen.

„Ich gehe nur mal austreten, bevor wir weiterfahren.“

„In Ordnung, Frank.“

Während Frank im Dunkel, abseits der Scheinwerfer des Toyota, am Straßenrand verschwand, drehte sich Daniel zu Laura um, legte sanft seine Hand auf ihren Arm und drückte ganz leicht zu.

„Laura?“

Laura streckte sich und öffnete verschlafen die Augen.

„Sind wir schon da?“

„Nein. Wir machen nur kurz Halt für einen Fahrerwechsel. Vielleicht möchtest Du mal kurz austreten. Wir haben bestimmt noch eineinhalb Stunden Fahrt vor uns.“

„Gute Idee. Wo ist Frank?“

„Der ist auch grade mal für kleine Journalisten“, grinste Daniel.

Laura grinste zurück und stieg aus dem Wagen.

Als Frank schon wieder fast am Wagen war, kam ihm Laura entgegen, lächelte ihn an und ging an ihm vorbei.

Frank drehte sich um und blickte ihr nach.

Als er wieder am Wagen war, schaute er Daniel an und deutete mit dem Daumen in die Richtung, in die Laura verschwunden war. Er hob gerade zu einer Frage an.

„Pinkeln. Was sonst?“, antwortete Daniel, bevor Frank die Frage stellen konnte.

„Ah“, sagte Frank und setzte sich auf den Beifahrersitz. Daniel stand noch an der offenen Tür der Fahrerseite und lauschte in die Dunkelheit. Er wollte nicht, dass Laura etwas passierte. Dies hier war immer noch eine bergige Wüstengegend in einem Land, das sich noch immer nicht wirklich im Frieden mit sich selbst befand. So etwas war nie ungefährlich. Daniel hatte da seine Erfahrungen.
Als Laura wieder aus dem Dunkel auftauchte, stieg er ein und startete den Wagen. Sie setzte sich wieder nach hinten. Daniel schaute durch den Innenspiegel zu ihr. Sie erwiderte seinen Blick.
„Können wir los, Jungs?“, fragte sie frech.
„Ganz wie Sie wünschen, junge Dame“, lachte Daniel, fuhr wieder auf die Straße und beschleunigte.

Als sie um kurz nach vier Uhr am Flughafen vorfuhren, schien dort für einen so kleinen Flughafen reger Betrieb zu sein. Die Frühmaschine der Turkish Airlines aus Istanbul war gerade gelandet und etliche Menschen befanden sich im Gebäude oder waren dabei, es zu verlassen.
„Wir haben Glück“, sagte Frank. „Wenn hier so viel los ist, finden wir sicher auch jemanden, der uns sagen kann, wann der nächste Flug für uns geht. Und mit etwas Glück haben wir in einer halben Stunde schon unsere Tickets in der Hand.“

„Ich mache das", sagte Daniel.
So gingen sie zu dritt in das Flughafengebäude, ihr Gepäck tragend. Sie hatten nur wenig dabei, denn einen Teil ihrer Sachen hatten sie im Hotel zurücklassen müssen. Wichtig war ihnen der Inhalt des Rucksacks. Zumindest ein Teil des Inhaltes. Die Tafel nämlich, die an der Rückenseite im Rucksack steckte.
Daniel bewegte sich zum Informationsschalter und sprach dort mit einer Angestellten. Nach ein paar Minuten kam er wieder zu den anderen zurück, die in einiger Entfernung auf ihn gewartet hatten.
„Gute Nachricht. Um zehn Uhr geht eine Maschine der Iraqi Airways nach Düsseldorf. Die Dame an der Info ruft gerade den Zuständigen aus. Sobald er am Schalter ist, können wir unsere Tickets kaufen und um zehn Uhr geht es dann nach Deutschland."
„Hoffen wir, dass alles klappt. Das sind noch fast sechs Stunden."

Ein paar Minuten später standen sie am Schalter der Iraqi Airways bereits mit ihren Tickets in ihren Händen.
„Das lief ja gut bis jetzt. Und nun?", fragte Frank.
„Bis zur Stadt ist es eine gute Viertelstunde. Sie liegt noch ein bisschen höher als der Flughafen. Wir könnten erstmal

dorthin fahren, uns ein bisschen frisch machen und etwas frühstücken“, meinte Daniel.
„Gute Idee, Freunde“, sagte Laura, „ich brauche dringend einen Kaffee und etwas Wasser im Gesicht.“
„Ich glaube, das würde keinem von uns schaden“, lachte Frank.
Sie verstauten ihr Gepäck wieder im Wagen.
Daniel warf Frank den Schlüssel zu.
„Hier, fahr Du.“
„Dann bring Du uns mit der Karte zu einem Laden, wo wir das finden, was wir suchen, alter Mann“, grinste Frank.

Nachdem sie in der Stadt angekommen waren, dauerte es noch geraume Zeit, bis sie endlich ein Café gefunden hatten, das schon geöffnet hatte und in dem sie ein Frühstück nach ihrem Geschmack bestellen konnten. Es gehörte zu einem modernen Hotel, weshalb auch die Waschräume europäischen Standards entsprachen.
„Wenn wir das Frühstück bestellt haben, sollten wir nacheinander die Waschräume aufsuchen und uns etwas frisch machen“, sagte Frank.
„Ich gehe zuerst“, rief Laura.
„Danach kannst Du gehen, Frank. Ich gehe dann zum Schluss. Mein Frühstück fällt ohnehin etwas kleiner aus als Eures“, sagte Daniel.

Als sie bestellt hatten, stand Laura auf und verschwand Richtung Waschraum.
„Wie geht es weiter?“, fragte Frank.
Daniel blickte ihn an.
„Ich weiß es nicht. Erstmal fliegen wir nach Deutschland. Vielleicht sollten wir dann dort mit den Medien reden. Fernsehen, Radio, Zeitungen. Du kennst doch sicher einige Leute, die uns die Möglichkeit dazu geben könnten?“
„Ich denke schon. Versuchen müssen wir es auf jeden Fall. Auch wenn...“
„Auch wenn? Stimmt etwas nicht?“
„Es ist nur eine Stelle in dem Text auf der Tafel, die mir ein bisschen Sorgen macht.“
„Welche Stelle?“
„Dass die Widerstände noch zahlreich sein werden.“
„Naja, sicher ist damit gemeint, dass wir noch zahlreiche Widerstände haben werden.“
Frank schüttelte den Kopf.
„Ich habe eher das dumme Gefühl, dass damit ein größerer Zeitraum gemeint sein könnte und diese erwähnten Widerstände nicht nur uns betreffen.“
Daniel legte seine Hand auf Franks Schulter.
„Es wird alles so sein, wie es sein soll. Wir werden einfach das tun, was wir zu tun haben. Was daraus wird, liegt nicht in unserer Hand.“

Frank nickte. Sein Augen zeigten leichte Traurigkeit.
„Ich dachte nur, dass die Welt sich ändern könnte und wir es miterleben.“
Daniel schaute Frank tief in die Augen.
„Das hat sie schon, mein Freund, das hat sie schon. Und wir uns mit ihr. Und Du weißt das auch.“
„Ja, das stimmt wohl. Ich muss Dir danken, dass Du mich an dieser ganzen Sache hast teilnehmen lassen.“
„Es war ja auch Deine Entscheidung. Und wenn Du jemandem danken möchtest, dann nicht mir, sondern ihm.“

Kapitel 36

Pater Lorenzo legte den Hörer des antiken Telefons zurück auf die Gabel. Dann schob er den Stuhl zurück, stand auf und ging auf die große Tür zu, hinter der der Kardinal seinen Amtsgeschäften nachging. Er klopfte kurz, dann trat er ein.

„Eminenz?“

„Ja, Pater? Gibt es etwas Neues?“

„Ja. Unser Agent hat unsere Leute wieder kontaktiert und konnte ihnen mitteilen, von welchem Flughafen aus Saunders das Land verlassen will.“

„Konnten unsere Leute unserem Agenten denn auch mitteilen, was ich ihnen gesagt hatte? Dass das Artefakt sicherzustellen ist, auch wenn unsere Teams Saunders nicht mehr erreichen können?“

„Ja, Eminenz. Unser Agent ist an Saunders dran. Und wenn die beiden Teams Saunders und den Journalisten nicht mehr erreichen können, sind die Order absolut klar. Egal wie, die Tafel wird sich bald in unserem Besitz befinden.“

Der Kardinal hob mahnend den Finger.

„Ohne unnötige Gewalt, wie ich hoffe. Und wie ich auch angeordnet hatte.“

„Natürlich, Eminenz.“

„Wenn wir den Flughafen wissen, wissen wir denn auch, was das Ziel ist?“

„Ja, Eminenz. Düsseldorf in Deutschland.“

„Ausgezeichnet, Pater, ausgezeichnet. Gute Arbeit.“

„Wäre das alles, Eminenz?“

„Ja, Pater. Oder nein, warten Sie. Sollte es uns nicht gelingen, die Tafel vor dem Abflug der beiden in unseren Besitz zu bringen, wird unser Agent das spätestens in Düsseldorf erledigen, oder?“

„Das sollte sich eigentlich von selbst verstehen für einen unserer besten Leute.“

Meininger nickte.

„Gut. Halten Sie ein Flugzeug in Bereitschaft. Sobald Vollzug gemeldet wird, wird die Maschine das Artefakt in Deutschland abholen.“

„Ich habe mir erlaubt, diesbezüglich bereits alles vorzubereiten.“

Der Kardinal hob anerkennend den Kopf.

„Dann bereiten Sie ebenfalls schon mal meine Teilnahme an dieser kleinen Expedition vor.“

„Dies vorzubereiten habe ich mir auch bereits erlaubt. Ihr Koffer ist gepackt und alle weiteren Formalitäten sind bereits in Arbeit."

„Ich kann Sie nur loben, mein lieber Lorenzo. Machen Sie so weiter und Sie haben noch eine erfolgversprechende Karriere vor sich."

„Danke, Eminenz. Ihr Lob ehrt mich."

Der Kardinal hatte sich längst wieder der Arbeit an den Papieren auf seinem Schreibtisch zugewandt, als der Pater sich verbeugte, um sich danach wieder zu entfernen.

„Wollen doch mal sehen, wollen doch mal sehen", murmelte der Kardinal vor sich hin, während er an Saunders und das Artefakt dachte.

Kapitel 37

„Jetzt geht es mir schon viel besser“, sagte Frank und stellte die Kaffeetasse wieder auf den Tisch.
„Ein paar Spritzer Wasser, ein gutes Frühstück und zwei Tassen Kaffee und schon fühlt man sich wieder wie ein Mensch“, lachte Daniel.
„Vor allen Dingen riechen wir auch wieder etwas mehr wie Menschen“, lachte auch Laura.
„Wie spät ist es, Frank?“
„In knapp zwei Stunden geht unser Flug.“
„Dann sollten wir mal langsam wieder zum Flughafen fahren.“
„Ja, wir sollten aber auch die Augen offen halten, falls unsere Verfolger unsere Spur wieder aufgenommen haben. Wir hatten zwar einen guten Vorsprung, aber der könnte mittlerweile so ziemlich aufgebraucht sein. Oder eben auch nicht.“
„Ach“, sagte Laura, „Ihr dürft nicht immer alles so schwarz sehen. Und wenn ich Euch glauben soll, was Ihr die ganze Zeit erzählt habt, dann kommt sowieso alles so, wie der da oben es will, stimmts?“

Daniel blickte zu Frank.
„Da hat sie wohl recht“, grinste er.
„Na gut, dann lasst uns fahren.“
Daniel hob die Hand.
„Ich werde noch die Rechnung bezahlen.“
Laura stand auf, beugte sich zu Daniel und gab ihm einen Kuss auf die Wange.
„Vielen Dank“, sagte sie und lächelte.
„Keine Ursache“, antwortete Daniel und die restliche Müdigkeit war in diesem Moment aus seinen Augen gewichen.
„Dann werde ich beim Autoverleih in Arbil anrufen und mal nachfragen, ob sie eine Niederlassung hier haben.“
Frank stand auch auf und verschwand zu den Telefonen, die sich in der angeschlossenen Hotellobby befanden, zu der man gelangte, wenn man an den Waschräumen vorbeiging.

Frank war nun etwas beruhigt. Er ließ nicht gerne offene Rechnungen zurück. Schon gar nicht, ohne das vorher abzuklären. Am Telefon hatte er erfahren, dass sich eine Vertretung der Verleihfirma am Flughafen von Sulaimaniyya befand. Er konnte den Wagen dort abgeben und dort bezahlen.
„Eine Sorge weniger“, murmelte er vor sich hin.

Am Wagen warteten bereits Laura und Daniel.
„Können wir los?“
„Ja, gute Nachricht. Wir können das Auto am Flughafen abgeben.“
„Na, siehst Du, läuft doch alles wie geschmiert“, grinste Laura.
„Wie wollen es mal nicht beschreien“, erwiderte Frank.
Daniel hatte inzwischen auf der Rückbank Platz genommen.
„Was ist denn nun? Worauf warten wir? Steigt ein, Ihr beiden.“
Frank setzte sich ans Steuer.
Laura nahm den Beifahrersitz.

Es dauerte nicht lange, da waren sie wieder am Flughafen. Sie luden ihre Sachen aus und gingen ins Terminal. Den Rucksack hatte Frank auf dem Rücken, wie die ganze Zeit schon. Er wollte sicher gehen.
„Wartet einen Moment. Ich gehe kurz da rüber und gebe den Wagen ab.“
Sie stellten ihr Gepäck ab, während Frank zum Schalter lief, an dem er die Außenstelle des Autoverleihs vermutete.
Daniel schnaufte und kratzte sich an seinem Kopf.
„Ich weiß nicht“, sagte er, „das geht alles irgendwie zu glatt.“
„Sei doch froh“, erwiderte Laura.

„Wir werden sehen. Froh und erleichtert bin ich erst wieder, wenn man uns den Fund nicht mehr wegnehmen kann, weil zu viele Menschen darüber Bescheid wissen."
„Verstehe. Mach Dir keine Sorgen. Es wird alles so kommen, dass es richtig ist. Wie auch immer."
Laura legte ihre Hand auf Daniels Oberarm.
„Ich mag Euch beide sehr. Wirklich. Egal was passiert, das hat Bestand."
„Lieb von Dir, Kindchen."
Daniel strich ihr kurz über ihren Kopf.

Als Frank zurückkam, hatte er einen gehetzten Ausdruck im Gesicht.
„Na, hast Du den Wagen abgegeben?"
„Nein, Daniel, wir haben ein Problem."
Sofort hatte Daniel ein besorgtes Gesicht.
„Um was geht es denn?", fragte Laura, ebenfalls besorgt.
„Als ich den Wagen abgeben wollte, sagte mir der Typ am Schalter so ganz nebenbei, während er die Papiere fertig machte, dass vor einer halben Stunde bereits jemand nach dem Toyota gefragt hatte."
„Das sind sie", sagte Daniel. „Sie sind schon hier."
„Was tun wir jetzt?", wollte Laura wissen.
„Ich habe dem Autoverleiher gesagt, dass ich es mir anders überlegt habe. Ich habe den Wagen noch nicht abgegeben."

Frank hielt den Schlüssel hoch, dass ihn die beiden anderen sehen konnten.

„Gut gemacht“, sagte Daniel. „Wir brauchen einen neuen Plan. Entweder lassen wir den Flug hier ganz sausen oder wir locken sie weg, kommen zurück und fliegen dann. Aber sie werden sich bestimmt nicht alle weglocken lassen.“

„Ich habe dem Autoverleiher gesagt, dass wir wieder nach Arbil fahren, weil wir doch von dort aus fliegen wollen.“

Daniel nickte nachdenklich.

„Und genau das werden wir auch tun“, sagte er bestimmt.

„Ich höre wohl nicht recht. Sollten wir denn nicht woanders hinfahren, schließlich kennen sie ja nun unser Ziel?“

„Da wir diesen Trick schon einmal benutzt haben, werden sie denken, dass wir sie wieder auf eine falsche Fährte locken. Auf jeden Fall müssen sie sicher gehen und alle Optionen abdecken. Dadurch müssen sie ihre Kräfte aufteilen. Wir fahren also wieder Richtung Arbil. Mit ein bisschen Glück haben sie nicht viele Leute am Flughafen abgestellt. Wir müssen aber davon ausgehen, dass uns ein Teil der Typen, die hierher gekommen sind, weiter verfolgen. Wir müssen uns also beeilen.“

„Dann los.“

Sie rannten zum Landcruiser, schlossen die Hecktür auf, warfen all ihre Sachen hinein, stiegen vorne ein und fuhren los.

„Gib Gas, Frank, wir brauchen so viel Vorsprung wie möglich."
„Ich tue, was ich kann, aber die alte Kiste gibt nicht viel mehr her. Wir dürften kaum eine Chance gegen ihre modernen SUVs haben."
„Wir lösen ein Problem nach dem anderen. Erstmal fahren wir Richtung Arbil."
„Und ich wollte schon fragen, was wir mit den Typen machen, die vielleicht in Arbil auf uns warten."
Daniel drehte sich zur Rückbank um und grinste sie an.
„Wie ich schon sagte..."
„Jaja, ich weiß, ein Problem nach dem anderen", sagte Laura und verdrehte gespielt genervt die Augen. Dann lachte sie.
Vom etwas höher liegenden Flughafen ging es dann wieder Richtung Ebene, der Straße folgend, die sie auch schon auf dem Hinweg benutzt hatten. Ohnehin gab es nur zwei Straßen von und nach Sulaimaniyya. Bergab lief der Toyota zwar schneller, aber Frank traute den Bremsen nicht so ganz, besonders an den steileren Stellen versuchte er, nicht zuviel Geschwindigkeit drauf zu bekommen.
Daniel hielt sich fast die ganze Zeit mit angespannten Gesichtszügen an Sitz und Armaturenbrett fest, während Laura – immer wieder lautstark schimpfend – auf der Rückbank hin und her flog.

Hin und wieder musste Frank ein paar Einheimische in ihren Fahrzeugen überholen. Dank der hohen Geschwindigkeit, die Frank fuhr, gingen diese Manöver nie ohne Hupbegleitung durch die einheimischen Fahrer ab.
„Du machst Dir hier nicht gerade Freunde“, lachte Daniel bei einem der Überholmanöver.
„Das hat zur Zeit bei mir auch nicht gerade die höchste Priorität.“
„Hatte es das überhaupt schon einmal?“, witzelte Laura von der Rückbank aus.
„Was ich noch weniger leiden kann als schwarzgekleidete Verfolgertypen, sind Komiker auf der Rückbank.“
„Ja“, sagte Laura gespielt gelangweilt, „ist fast genauso schlimm wie schwatzhafte Chauffeure.“
Daniel schaute amüsiert zwischen beiden hin und her, schüttelte den Kopf und lächelte.

Kapitel 38

„Was machst Du da eigentlich?“

Frank blickte ein paar Mal kurz zu Daniel auf die Beifahrerseite rüber, die Straße jeweils nur kurz aus den Augen lassend.

Daniel hatte die Karte vor sich, drehte und wendete sie, schaute manchmal mit verkniffenen Augen etwas näher und genauer darauf. Er hob kurz den Kopf.

„Was?“

„Was Du da machst“, wiederholte Frank.

„Oh, ich schaue nur nach dem Weg.“

„Der Weg ist doch klar. Wir sind ihn schon gefahren, nur in die andere Richtung.“

Daniel lächelte nachsichtig.

„Das schon, aber es könnte ja sein, dass wir unsere Pläne blitzschnell ändern müssen. Wenn wir erst dann nach einer Alternative suchen, könnte uns das wertvolle Zeit kosten. Zeit, die wir nicht haben.“

„Also?“

„Also schaue ich vorsorglich nach einer Ausweichroute, falls wir einen oder mehrere Haken schlagen müssen.“

„Ah, verstehe.“
Frank verstummte und Daniel wandte sich wieder dem Kartenstudium zu.
„Daniel?“
„Ja, Frank?“
„Glaubst Du, wir werden Haken schlagen müssen?“
Daniel blickte wieder auf und schaute Frank ernst an.
„Ich bin mir ziemlich sicher. Ich hoffe zwar, dass von nun an alles glatt geht, aber ich rechne eigentlich nicht damit.“
Frank nickte stumm.
„Keine Sorge, Frank, wir haben es ja auch schon bis hierher geschafft, da schaffen wir auch noch den Rest. Und für einen Journalisten schlägst Du Dich nicht schlecht bis jetzt“, sagte er und lachte. „Und zur Not bin ich ja auch noch da.“
„Wie beruhigend.“

Sie hatten Tasluja schon länger hinter sich gelassen und befanden sich immer noch auf der Route 18, ein Stück vor Dokan, als Frank plötzlich hektisch wurde und Laura fast anschrie.
„Gib mir Dein Palästinensertuch! Schnell! Und dann duckt Euch beide.“
Den Ernst der Situation instinktiv begreifend, taten die beiden, wie Frank es verlangt hatte. Frank indessen warf

sich Lauras Tuch blitzschnell um den Kopf und legte eine Ecke über Mund und Nase.

„Was ist denn los?“, fragte Daniel, der hinter dem Armaturenbrett in Deckung gegangen war.

„Ja, das wüsste ich auch gerne“, rief Laura, die in den Fußraum hinter den Vordersitzen gekauert saß.

„Vielleicht nur falscher Alarm, aber ich will nichts riskieren. Sieht so aus, als würde uns da vorne mindestens ein schwarzes und ziemlich glänzendes Fahrzeug entgegenkommen. Deswegen nehme ich an, es könnten unsere Verfolger sein, die in Arbil zurückgeblieben waren und uns jetzt versuchen, den Weg abzuschneiden. Uns hier zu erwischen wäre sicher um einiges unkomplizierter als am Flughafen. Und lange nicht so aufsehenerregend. Achtung, da kommen sie.“

Frank blickte stur geradeaus und versuchte möglichst entspannt auszusehen.

Dann schossen zwei schwarze Geländewagen an ihnen vorbei Richtung Tasluja.

„Sind sie vorbei?“, fragte Daniel.

„Ja, ihr könnt wieder hochkommen.“

Die beiden setzten sich wieder in ihre Sitze.

„Wir können nicht mehr nach Arbil“, sagte Daniel. „Sie werden schnell bemerken, dass sie uns verpasst haben. Dann werden sie wenden und hinter uns her jagen. Spätestens am Flughafen werden sie uns dann erwischen."

Frank blickte Daniel kurz an.

„Zeit, Haken zu schlagen?"

Daniel nickte.

„Wir müssen es bis Dokan schaffen. Dort werden wir dann nicht weiter Richtung Arbil fahren, sondern Richtung Norden. Dort ist ein See. Wir werden dort einen Berg überqueren und dann runter ans Ufer fahren. Dort werden wir abwarten, uns beratschlagen, wie wir weiter vorgehen, und hoffen, dass wir dadurch genug Zeit gewinnen, dass sie unsere Spur erstmal völlig verlieren."

„In Ordnung", sagte Frank, „dann musst Du mich aber lotsen."

Kapitel 39

Frank gab noch etwas mehr Gas. Es war wichtig, dass sie Dokan vor ihren Verfolgern erreichten, damit sie die Möglichkeit hätten, sie abzuhängen.
Daniel und Laura schauten immer wieder durch das Rückfenster. Noch war nichts zu sehen.
Die letzten Kilometer bis zur Stadt zogen sich zäh wie Kaugummi.
Dokan erstreckte sich an den Ufern des Zab-Flusses entlang, der vom Dokan-See gespeist wurde.
Endlich erreichten sie die ersten Außenbezirke der kleinen Stadt und bewegten sich auf der Hauptstraße immer weiter Richtung Zentrum. Ein Stück weiter, nach einer längeren Geraden, kam eine langgezogene Linkskurve. Daniel deutete nach rechts vorne.
„Siehst Du da drüben die Straße, die rechts den Hügel hinauf führt?"
„Ja, sehe ich."
„Die müssen wir nehmen. Das müsste die nächste größere Straße rechts sein, die hier von der Hauptstraße abgeht. Die

führt uns über den Hügel, durch ein Tal und dann den Berg hinauf."

Als sie die Abzweigung erreichten waren noch immer keine Verfolger in Sicht. Wenn alles gut ging, sollten sie auch erst einmal von ihnen verschont bleiben.

Sie ließen die Stadt hinter sich und als sie die Kuppe des Hügels überquerten, war weiterhin kein einziger der schwarzen Geländewagen zu sehen. Die drei entspannten sich etwas, während Frank den Toyota ins Tal hinunter lenkte. Sie hatten einen wunderbaren Blick auf den See.

„Hätte man in dieser Gegend gar nicht vermutet, dass hier in den Bergen ein so großer See liegt", sagte Daniel, ohne die große Wasserfläche aus den Augen zu lassen.

„Ja. Schön, nicht?", fragte Laura.

„Ich werde ihn später bewundern", sagte Frank. „Wie geht es weiter?"

„Unten in der Siedlung musst Du Dich rechts halten, der Straße folgen, und dann links den Berg hinauf."

Auch als sie oben auf dem Berg angekommen waren, konnten sie noch keinen der Verfolger ausmachen.

Frank folgte weiter der Straße, die ein Stück weit auf dem Bergkamm entlang führte, weg vom See, um dann den Berg wieder hinunter zu führen, auf den See zu. Fruchtbares Grün lag vor ihnen, begrenzt vom Stahlblau des Sees, umrahmt von den Bergen.

„Wir folgen der Straße noch ein Stück, dann führt ein Weg in Richtung einer kleinen Siedlung, die fast direkt am See liegt. Ich würde vorschlagen, dass wir erstmal bis zum Ufer fahren."

„Wenn man bedenkt, was wir hinter uns haben und wen, und wenn man weiter bedenkt, was noch alles vor uns liegen könnte, dann wirkt das hier alles so idyllisch, fast paradiesisch", sagte Frank.

„Naja, der Garten Eden soll ja nicht allzu weit von hier entfernt gewesen sein."

„Mag sein, Daniel. Mir würde es schon ausreichen, wenn wir mal zur Ruhe kommen und uns mal nur für ein paar Stunden nicht auf der Flucht fühlen müssen."

„Ich schätze mal, einen besseren Platz als hier finden wir im ganzen Irak nicht", sagte Laura froh.

„Hoffen wir es", sagte Frank.

Sie fuhren weiter den Weg, den Daniel beschrieben hatte, kamen an der kleinen Ortschaft vorbei und erreichten schließlich das Ufer des Sees.

Frank parkte den Wagen im Schatten eines Baumes, machte den Motor aus und holte tief Luft.

„Da wären wir also. Hat fast etwas von Urlaub, findet Ihr nicht?"

„Wenn man von den knallharten Verfolgern und einem Auftrag Gottes mal absieht. Was sind das eigentlich für Typen?“

Laura stieg aus als keiner antwortete.

„Schon gut. Ihr braucht es mir nicht zu sagen.“

Dann warf sie die Tür zu und schlenderte zum Strand hinunter.

„Ich kümmere mich mal darum, uns ein gemütliches Lager zu machen. Wir sollten uns ein oder zwei Tage bedeckt halten. Mit ein bisschen Glück sind wir zumindest in dieser Zeit wie vom Erdboden verschwunden für unsere Verfolger. Aber nur, weil wir auf der Flucht sind, muss das ja nicht bedeuten, dass wir nicht versuchen, es uns so gemütlich wie möglich zu machen“, sagte Daniel mit einem Augenzwinkern.

„Brauchst Du meine Hilfe?“

„Nein, das schaffe ich schon. Geh Du ein bisschen zu Laura. Keine Ahnung, wie sie das alles so verkraftet. Vielleicht solltest Du Dich ein bisschen um sie kümmern. Wir wussten schließlich von Anfang an, worauf wir uns einlassen. Sie ist da so mit rein gerutscht.“

Frank nickte.

„Ja, schon bewundernswert. Sie ist ziemlich hart im Nehmen.“
„Und sie ist eine Frau.“
„Ist sie das, Daniel? Glaubst Du, das wäre mir nicht aufgefallen?“
„Doch. Ich glaube nur, Dir selbst ist noch nicht aufgefallen, wie sehr sie Dir aufgefallen ist“, lachte Daniel. „Nun geh schon.“
Dann stiegen sie beide aus. Während Frank auf Laura zu ging, öffnete Daniel die Heckklappe des Toyota. Er schaute Frank nach, der nun neben Laura stand und mit ihr auf den See hinaus blickte. Er lächelte, schüttelte den Kopf und räumte dann ein paar Sachen aus dem Toyota, um ein Lager einzurichten.

Laura blinzelte in die Sonne, die den Zenit schon überschritten hatte und bereits dabei war, sich langsam auf die Bergkämme am Horizont zu zu bewegen. Frank trat neben sie.
„Ist ein ganz schönes Abenteuer geworden.“
Sie drehte den Kopf etwas in seine Richtung und schirmte mit der Hand ihre Augen vor der Sonne ab, um ihn ansehen zu können.
„Ja, ziemlich aufregend das alles. Wer hätte das gedacht. Ok, Ihr beide schon. Ich hätte es nicht gedacht. Ich wollte

mir nur ein paar Altertümer ansehen und dann treffe ich auf Euch. Erst dachte ich, dass Ihr beiden total verrückt seid. Aber ich war neugierig. Tja, und dann... so etwas erlebt man nur einmal im Leben. Wenn überhaupt."

Sie blickte wieder zum See.

„Wie lange werden wir hier bleiben, Frank?"

„Bis sich die Wogen etwas geglättet haben."

Fast sofort mussten beide loslachen.

„Schauen wir deshalb auf den See?", lachte Laura.

„Ja, genau deshalb", lachte auch Frank. „Hör zu, Laura, wir hatten noch nicht viel Gelegenheit, uns besser kennen zu lernen. Als Personen, meine ich. Nicht als Schatzsucher im Auftrag Gottes, die auf der Flucht sind."

Frank lachte verlegen. Nun, da die Hektik und Aufregung der Flucht von ihnen allen abgefallen war, kamen in ihm Gefühle hoch, die er hinten angestellt hatte, seit sie zum ersten Mal aufgetaucht waren, da sie alle schließlich andere Prioritäten setzen mussten. Bis jetzt.

Laura schaute ihn wieder an.

„Und?", fragte sie.

„Ich wollte Dir nur sagen, dass ich Dich wirklich sehr mag. Du bist hübsch und intelligent. Und Du bist lustig."

Frank blickte ihr in die Augen.

„Also um es kurz zu machen, Du gefällst mir sehr."

Laura nickte. Dann musste sie loslachen.

„Entschuldige, Frank“, sie legte ihre Hand auf seinen Arm, „Du hast nicht viel Übung darin, oder?“

Frank seufzte.

Wie recht sie doch hatte. Eine langjährige Beziehung war zerbrochen, kurz bevor er nach Rom zog. Oder weil er nach Rom zog. Die Trennung war sehr schmerzhaft gewesen, weil er sich – trotz aller Schwierigkeiten – nie hatte vorstellen können, dass jeder von ihnen einmal eigene Wege gehen würde. Seitdem hatte er keine Beziehung mehr gehabt. Er hatte sich auf seine Arbeit konzentriert, hatte sich regelrecht darauf gestürzt. Und bisher hatte er auch gar nicht mehr daran gedacht, dass ihm vielleicht etwas fehlen könnte. Aber dann hatte er Laura kennengelernt. Und vor zwei Tagen, die ihm mittlerweile wie Jahre vorkamen, hatte er gespürt, dass sich seine neutralen Gefühle ihr gegenüber langsam veränderten. Anfangs hatte er dies noch beiseite gedrückt. Aber je öfter er dies tat, desto schneller und stärker schien sich sein Gefühl zu entwickeln. Er wollte es nun geklärt wissen. Egal, wie es ausging, er wollte sich ihr offenbaren, bevor seine Gefühle für sie so stark werden würden, dass es – in seinen Augen – nur noch peinlich werden könnte.

„Ist schon okay“, sagte Laura. „Ich mag Dich auch. Sehr.“

Sie legte ihre Hand sanft auf seine Wange, streichelte sie mit ihrem Daumen. Dann drehte sie leicht ihren Kopf,

schloss die Augen und öffnete ein bisschen ihren Mund. Ihre roten Lippen glänzten wunderbar verlockend.
Frank sah sie an. Er beugte sich zu ihr. Bitte, lass es kein Traum sein, dachte er bei sich. Dann schloss auch er die Augen und seine Lippen näherten sich den ihren.
Sanft, unschuldig fast, berührten sie sich. Ganz vorsichtig drückte er seinen Mund auf ihren. Beide hatten die Lippen jetzt leicht geöffnet. Seine Hände streiften über ihre Taille zu ihrem Rücken. Dort angekommen zogen sie sie näher an ihn heran bis sich ihre Körper berührten. Er öffnete seinen Mund etwas weiter. Seine Zunge wagte sich vor, suchte, tastete. Als sich ihre beiden Zungen berührten, war es, als würde ein Stromkreis geschlossen. Alle zarte Zurückhaltung auf beiden Seiten war auf einmal wie weggewischt. Leidenschaft übermannte sie. Beide waren wie Verdurstende und der jeweils andere war das Wasser. Nichts anderes existierte. Alles war in einem anderen Universum verschwunden. Sogar die Zeit. Sie gehörten nur sich. Es war kein Moment, der ihnen für immer gehören würde, es fühlte sich an, als gehöre ihnen für immer die Ewigkeit dieses Kusses.
Dann ließen sie zart voneinander ab. Sanft wie der Beginn war auch das Ende des Kusses. Wie ein leises Erwachen, wie ein Hinübergleiten vom Traum in die Realität. Und

beide hielten sich an diesem ewigen Traum immer noch fest. Und sie hielten einander fest in ihren Augen.
„Ist das nun..."
Sie legte ihren Zeigefinger auf seine Lippen. Dann nahm sie ihn wieder weg und gab ihm einen kurzen Kuss.
Dann legte sie ihren Kopf an seine Brust und blickte auf den See hinaus.
„Lass uns nichts erzwingen. Ich finde es schön, dass Du aus der Übung bist. Ich bin darin auch nicht so gut. Ich mag Dich wirklich sehr. Du bist mir sehr wichtig. Ich möchte alles richtig machen. Auch wenn das vielleicht gar nicht geht."
Sie blickte zu ihm auf. Er schaute in ihre Augen.
„Bitte vergiss nie, dass Du mir sehr viel bedeutest."
„Warum sollte ich das vergessen?", fragte Frank und strich über ihr Haar.
„Man weiß nie, was noch alles passieren wird."
„Hab keine Angst. Ich werde es ganz bestimmt nicht vergessen."
„Egal was passiert?"
„Egal was passiert!"
„Versprichst Du es?"
„Ich verspreche es. Aber was sollte schon passieren."
Sie schmiegte sich wieder an ihn.
„Halt mich einfach nur fest."

Und Frank hielt sie. Gemeinsam schauten sie wieder auf den See, diesmal Arm in Arm.

Kapitel 40

Beide zuckten kurz zusammen, als sie Daniels Stimme hörten. Ihnen wurde plötzlich wieder bewusst, dass sie nicht alleine auf dieser Welt waren, nicht alleine an diesem See, dass die Zeit nicht länger für sie still stand, dass die Probleme, die sie seit Entdeckung der Tafel hatten, immer noch da waren.

Sie schauten sich an.

„Daniel ruft."

„Ich weiß", lächelte sie.

Beide drehten sich um und schauten zu Daniel. Der stand beim Toyota, die Hände in die Hüfte gestützt.

„Was ist los Ihr beiden? Kommt Ihr Essen?"

„Du hast schon etwas zu Essen gemacht?"

Die beiden gingen auf Daniel zu. Sie hielten sich an den Händen.

„Hatte ja Zeit genug", grinste Daniel die beiden an. „Wird schon bald dunkel."

„Gekocht hast Du also", sagte Frank, um von seiner Verlegenheit abzulenken. „Und ich habe mich schon gefragt, was hier so komisch riecht. Was gibt es denn?"

„Bohnen."
„Bohnen mit was?"
„Was soll das heißen ‚mit was'? Es gibt Bohnen. Punkt. Wenn es Dir nicht passt, kannst Du ja angeln gehen. Scheinst ja heute echtes Fangglück zu haben", grinste Daniel.
Laura knuffte Daniel mit ihrer Faust auf den Arm.
„Ist mir egal, ob es außer Bohnen noch etwas gibt oder nicht. Ich habe einen Riesenhunger", sagte sie. „Danke fürs Kochen, Daniel."
„Gern geschehen. Dann haut mal rein."
Sie setzten sich um das Feuer, auf dem Daniel das Essen gekocht hatte.

Nach dem Essen tranken die drei noch von dem Malt Whisky. Es war keine ausgelassene Feier, aber sie waren alle etwas entspannter als in den letzten Tagen. Sie fühlten sich sicher, dachten für ein paar Stunden kaum an ihre Verfolger.
„Was werden wir weiter tun? Ich meine mit der Tafel."
„Was sollten wir denn damit tun, Laura?", fragte Daniel.
„Wir hatten doch gesagt, dass wir sie nach Europa bringen und die Medien einschalten", sagte Frank.

„Ist es nicht sicherer für uns und die Tafel, wenn wir einfach untertauchen und die Tafel an einem sicheren Ort verstecken und dann in unsere Leben zurückkehren?"
„Sicherer ist es schon, Laura, aber es geht nicht um Sicherheit. Es geht darum, dass wir eine Aufgabe haben."
„Aber auf der Tafel stand doch, dass es noch viele Widerstände geben wird. Vielleicht ist es gar nicht unser Auftrag, die Tafel zu veröffentlichen. Vielleicht ist es ja unser Auftrag, die Tafel zu verstecken. Für jemanden, der sie dann irgendwann veröffentlichen wird."
„Das mag ja sein, Laura, aber das werden wir dann schon erfahren. Gott wird es uns wissen lassen. So, wie er uns auch zu der Tafel geführt hat."
„Ich habe aber Angst."
„Du musst keine Angst haben, Laura", versuchte Frank sie zu beruhigen. „Ich ... wir werden auf Dich aufpassen."
„Ich mache mir keine Sorgen um mich", sagte Laura sehr aufgeregt, „ich mache mir Sorgen um Euch. Ich könnte es nicht ertragen, wenn Euch etwas zustößt."
Frank nahm sie in den Arm.
„Uns wird schon nichts zustoßen."
„Nicht, wenn Gott es nicht will", sagte Daniel und stocherte im Feuer.
„Sehr hilfreich, Daniel", sagte Frank.

„Wirklich Jungs, wir sollten die Tafel verstecken. Irgendwo. Am besten wisst nur Ihr, wo. Glaubt mir, es ist besser so. Wir verlassen das Land, trennen uns und Ihr versteckt die Tafel."

„Beruhige Dich, Laura, es wird alles gut. Alles wird sich zeigen. Alles wird so werden, wie es von Anfang an gedacht war", sagte Daniel.

„Woher willst Du das wissen?", schrie sie ihn fast an und fing an zu schluchzen.

„Weil es bisher immer so war, seit ich mich auf diese Suche gemacht habe. Hab Vertrauen."

Daniel legte seine Hand auf ihre Schulter.

„Hör auf den alten Mann", sagte Frank, „alles wird gut."

„Vielleicht seid Ihr aber auch einfach nur verrückt und alles wird ganz furchtbar enden. Ihr wollt ja einfach nicht hören."

Damit stand sie vom Feuer auf und ging hinunter an das Seeufer.

„Was hat sie nur?"

„Ihre Gefühle fahren Achterbahn. Das hat sie, Herr Journalist."

„Und warum siehst Du mich dabei so an?"

Daniel verdrehte die Augen.

„Nun geh ihr schon nach. Es ist besser, wenn sie jetzt nicht allein ist."

„Für einen Priester weißt Du aber gut Bescheid."

„Und Du für einen Journalisten recht schlecht", lachte Daniel.

Dann stand Frank auf und folgte Laura.

„Kinder", murmelte Daniel und schüttelte den Kopf.

Kapitel 41

„Laura?“

Frank näherte sich Laura, die am Ufer stand und auf den See hinausblickte, der wie ein glänzendes schwarzes Tuch vor ihr lag und teilnahmslos das Licht der Sterne widerspiegelte. Die klare Nacht belegte die beiden Gestalten am Seeufer mit einem unwirklichen Licht.

„Was ist denn los mit Dir? Es wird schon alles gut gehen.“

„Woher willst Du das wissen?“

Ihre Stimme klang traurig und resigniert.

„Laura, Du selbst hast gesehen, dass diese Tafel kein Menschenwerk ist.“

„Ja.“

„Das bedeutet, dass wir nicht verrückt sind. Alles, was passiert, wird sowieso passieren, weil es passieren muss. Wir werden das tun, was in unserer Macht steht, was unsere Aufgabe ist.“

„Aber wenn es Eure Aufgabe ist, die Tafel zu verstecken?“

„Dann werden wir ein dementsprechendes Zeichen bekommen. Wie schon die ganze Zeit über.“

„Schon mal auf die Idee gekommen, dass ich dieses Zeichen sein könnte und Ihr auf mich hören solltet?“

Nein, darüber hatte Frank noch nicht nachgedacht. Dieser Gedanke war ihm noch nicht gekommen.

„Ich muss zugeben, dass Du damit sogar recht haben könntest.“

„Ihr seid so geblendet davon, einen Auftrag von Gott zu haben, dass Ihr davon ausgeht, dass alle anderen nur falsch liegen können.“

„Naja“, versuchte Frank sich zu verteidigen, „ganz so ist es ja nun nicht.“

„Ach tatsächlich? Schon mal daran gedacht, dass Eure Aufgabe vielleicht Euren Tod mit einschließt? Was, wenn es zum größeren Plan gehört, dass dieses Abenteuer Euch den Tod bringt?“

Frank kratzte sich am Kopf.

„Ich verstehe, Laura. Aber dann könnten wir es ohnehin nicht verhindern. Glaub mir, ich möchte gewiss nicht sterben. Aber mein Gefühl sagt mir, dass ich das richtige tue.“

Sie blickte ihm in die Augen.

„Wirst Du in Betracht ziehen, die Tafel erstmal zu verstecken?“

Frank nickte.

„Ich werde morgen früh mit Daniel darüber reden.“

Sie küssten sich und hielten sich fest umarmt. Und dann liebten sie sich. Sie liebten sich, als gäbe es kein Morgen. Das blaue Licht der Sternennacht legte sich auf sie. Ein kühles, unschuldiges Licht. Gewärmt wurden sie vom Feuer ihrer Liebe und ihrer Leidenschaft. Sie spürten nur noch einander. Die Welt war unspürbar geworden für einen flüchtigen Moment, der in der Ewigkeit glühte.

Kapitel 42

„Sie haben was?“

Der Kardinal schrie den Pater über seinen großen Schreibtisch hinweg an. Zornesröte stand in seinem Gesicht und Pater Lorenzo bat innerlich den Herrn um Vergebung für den sündigen Gedanken, der ihm gerade durch seinen Kopf gegangen war, dass er jetzt lieber dem Teufel persönlich gegenüberstünde als dem Kardinal in seinem Zorn. Der Pater sah vor seinem inneren Auge seine Kirchenkarriere durch den flammenden Zorn des Kardinals zu Asche verbrennen.

„Vergebt Eurem untertänigsten Diener, Eminenz. Die beiden Teams haben die Spur der Tafel verloren.“

„Sie sollten doch die Flughäfen bewachen.“

Langsam flaute Meiningers Zorn etwas ab. Aber er verschwand nicht einfach, er wich lediglich einer kalten Härte, die der Kardinal immer dann an den Tag legte, wenn er der Meinung war, dass nun große Unerbittlichkeit gefordert war, um seinen Feinden Einhalt zu gebieten. Denn in seinen Augen war jeder seiner Feinde automatisch ein Feind der Kirche.

Pater Lorenzo betete still, dass der Kardinal ihn nicht zu seinen Feinden zählte.

„Drei Flughäfen wurden von den Teams bewacht. An einem haben wir sie nur um Haaresbreite verpasst. Danach verliert sich ihre Spur. Zumindest bis jetzt. Aber wir finden sie wieder, Eminenz, ganz sicher."

Meininger schaute ihn durchdringend an.

„Das will ich für Sie hoffen, Pater."

„Wir nehmen an, dass sie sich verstecken und Richtung syrischer Grenze unterwegs sind. Sie werden wohl versuchen, über Israel wieder nach Europa zu kommen."

„Ziehen Sie ein enges Netz um den Irak. Ich will, dass wir erfahren, wenn sie versuchen, das Land zu verlassen."

„Ja, Eminenz."

„Was ist mit unserem Agenten? Ist er noch dran?"

„Unbekannt. Aber da wir bis jetzt nichts gehört haben, sollten wir davon ausgehen können."

„Und warum ist die Tafel dann noch nicht in unserem Besitz?"

„Ich weiß es nicht. Da wir keinen ständigen Kontakt haben und wir nur immer irgendwelche Order weitergeben können, von denen wir meistens nicht mal wissen, ob sie auch angekommen sind, müssen wir warten, bis wir Meldung bekommen."

„Es kann doch einfach nicht sein, dass ein abtrünniger Priester und irgendein Journalist uns ständig durch unsere Finger gehen und wir sie nicht packen können."

„Nein, Eminenz. Aber schließlich werden sie uns nicht entkommen können. Die Tafel wird sich bald in unserem Besitz befinden."

„Setzen Sie soviel Leute wie nötig darauf an. Und es gilt immer noch: Gewalt soll vermieden werden. Zumindest soweit dies möglich ist."

„Ja, Eminenz."

„Und informieren Sie mich sofort, wenn wir ihre Spur wiedergefunden haben."

„Ja, Eminenz."

„Ach, und lassen Sie diese Höhle zuschütten oder versiegeln oder was auch immer."

„Eminenz, ich weiß nicht, ob wir dazu die Befugnisse..."

Meininger sah den Pater scharf an.

„Schlimm genug, dass ich Ihnen das erst sagen muss und Sie das nicht schon längst veranlasst haben. Es darf keine Spuren geben, dass dort jemals etwas gewesen ist. Haben wir uns verstanden?"

„Voll und ganz, Eminenz."

„Und lernen Sie, mitzudenken. Lernen Sie, Entscheidungen dort zu treffen, wo ich es von Ihnen erwarte und sie dort zu unterlassen, wo es in meiner Befugnis steht, sie zu treffen."

„Ja, Eminenz."
„Und hören Sie endlich auf mit Ihrer servilen Untätigkeit und setzen Sie die Dinge um, die ich Ihnen aufgetragen habe."

Als der Pater das Amtszimmer Meiningers verlassen hatte, stand der Kardinal auf und ging zum Fenster.
„Wo stecken Sie, Saunders, wo stecken Sie?", flüsterte er leise.
Dann wandte er sich vom Fenster ab, setzte sich wieder an seinen Schreibtisch und beschäftigte sich mit einigen anderen Fällen, die in seinen Augen zwar weniger wichtig waren, aber dennoch erledigt werden mussten, genauso gewissenhaft wie jeder Fall, der über seinen Schreibtisch wanderte.
Meininger sah sich selbst als treuen Soldaten der Kirche. Und ein Soldat tat die Arbeit, die man von ihm verlangte. Und er tat sie ohne zu zögern und ohne zu zweifeln.

Kapitel 43

Als Frank und Laura, die die Nacht gemeinsam in einem Schlafsack neben dem Feuer verbracht hatten, aufwachten, war Daniel schon wach, hatte das Feuer wieder angefacht und war dabei, Kaffee zu kochen.

„Na, Ihr Schlafmützen."

„Guten Morgen, Daniel."

„Guten Morgen", gähnte auch Laura und rieb sich den Schlaf aus den Augen.

„Ihr beiden seid Euch gestern wohl ziemlich nahe gekommen", grinste Daniel.

„Ja, ziemlich", grinste Laura.

„Daniel?"

„Ja, Frank?"

„Was ist, wenn Laura recht hat und wir uns irren? Ich meine, wenn wir tatsächlich die Tafel verstecken sollten statt sie jetzt schon zu veröffentlichen?"

Daniel stellte die Kaffeekanne ab und blickte Frank an.

„Fühlt es sich für Dich etwa so an, als sollten wir das tun?"

„Nein, ich weiß nicht, vielleicht noch nicht."

Daniel nahm die Kanne wieder und goß den heißen Kaffee in die Tassen.
„Siehst Du, ich sehe es auch so. Sobald ich das Gefühl habe, dass wir es so tun sollten wie Laura es vorgeschlagen hat, werden wir das auch tun. Aber der Zeitpunkt ist noch nicht gekommen. Wahrscheinlich wird er kommen. Alle Indizien sprechen dafür. Aber noch ist er nicht da."
„Laura meint, es könnte uns das Leben kosten."
Laura nickte.
Daniel nippte vorsichtig an seinem Kaffee.
„Schon möglich. Wir könnten es ohnehin nicht verhindern, wenn es so sein soll. Aber noch ist es nicht soweit."
Daniel wandte sich Laura zu.
„Hör zu, Laura, ich verspreche Dir, dass wir alles tun werden, um die Sache zu einem guten Ende zu bringen. Wir werden die Augen und Ohren und unser Gefühl offen halten und auf Zeichen achten, die uns sagen, was zu tun ist."
Er schaute Laura ernst an.
„Ich verstehe Deine Sorgen, Mädchen, aber hier müssen wir alle unsere persönlichen Ängste zurückstellen. Du warst dabei, Du hast die Tafel selbst gesehen, Du weißt, um was es geht."
Laura senkte ihren Blick und nickte.
„Ich möchte nur nicht, dass Dinge passieren, die uns auseinander bringen."

„Keiner von uns möchte das, aber es liegt nicht in unserer Hand, was weiter passieren wird. Und noch stehen alle Optionen offen. Wir schaffen das schon. Wir sind doch ein gutes Team."

Nach der Aussprache hatte sich die Situation wieder etwas entspannt und alle drei genossen einen angenehmen Spätsommertag am See. Sie lachten und scherzten fast den ganzen Tag, gingen schwimmen und sprachen über alle möglichen Themen, nur nicht über die Tafel oder die Verfolger.

Als es Abend wurde, das Feuer prasselte schon, wurde die Stimmung auch wieder etwas ernster.

Alle drei starrten in die Flammen.

„Fast wie Urlaub heute", sagte Laura.

„Ja, kann mich gar nicht erinnern, wann ich zuletzt einen so unbeschwerten Tag genossen habe", sagte Frank.

„Ist sogar noch erstaunlicher, wenn man bedenkt, unter welchen Umständen er stattgefunden hat", ergänzte Daniel.

Frank nickte.

„Ist noch Whisky da?"

„Bedien Dich."

Daniel reichte Frank die Flasche.

„Ich habe mich geirrt", sagte Laura.

„Womit?" fragte Daniel.

„Ihr beide seid doch verrückt. Total verrückt", sagte Laura und lachte.
„Liegt wohl daran, dass die Normalen Gott nicht zuhören", lachte Daniel.
„Gott setzt anscheinend gerne auf Außenseiter", fügte Frank hinzu.
Laura hob ihre Tasse.
„Auf die zwei liebsten Außenseiter, die Gott finden konnte."
Frank und Daniel hoben ebenfalls ihre Tassen.
„Und auf ihren hübschen und intelligenten Glücksengel", sagte Daniel und zwinkerte Laura zu.
Dann tranken sie.

Nachdem sie eine gewisse Zeit geschwiegen hatten, ergriff Daniel das Wort.
„Wir werden versuchen, morgen den Flughafen von Sulaimaniyya zu erreichen und die Maschine nach Düsseldorf zu bekommen", sagte er ernst.
„Sollten wir uns nicht noch weiter verstecken?"
„Nein, Frank. Je mehr Zeit vergeht, desto mehr Leute können sie an den wichtigen Stellen zusammenziehen. Wir müssen jetzt möglichst schnell das Land verlassen. Wir mussten lange genug untertauchen, um sie zu verunsichern. Wenn wir noch länger warten, verlieren wir diesen Vorteil."
„Verstehe", sagte Frank.

„Daniel hat recht“, warf Laura ein. „Vielleicht sollten wir uns sogar trennen. Ihr setzt mich einfach unterwegs irgendwo ab und ich suche mir einen anderen Weg nach Europa. Dort könnten wir uns ja wieder treffen, wenn Ihr wollt. Am besten, wenn alles vorbei ist.“
„Kommt gar nicht in Frage“, sagte Frank. „Mit uns bist Du sicherer.“
„Da muss ich Frank beipflichten“, sagte Daniel. „Du bist mit uns zwar durch die ganze Situation nicht wirklich sicher, aber sicherer, als wenn Du alleine unterwegs wärst. Außerdem könnten sie Dich als Druckmittel gegen uns benutzen, wenn sie Dich erwischen würden.“
„Das sehe ich auch so. Wir bleiben zusammen.“
„Ach Jungs, ich würde es mir ja selbst so sehr wünschen.“
„Also ist das jetzt beschlossene Sache? Wir fahren morgen zum Flughafen?“, fragte Frank.
„Ja. Wir werden versuchen, so knapp wie möglich vor dem Abflug dort anzukommen und einzuchecken. Die Tafel bleibt im Rucksack als Handgepäck. Den Rest geben wir als normales Gepäck auf. Aber möglicherweise haben wir in Düsseldorf keine Zeit oder Gelegenheit, unser Gepäck zu holen. Vielleicht müssen wir auch dort schnell untertauchen. Frank, kennst Du jemanden, der uns unterbringen kann?“
„In Düsseldorf kenne ich niemanden, aber wenn wir es ins Rhein-Main-Gebiet schaffen, dann kriege ich das hin.“

„Okay, wie kommen wir dorthin?“
„Wir könnten den Zug nehmen. Köln, Koblenz, Mainz, von dort nach Wiesbaden.“
„Ist das weit?“
Frank zuckte mit den Schultern.
„250 Kilometer insgesamt, schätze ich. In Wiesbaden könnten wir uns abholen lassen. Oder wir fahren den Rest auch mit dem Zug.“
„Dann machen wir es so. Nach Düsseldorf und dann mit dem Zug nach Wiesbaden. Von dort aus sehen wir weiter.“
„Also gut. Ich hoffe nur, ich kann schlafen angesichts dieser Aussichten“, grinste Frank.
„Bin ich die Einzige hier, die das nicht für ein Spiel hält? Könntet Ihr wenigstens so tun, als wüsstet Ihr um die Gefahren. Was ist, wenn Wachen am Flughafen geblieben sind? Warum sollten sie auch keine dort gelassen haben?“
„Ablenkungsmanöver“, sagte Daniel.
„Ablenkungsmanöver?“
„Ablenkungsmanöver.“
Laura hob resignierend die Arme.
„Und wie soll das aussehen? Wie wollt Ihr in ein bewachtes Flugzeug kommen ohne erwischt zu werden?“
„Anpassung ist alles“, sagte Daniel. „Erstmal werden wir ein paar landestypische Klamotten kaufen und uns die Haare schwarz färben. Und Dich, Kindchen, verstecken wir in

einer Burka", lachte Daniel. „Und wir werden auch nicht zu dritt den Flieger besteigen. Wir werden nicht mal gemeinsam unsere Tickets holen, geschweige denn Sitze nebeneinander haben. Also zumindest ich nicht. Sie suchen zwei europäisch aussehende Männer, vielleicht mit einer Frau. Was sie sehen werden, wird ein alter Iraker und ein irakisches Ehepaar sein."

„Und das soll funktionieren?", fragte Laura ungläubig.

„Das wird funktionieren", antwortete Daniel bestimmt. „Das hat schon etliche Male funktioniert."

Am nächsten Morgen brachen sie schon vor Sonnenaufgang ihr Lager ab und fuhren den Weg, den sie gekommen waren, zurück nach Dokan.

Dort gingen die beiden Männer zu einem Barbier, während Laura eine Burka sowie für Daniel und Frank Jacken, Hemden und Hosen besorgte. Der farbliche Kontrast – wenn man überhaupt von Farben sprechen konnte – hielt sich stark in Grenzen. Ein dunkelgraues Sakko mit einer hellbraunen Hose und ein dunkelbraunes Sakko mit einer dunkelgrauen Hose war die farbenfrohe Auswahl, die Laura den beiden besorgte. Lediglich die strahlend weißen Hemden stachen hervor.

Daniel und Frank ließen sich rasieren, lediglich einen Oberlippenbart ließen sie stehen. Haare und Bart in

Verbindung mit der Sonnenbräune, die sie in den letzten Tagen bekommen hatten, ließen sie schon fast wie Einheimische aussehen. Nachdem sowohl Bart als auch Haare schwarz gefärbt waren, schien die Verwandlung fast perfekt.

Danach trafen sie sich mit Laura wie verabredet in einem Café. Sie hätten ihre Gefährtin fast nicht erkannt, denn Laura hatte die Burka bereits übergezogen. Die beiden saßen an einem Tisch, als sie zu ihnen trat.

„Na, Jungs, was sagt Ihr?"

Mit fragenden Gesichtern sahen Frank und Daniel zu ihr auf.

„Junge, Junge, Kindchen, ich hätte Dich fast nicht erkannt."

„Kunststück", sagte Frank, „man kann ja auch so gut wie nichts von ihr sehen."

„Ihr seht aber auch ganz allerliebst aus. Eure Kleidung liegt im Wagen. Ich bin sicher, wenn Ihr die anhabt, wird Euch auch keiner mehr erkennen."

„Darauf sollten wir einen Kaffee trinken, bevor wir loslegen."

Während sie den Kaffee tranken, legten sie noch einige Details fest.

„Wir fahren nach Sulaimaniyya hinein, geben den Wagen ab und nehmen zwei Taxis zum Flughafen. Ihr beiden fahrt fünf Minuten vor mir. Wir werden keinen weiteren Kontakt haben. Wir müssen unsere Tarngeschichte durchziehen. Erst wenn wir in europäischem Luftraum sind, werden wir uns wieder unsere normalen Sachen anziehen, die Bärte abrasieren und dann die Finger kreuzen, dass wir gut durch die Kontrollen kommen."

„Gut, ich packe nachher noch meinen Rasierer in den Rucksack."

„Ja, und nimm den Rucksack mit der Tafel auf alle Fälle als Handgepäck mit an Bord."

„Klar, das haben wir ja nun wirklich oft genug besprochen."

Sie tranken den Kaffee aus, bezahlten und gingen zum Wagen. Frank und Daniel zogen sich um und stellten sich vor Laura mit ausgebreiteten Armen auf.

„Na, wie sehen wir aus?"

„Soweit ich das aus meinen Isolationstank heraus beurteilen kann, kann ich nur sagen: Wer seid Ihr und was habt Ihr mit Frank und Daniel gemacht?"

Alle drei lachten, dann stiegen sie in den Toyota und fuhren los.

Kapitel 44

Daniel erkannte in der Halle des Flughafens auf den ersten Blick ihre Verfolger. In ihrer aufdringlichen Unauffälligkeit waren sie auch gar nicht zu übersehen. Einer in einem schwarzen Anzug mit Sonnenbrille, ein weiterer in einem schwarzen Militäranzug ohne Abzeichen, so wie ihn Spezialeinheiten tragen. Beide hatten Funkgeräte im Ohr.

Daniel musste grinsen. Manchmal war vernetzte Intelligenz eben nur so schlau wie ihr schwächstes Glied.

Denn die Tatsache, dass sie so seelenruhig und offen herum standen, sprach dafür, dass Frank und Laura bereits durchgekommen waren. Zumindest die erste Hürde hatten sie also genommen. Sicher würden sie alle am Gate noch einmal auf eine Pro Deo-Kontrolle treffen.

Daniel blickte zum Check-In-Schalter. Der Typ im Anzug stand genau zwischen ihm und dem Counter. Jetzt hatte er ihn gesehen. Daniel blieb also nichts anderes übrig, als den direkten Weg zu nehmen. Er steuerte schnurstracks auf den Anzugträger zu. Als er schon fast vor ihm stand, schaute Daniel ihn leicht verärgert an. Der Mann im Anzug tat einen

Schritt zur Seite und ließ Daniel vorbei, der irgendetwas Unverständliches murmelte.
Einige Minuten später hatte Daniel sein Ticket und begab sich Richtung Gate. Die beiden Verfolger waren zu diesem Zeitpunkt nicht mehr in der Nähe. Daniel war sich aber sicher, dass er sie bald wiedersehen würde.
Und so war es dann auch. In der Nähe des Gates bildeten die beiden ein Schleuse, durch die alle Fluggäste für die Maschine nach Düsseldorf hindurch mussten.
Etwas weiter vorne konnte Daniel Frank und Laura ausmachen, die die beiden Agenten wohl schon ohne Probleme passiert hatten.
Als Daniel zu den beiden Männern kam, schaute er den Mann mit dem Anzug freundlich an, dem er ja schon vor dem Check-In begegnet war, und nickte ihm zu, was der Mann völlig regungslos entgegennahm.
Daniel wusste, wenn man nicht auffallen wollte, musste man sich so verhalten, als hätte man absolut nichts zu verbergen. Wurde man verfolgt und hatte man sich verkleidet, war es am sichersten, sich immer in der Nähe der Verfolger zu bewegen. Diese Taktik funktionierte auch hier. Daniel kam unbehelligt an den Männern vorbei, weil er nicht versucht hatte, sie zu meiden, sondern sogar direkten Kontakt zu ihnen hergestellt hatte. Und da sein Äußeres

nicht dem entsprach, was die Männer suchten, war er für sie keines zweiten Blickes würdig.
Kurz danach begann das Boarding und die beiden Männer beobachteten noch immer alles, was rund um den Abflug der Maschine nach Düsseldorf vor sich ging.
Laura und Frank waren gerade an Bord gegangen und auch Daniel war nicht mehr weit davon entfernt, einen großen Schritt Richtung Europa zu tun.
Vier Stunden sollte der Flug dauern, dann würden sie sich in Deutschland befinden, wo sie hoffentlich bessere Chancen hatten, ihren Verfolgern zu entkommen und ihren Plan, die Tafel der Öffentlichkeit zugänglich zu machen, leichter in die Tat umsetzen könnten. Das zumindest hoffte Daniel, als er in das Flugzeug einstieg.
Er warf noch einen Blick zurück. Ihre Verfolger beobachten noch immer alles in ihrem Sichtfeld. Lediglich das Flugzeug nach Düsseldorf befand sich nicht mehr in ihrem Aufmerksamkeitsfokus. Verständlich, schließlich hatten sie sichergestellt, dass die Gesuchten nicht an Bord gegangen waren.
Daniel musste grinsen.
„Nicht schlecht für einen alten Mann“, sagte er leise zu sich selbst.
Dann drehte er sich um und ging an Bord.

Er ging durch den Gang zu seinem Platz. Dabei kam er auch an den Plätzen vorbei, die bereits von Frank und Laura belegt waren. Beide verhielten sich wie ganz normale Fluggäste und beachteten Daniel fast gar nicht.
Nur Frank griff sich mit der rechten Hand an das Revers seines Sakkos und legte den Daumen abgespreizt nach oben. Daniel verstand das Zeichen und erwiderte es. Alles war gut gelaufen und die Tafel war an Bord.
In einem Gepäckfach über den Köpfen von Laura und Frank lag in einem unscheinbaren Rucksack die vermutlich größte Entdeckung in der Geschichte der Menschheit.
Dieser Gedanke beschäftigte auch Frank nach dem Start der Maschine. Aber nur so lange, bis er eingeschlafen war. Er schlief einen tiefen, traumlosen Schlaf.

Auch Laura schlief nach dem Start bald ein. Sie hatte jedoch einen Traum. Oder war es mehr als das? Diese Frage zumindest stellte sie sich selbst, als sie aus dem Schlaf hochschreckte. Sie konnte sich an alles erinnern. An die Stimme und an das, was sie Laura gesagt hatte. Und auch, wenn dies alles sehr beunruhigend und verstörend gewesen war, so empfand sie dennoch keine Angst. Im Gegenteil, sie hatte neuen Mut gefasst, mehr Mut, als sie jemals vorher hatte. Sie war bereit für das, was vor ihr lag. Sie wusste, dass es eine wichtige Aufgabe war.

Sie schaute zu Frank, der friedlich neben ihr schlummerte. Dann schaute sie zu den kleinen Monitoren, die sich über ihren Sitzplätzen befanden und die die Position des Flugzeuges anzeigten. Sie waren fast wieder in europäischem Luftraum. Dann könnte sie endlich die Burka ausziehen und Frank einen Kuss geben.

Nie hätte sie gedacht, dass sich alles so entwickeln würde, wie es sich entwickelt hat. Sie musste lächeln unter ihrem Schleier. Manchmal schienen kleine Dinge Großes bewirken zu können und manchmal ließen diese kleinen Dinge alle großen Dinge, die vorher bestimmend waren, ganz klein werden.

Sie nickte, um ihren eigenen Gedanken zu bestätigen. Sie wusste, was zu tun war. Es würde nicht ohne Schmerzen abgehen, aber das war in Ordnung. Denn diesmal wusste sie, dass es richtig war, was sie tun würde. Und sie begriff, wie wichtig es gewesen war, dass sie sich an genau der Stelle befunden hatte, an der sie gewesen war, als dies alles begonnen hatte.

Sie schaute wieder auf Frank. Liebe war in ihren Augen. Ob er es verstehen würde? Ob er ihr verzeihen könnte? Sie hoffte es. Und sie hoffte, dass es irgendwann eine Zukunft gab, in der sie und Frank wieder zusammenfinden würden. Sie blickte wieder auf den Monitor. Bald würde sie sich umziehen können. Und plötzlich genoss sie die

Abgeschirmtheit hinter dem schwarzen Ganzkörperschleier, den sie in kurzer Zeit wieder ablegen würde. Die Welt war draußen. Hier war sie mit sich allein, noch sicher vor allen Konsequenzen falscher und richtiger Entscheidungen ihrer Vergangenheit und Gegenwart.

Sie seufzte leise, denn sie war kurz davor, alles zu verraten, woran sie bisher geglaubt hatte. Genau genommen hatte sie dies schon längst getan. Und mehr, sie würde weiterhin so tun, als folgte sie noch diesen alten – für sie jetzt falschen – Idealen, um das Richtige zu tun, ihrem Weg zu folgen und Gottes Willen.

Der Traum hatte ihr gezeigt, was passieren würde, was passieren musste. Sie wusste nach all den Ereignissen der letzten Tage und nach diesem Traum, auf welcher Seite sie stand und was ihre Aufgabe war. Sie wusste auch, wie es für die Menschen, die sie liebte und die sie liebten, aussehen musste. Und dies war der Schmerz. Ein Schmerz, der sich – das wusste sie auch – nicht umgehen oder verhindern ließ. Sie hatte dennoch das Gefühl, zum ersten Mal in ihrem Leben das zu sein, was sie immer versucht hatte zu sein, was sie immer geglaubt hatte längst zu sein und was sich als großer Irrtum entpuppt hatte. Unter ihrer Burka griff sie sich an ihr Brustbein. Dort spürte sie das kleine silberne Kreuz. Jenes Kreuz, das sie vor ein paar Jahren vom Papst persönlich umgelegt bekommen hatte. Es schien ihr, als sei dies ein anderes Leben gewesen. Im Irak, auf einem scheinbar unbedeutendem Berg, hatte ihr neues Leben begonnen. Eigentlich – so empfand sie es – hatte dort überhaupt erst ihr Leben begonnen. Mit dieser Erkenntnis überkam sie mit einem Male große Dankbarkeit. Für alles. Für das, was vorher war und für das, was seitdem passiert war. Sie war im Reinen mit sich. Und mit Gott. Nichts und niemand würde das ändern können.

Kapitel 45

„Sind Sie sicher?“

„Ziemlich sicher, Eminenz. Unsere Leute haben zwar keine Ahnung, wie sie aus dem Land gekommen sind, aber sie sind sicher, dass sie sie längst gefunden hätten, wenn sie sich noch im Irak befinden würden. Der von ihnen benutzte Wagen wurde in Sulaimaniyya abgegeben und auf dem hiesigen Flughafen wurden Tickets gekauft. Und dies, obwohl der Flughafen bewacht war.“

„Sagen Sie mir, Pater Lorenzo, habe ich Sie und unsere Leute überschätzt, weil Sie Saunders und diesen Journalisten unterschätzt haben?“

„Nun, Eminenz...“

Meininger winkte ab.

„Das war eine rhetorische Frage, Pater. Wissen wir, wohin sie fliegen?“

„Ja, das heißt, wenn die Tickets keine Finte sind.“

„Und?“

„Eminenz?“

„Wohin fliegen sie?

„Düsseldorf, Eminenz.“

„Wir werden sie dort empfangen. Sagen Sie unseren Leuten vor Ort Bescheid. Sie sollen sie beobachten und an ihnen dran bleiben, aber noch nicht eingreifen. Machen Sie alles fertig. Wir werden so schnell wie möglich dorthin fliegen."
„Ist alles schon vorbereitet, Eminenz."
„Was ist eigentlich mit unserem Agenten?"
„Ist an Bord des Flugzeugs. So viel konnten mir unsere Leute dort zumindest sagen."
„Hatten sie Kontakt?"
„Nein."
„Wann können wir abfliegen?"
„Ihre Limousine wird in zehn Minuten abfahrbereit sein. Wir können starten, sobald wir am Flughafen sind und im Jet sitzen. Ihr Gepäck befindet sich schon im Wagen."
„Gehen Sie schon vor, Pater. Ich werde in zehn Minuten unten am Wagen sein."
Der Pater verbeugte sich wie gewöhnlich und verließ – etwas schneller als sonst – das Amtszimmer des Kardinals.
Er war froh, dass die Umstände schnelles Reagieren und schnelles Handeln erforderten. So hatte der Kardinal weniger Zeit gehabt, mit einer seiner demütigenden Strafpredigten um sich zu schlagen. Lorenzo war klar, dass die Sache noch nicht ganz ausgestanden war und er sich mit Sicherheit noch einige Beschimpfungen des Kardinals anzuhören hatte. Dafür war genug Zeit auf dem Flug nach

Deutschland. Er hoffte, dass der Kardinal nun bald die Tafel in Händen halten würde. Ein positives Ergebnis würde ihn wieder milder stimmen. Der Kardinal liebte es, wenn er am Ende als Sieger da stand und somit bewiesen hatte, dass er und die Kirche allen anderen weit überlegen waren.

Diese Überheblichkeit war vielleicht seine einzige wirkliche Schwachstelle, dachte der Pater bei sich, als er die große Treppe hinunterschritt, an deren unterster Stufe bereits der Wagen des Kardinals wartete.

Kapitel 46

Frank schreckte aus seinem Schlaf hoch. Er rieb sich die Augen und schaute sich um, versuchte, sich zu orientieren, denn im ersten Moment nach dem Aufwachen wusste er nicht gleich, wo er sich gerade befand.

Er blickte zum Sitz neben seinem. Dort saß Laura. Sie hatte die Burka bereits abgelegt und sah wieder so aus wie an dem Tag, als er sie zum ersten Mal gesehen hatte, auf Sinjar Mountain. Sie war so hübsch, für Frank die hübscheste Frau der Welt, denn er sah sie seit den Ereignissen am See nur noch mit dem Herzen. Er versuchte sich vorzustellen, wie sein Leben sich angefühlt hatte, bevor er sie kennengelernt hatte. Es gelang ihm nicht. Egal. Wie es sich auch angefühlt hatte, es konnte sich unmöglich so gut angefühlt haben wie er sich jetzt fühlte.

Er ergriff ihre Hand. Sie blickte von ihrer Zeitschrift auf, schaute ihn an und schenkte ihm ein wundervolles Lächeln.

„Na, Du Schlafmütze", lachte sie.

„Na", sagte Frank, immer noch ein bisschen verschlafen, „wo sind wir denn gerade?"

„Seit ein paar Minuten über europäischem Luftraum. Du solltest Dich vielleicht ein bisschen frisch machen."
Dabei zupfte sie mit zwei Fingern an seinem Oberlippenbart.
Frank griff sich ins Gesicht und strich über den Bart.
„Du hast wohl recht", lachte er. „Und ein paar andere Klamotten wären auch eine Maßnahme."
„Die Tönung wirst Du so schnell nicht aus den Haaren bekommen."
Frank stand auf und streckte ihr die Zunge heraus. Eine Geste, die sie frech lächelnd erwiderte.
Dann griff sich Frank seinen Rasierer aus dem Rucksack im Gepäckfach über ihren Sitzen und kontrollierte dabei auch gleich, ob die Tafel sich noch an Ort und Stelle befand. Nachdem er sich dessen vergewissert hatte, suchte er den Waschraum auf.

Als er wieder aus dem Waschraum kam, stieß er fast mit einer Flugbegleiterin zusammen, die sich automatisch entschuldigte, dann Frank aber etwas verwirrt ansah, als ob sie ihn erkannte, aber nicht wusste woher. Vielleicht war es der fehlende Oberlippenbart oder auch die eindeutig europäische Kleidung, die ihr das Wiedererkennen erschwerten.

Auf dem Weg zu seinem Sitzplatz blieb er kurz auf Daniels Höhe stehen und fragte ganz unauffällig – als würde er zu sich selbst sprechen – ob sie das Spiel denn jetzt aufgeben könnten. Dabei hatte er sich herunter gebeugt und tat so, als würde er aus dem Fenster schauen.
„Ja, klar“, sagte Daniel in normaler Lautstärke, „sonst hätten wir uns doch nicht umgezogen.“
Frank schaute sich erschrocken um.
„Nun beruhige Dich“, sagte Daniel, „Unauffälligkeit oder Auffälligkeit definiert sich immer auch über die Umgebung, in der man sich bewegt. In Deutschland werden wir so weniger auffällig sein. Tut mir ja leid, dass Du Dein unauffälliges Verhalten, das Du Dir wahrscheinlich aus unzähligen Agentenfilmen angeeignet hast, nicht weiter ausüben kannst. Sich normal verhalten ist unauffällig. Und genau das werden wir tun.“
„Aber was ist, wenn wieder Leute auf uns warten am Flughafen?“
„Höchstwahrscheinlich werden sie das. Aber auf deutschen Flughäfen – das weißt Du selbst – wimmelt es von hochwachsamen Sicherheitsleuten. Man könnte vielleicht eine Person von dort entführen, aber als nicht-staatliche Kraft gleichzeitig drei Leute unter den Augen von dutzenden Sicherheitsleuten zu entführen, ohne dass es jemandem auffällt, ist so gut wie unmöglich. Das bedeutet,

unsere Chancen, in einen Zug zu kommen, ohne weiter behelligt zu werden, sind ziemlich groß. Im Zug selbst wird es da schon heikler. Falls sie uns dorthin folgen können und natürlich vorausgesetzt, dass sie uns am Flughafen schon erwarten, wovon ich, wie gesagt, aber eigentlich ausgehe."

„Aha. Und wie bringen wir die Tafel durch die Kontrolle am Flughafen?"

„Wie im Irak auch. Ist sie jemandem aufgefallen beim Durchleuchten?"

„Nein, komischerweise nicht."

Daniel schaute Frank nachsichtig an.

„Wenn Gott wollte, dass ein Zöllner sie entdeckt, dann würde das wohl auch passieren. Aber die Eigenschaften dieser Tafel sind so außergewöhnlich, dass sie von solchen Geräten möglicherweise überhaupt nicht erkannt werden kann. Erinnere Dich doch nur daran, dass jeder von uns sie anders wahrgenommen hat."

Frank nickte. Was Daniel sagte machte Sinn.

„Also, nun geh wieder zu Laura und mach Dir keine Sorgen. Wir sehen wie es weitergeht, wenn wir gelandet sind."

„Hallo hallo, jetzt erkennt man Dich auch wieder", sagte Laura mit einem Lachen. „Hast Du mit Daniel gesprochen?"

„Ja."

„Und?"

„Ich wünschte, ich könnte genauso ruhig und zuversichtlich wie er sein.“

„Wir tun die ganze Zeit unser Bestes. Mehr geht nicht. Was außerhalb unserer Möglichkeiten liegt, können wir nicht beeinflussen. Also ist es auch völlig unnötig, sich darüber Sorgen zu machen.“

„Ach ja? Das sagt mir jemand, der sich die ganze Zeit über Sorgen gemacht hat.“

„Ich hatte meine Gründe. Und außerdem ist es immer viel leichter, Ratschläge zu geben als Ratschläge zu befolgen“, lachte sie.

Daniel sollte recht behalten. Sie und ihr gesamtes Gepäck kamen durch alle Kontrollen am Flughafen ohne jegliche Beanstandung oder Schwierigkeit.

Als sie die letzte Schleuse passiert hatten, stieß Daniel Frank kurz an und deutete dann mit einem Kopfnicken kurz in eine Richtung. Als Frank in die entsprechende Richtung blickte, konnte auch er sie deutlich erkennen. Zwei Männer in dunklen Anzügen. Mit Sonnenbrillen und Knopf im Ohr. Daniel hatte recht, dachte sich Frank. Die beiden waren so unauffällig wie ein Hai im Goldfischbecken.

„Was machen wir?“, raunte Frank zu Daniel.

„Wir gehen ganz normal weiter, verhalten uns ganz normal und nehmen ganz normal die Rolltreppe, steigen ganz normal in den Zug und fahren ganz normal damit weg."
Daniel drehte seinen Kopf zu Frank und grinste ein sehr breites Grinsen.
„Ja", sagte Frank genervt, „ich hab es ja verstanden."
Laura kicherte, fragte sich aber selbst, was denn wohl so lustig war an der gesamten Situation. Galgenhumor womöglich, dachte sie bei sich und musste wieder grinsen. Diesmal schüttelte sie den Kopf.
„Ist was?", fragte Daniel.
„Alles in Ordnung", antwortete sie.

Während sie sich auf den Weg machten zum Bahnhof, achteten sie sorgfältig darauf, dass sie nicht getrennt wurden. Als Frank auf dem Fahrplan die Verbindungen heraussuchte und sich am Informationsstand nach den weitergehenden Anschlüssen bis nach Wiesbaden erkundigte, blieben Daniel und Laura in seiner direkten Nähe und beobachteten das gesamte Umfeld.
Die zwei Männer folgten ihnen wie Schatten, hielten aber auch einigen Abstand. Andererseits machten sie aber auch keine großen Versuche, ihre Anwesenheit vor Daniel und seinen Gefährten zu verbergen.
Frank drehte sich um und blickte Laura und Daniel an.

„So, ich habe hier eine Liste mit allen Verbindungen bis Wiesbaden und alle Zugtickets habe ich auch schon. Wir müssen dreimal umsteigen, aber anders ging es nicht."
Daniel nickte.
„Wann geht unser Zug?"
„In ein paar Minuten. Er steht wohl schon am Gleis. Da. Da drüben müssen wir hin."
Sie nahmen ihr Gepäck und beeilten sich, zum richtigen Gleis zu kommen, um den Zug nicht zu verpassen.
„Sind sie noch da?", fragte Frank.
„Was denkst Du denn? Klar sind sie das."
Frank blickte sich im Laufen suchend um.
„Ich sehe sie nicht."
„Keine Angst. Wir werden schon nicht ohne sie fahren."
„Kein Grund, sarkastisch zu werden, Daniel."
„Er kann ganz schön nervig sein", sagte Daniel zu Laura, so als ob Frank gar nicht dabei wäre.
„Ich finde, das macht ihn irgendwie liebenswert. Auf eine schräge Weise."
Sie lachte.
„Lacht Ihr nur, aber ich habe die Fahrscheine."

Sie stiegen in den zweiten Wagon ein. Weiter vorne war nur der Wagon mit den Abteilen der 1. Klasse.

Als sie in der Mitte des Wagons ihre Sitzplätze gewählt hatten, setzte sich Daniel noch nicht. Er ging ans Fenster und schob es nach unten. Dann sah er nach draußen auf den Bahnsteig.

„Siehst Du sie?“

„Ja.“

„Warum schaust Du überhaupt nach ihnen?“

„Wenn sie nicht einsteigen, kennen sie unser Ziel.“

„Was bringt uns das?“

„Wenn wir das wissen? Einen kleinen Vorteil. Bei diesem Spiel geht es immer darum, einen Schritt voraus zu sein, einen kleinen Vorteil zu haben. Ich versuche nur herauszufinden, wer von uns gerade den kleinen Vorteil hat.

„Aha, beide steigen ein. Sonst sehe ich keinen.“

„Und was bedeutet das?“, fragte Frank.

„Das bedeutet, dass sie mit dem Rest in Verbindung stehen, weil keiner hier zurückbleiben muss, um sie zu informieren.“

„Und nun?“

„Nun können wir uns bis Köln wieder etwas entspannen. Sie werden hier keinen Zugriff wagen. Warum auch? Wir können hier genauso wenig weg wie sie. Wachsam sollten wir aber trotzdem bleiben. Und immer schön die Tür im Auge behalten.“

Frank schaute Laura an.

„Ist mit Dir alles klar?“, fragte er.

„Ja, wieso?“

„Seit dem Flug bist Du so still. Du hast kaum geredet.“

„Ich bin nur nachdenklich wegen der ganzen Sache.“

„Ist es wegen uns?“, fragte Frank besorgt.

Daniel verdrehte die Augen.

„Nein.“ Sie nahm seine Hand. „Du weißt, was ich für Dich empfinde. Vergiss es bitte nie.“

„Das werde ich nicht.“

Frank lehnte sich zurück. Er blickte Laura weiter in ihre Augen, die irgendwie traurig aussahen, aber irgendwie auch kraftvoll. Er fragte sich, ob dies schon immer in ihren Augen war, kam aber zu dem Schluss, dass er diesen Ausdruck vor ihrem Abflug aus dem Irak nicht gesehen hatte.

Ein Ruckeln.

Der Zug setzte sich in Bewegung und unterbrach Franks Gedanken.

Kapitel 47

„Nachricht aus Düsseldorf, Eminenz."

„Nun?"

„Sie haben den Zug Richtung Köln bestiegen. Unsere Leute sind dran. Wir wissen aber noch nicht, wohin sie von Köln aus fahren."

„Sorgen Sie dafür, dass in Köln noch Leute von uns am Bahnhof warten. Sie dürfen uns auf gar keinen Fall entwischen. Und sagen Sie dem Piloten, er soll nicht nach Düsseldorf, sondern nach Köln fliegen.

„Das ist schon geschehen. Ich habe alles bereits veranlasst."

„Gut."

„Eminenz?"

„Ja?"

„Wenn Sie sagen ‚sie dürfen uns nicht entwischen', heißt das unter allen Umständen und mit allen Mitteln?"

„Es bedeutet, dass es unter allen Umständen zu vermeiden ist, dass sie uns entwischen. Es heißt nicht ‚mit allen Mitteln'. Es bedeutet, dass wir immer wissen, wo sie gerade sind und was sie gerade tun. Erst wenn Gefahr besteht, dass sie mit der Tafel zu den Medien gehen, werden wir etwas schärfere Mittel anwenden und etwas härter zu Werke gehen. Aber ich schätze, das wird nicht nötig sein. Je leiser und unauffälliger wir diese Sache zu Ende bringen, desto besser. Weniger Aufsehen bedeutet automatisch bessere Dementichancen. Merken Sie sich das, Pater."

Kapitel 48

„Wir sind bald in Köln. Erwischen wir unseren Anschlusszug?“

„Ja, kein Problem, Daniel. Selbst wenn wir fünf Minuten später ankommen, haben wir immer noch fast fünfzehn Minuten Zeit.“

„Gut. Und bitte vergesst einfach, dass wir verfolgt werden. Wir werden sie ohnehin nicht abschütteln können. Also konzentriert Euch darauf, keine Fehler zu machen. Ihr wisst, was ich meine. Zusammen bleiben, aufeinander achten, nicht ablenken lassen.“

Laura und Frank nickten.

Daniel streckte sich von seinem Sitz in Richtung Gang und blickte durch das Glas in den Türen in den nächsten Wagon. Dort waren die beiden Verfolger. Beide saßen am Gang und hatten sich leicht hinein gelehnt, den Blick in Richtung des zweiten Wagons gewandt.

Daniel setzte sich wieder gerade hin.

„Vergesst nicht, was ich Euch gesagt habe.“

Da Frank den Plan ihrer Verbindungen hatte, mussten sie in Köln nicht nach dem richtigen Zug suchen, sondern nur nach ihrem Bahnsteig.

Auf dem Weg dorthin kamen sie an einem Kiosk vorbei. Dort standen zwei weitere verdächtig unauffällig aussehende Männer.

Als Frank sich kurz umdrehte, sah er, wie diese beiden Männer mit ihren Verfolgern Blicke austauschten, um sich danach ebenfalls an die Fersen von Laura, Daniel und Frank zu heften.

Mit den vier Anzugträgern im Gefolge erreichten sie ihren Anschlusszug nach Koblenz, der bereits am Bahnsteig stand.

Es wiederholte sich fast alles, was auch schon am Flughafenbahnhof in Düsseldorf geschehen war, mit der Ausnahme, dass es diesmal vier statt zwei Männer waren, die ihnen folgten.

„Sag mal, Daniel, wenn dieser Geheimdienst der Kirche so gut ist, warum sehen wir dann unsere Verfolger, warum wissen wir, dass wir verfolgt werden? Das wollte ich die ganze Zeit schon fragen."

„Geheimdienst?", fragte Laura. „Was für ein Geheimdienst?"

„Pro Deo, der Geheimdienst des Vatikans", klärte Frank sie auf.

„Aha, Geheimdienst des Vatikans. Na, das erklärt einiges.“
Frank wandte sich wieder Daniel zu.
„Ganz einfach, Frank. Erstens ist Pro Deo ein relativ kleiner Geheimdienst was die festangestellten Agenten angeht. Aber die sind tatsächlich so gut ausgebildet, dass Du sie erst bemerken würdest, wenn es zu spät wäre oder wenn sie wollten, dass Du sie bemerkst. Zweitens hat jeder Geheimdienst, auch Pro Deo, sogenannte Freie. Obwohl das Wort Freie hier vielleicht ein bisschen irreführend ist, denn sie sind hauptsächlich, um nicht zu sagen ausschließlich, für einen Auftraggeber tätig. Sie haben den Vorteil, dass sie sich nur selten zu einem Auftraggeber zurückverfolgen lassen. Sie werden zwar von ihm bezahlt und unterstützt, aber im Notfall auch ebenso schnell fallen gelassen.“
„Also sind das so etwas wie Söldner, die da die ganze Zeit hinter uns her sind?“
„Im Prinzip schon.“
„Und die...echten...Agenten?“
„Bestimmt sind ein oder zwei an der Operation beteiligt. Lässt sich nicht genau sagen, weil...“
„...wir sie nicht erkennen können.“
„Richtig, Frank.“
„Und wer zieht die Fäden?“
„Wenn man die Wichtigkeit unserer Entdeckung in Betracht zieht und wir weiterhin annehmen, dass es der Leitung von

Pro Deo mittlerweile auch bekannt ist, dann würde ich sagen, dass Kardinal Meininger persönlich die Operation leitet."
„Ist das der, der Dich damals reingelegt hat mit den Fotos?"
„Genau der", nickte Daniel.

Die Fahrt nach Koblenz lief ähnlich ab wie die Fahrt zuvor. Daniel schaute ab und an von seinem Platz aus in den nächsten Wagon, von dem aus ihn vier Augenpaare hinter Sonnenbrillen beobachteten.
Ansonsten unterhielten sich die drei kaum. Es schien fast so, als hätten sie sich daran gewöhnt, ständig verfolgt zu werden. Es war für sie zur Normalität geworden.
Frank dachte darüber nach und wunderte sich. Wann war das geschehen, dass er sich mit einer total außergewöhnlichen Situation so arrangiert hatte, dass sie ihm völlig normal vorkam? Bestimmt gab es einen Fachausdruck dafür. Frank machte eine geistige Notiz, sobald als möglich deswegen zu recherchieren. Dann schüttelte er den Kopf. Er hatte es schon wieder getan. Er hatte es schon wieder als relativ normal hingenommen und die ganze Sache einfach abgehakt und abgelegt. Was tun wir hier eigentlich, fragte er sich. Klar, er hatte solche Dinge schon im Kino gesehen. Aber selbst erlebt? Oder auch nur für möglich gehalten, so etwas selbst zu erleben? Nein. Und

doch war es so. Der Mensch war wohl in allen Belangen äußerst anpassungsfähig, dachte er sich.

Er seufzte und lehnte sich zurück.

„Alles okay?“, fragte Daniel ihn.

„Ja, ich habe nur über unsere Situation nachgedacht. Dass sie geradezu absurd und unglaublich ist, aber dennoch ist sie wahr. Ich meine, eine Botschaft von Gott. Mehr noch. Ein Gottesbeweis. Welcher Mensch hätte sich überhaupt bis heute vorstellen können, irgendwann einmal überhaupt etwas von Gott zu hören oder zu lesen und ihn nicht nur anzubeten, ohne dass man jemals eine wirkliche Antwort bekommt? Es wird ja immer behauptet, Gott kümmere sich nicht ums Tagesgeschäft. Das kann man ja nun getrost zu den Akten legen. Die Menschen haben nur so laut geredet und waren nur an ihrer Vorstellung von Gott interessiert, dass sie Ihn gar nicht mehr hören konnten. Das Witzige ist, dass Gott das wusste, schon bevor es passierte. Wie soll man das alles in ein Menschenhirn bekommen?“

Daniel lächelte.

„Gar nicht. Nimm es einfach als eine Dir erwiesene Gnade. Man muss nicht alles verstehen. Man muss es nur erkennen. Als göttlich erkennen. Und das kannst Du nur mit dem Herzen.“

„Aber warum dann der Beweis?“

„Denk mal darüber nach. Letztlich ist es ein Beweis, der sowohl den Verstand als auch das Herz anspricht. Der Beweis vereinigt – wie Gott selbst – die beiden Aspekte der Dualität wieder in sich und löst damit alles auf. Die Menschen werden verstehen. Vielleicht nicht heute oder morgen, aber in einer nun nicht mehr fernen Zukunft."

„Wenn man es so sieht..."

Kapitel 49

„Sie sind umgestiegen und fahren nun Richtung Koblenz. Dort werden sie wohl wieder umsteigen.“
„Gibt es irgendeine Vermutung, was ihr Ziel ist?“
„Nun, Eminenz, sie bewegen sich nach Süden. Bisher zumindest. Wenn ich raten müsste, würde ich sagen, Lemm führt sie dorthin, wo er herkommt.“
„Wo ist das?“
„Bei Wiesbaden.“
„Gibt es einen Zug von Koblenz aus dorthin?“
„Ja, die schnellste Verbindung ist aber nicht die direkte, sondern über Mainz.“
„Ich würde darauf wetten, dass sie genau das vorhaben.“
„Ich auch, Eminenz.“
„Können wir es mit unserem Wagen rechtzeitig bis Wiesbaden schaffen?“
„Sie müssen in Koblenz und in Mainz umsteigen. Und sie haben immer ein paar Minuten Aufenthalt. Wir landen gleich und unser Wagen wartet bereits. Ein Wagen mit Diplomaten-Kennzeichen. Sobald wir also auf der Autobahn

sind, dürften wir wesentlich schneller sein. Wenn der Verkehr nicht zu stark ist."

„Wir müssen sie unbedingt noch in Wiesbaden erwischen, bevor sie irgendwo untertauchen können. Wenn Lemm von dort kommt, wird er genug Leute kennen und ausreichend Möglichkeiten haben, von der Bildfläche zu verschwinden und irgendwelche Medien zu kontaktieren. Solange sie die Tafel haben, dürfen wir das nicht zulassen. Haben wir Leute in Wiesbaden?"

„Leider nicht, Eminenz."

„Können wir dafür sorgen, dass rechtzeitig welche da sind?"

„Auch nicht, Eminenz."

„Und wen haben wir?"

„Vier Leute im Zug. Und den Agenten."

„Dann muss das eben ausreichen. Versuchen Sie trotzdem, ein paar Leute zu mobilisieren. Sie sollen alle Wege von Wiesbaden überwachen, die dorthin führen, wo dieser Lemm herkommt."

Kapitel 50

In Koblenz hatten sie fast eine halbe Stunde Aufenthalt. Als sie aus dem Zug ausstiegen, folgten ihnen wieder die Männer. Wieder in einigem Abstand.

„Wir müssen zu dem Gleis da drüben", sagte Frank und deutete in die Richtung. „Aber lasst uns vorher zu einem Telefon gehen."

„Warum? Wen willst Du anrufen?"

„Einen alten Freund. Ich werde ihn bitten, dass er mir seinen Wagen leiht. Den Schlüssel kann er ja am Bahnhof hinterlegen."

„Gute Idee", sagte Daniel.

„Ja, ich dachte mir, dass man bei einem Taxi leicht herausfinden kann, wohin wir gefahren sind. Und über unser Ziel wollen wir doch unsere Freunde in den dunklen Anzügen möglichst im Unklaren lassen, oder? Sonst hätten wir ja auch direkt mit dem Zug in den Rheingau fahren können. Wäre aber außerdem auch langsamer gewesen."

Daniel nickte und legte seine Hand auf Franks Schulter.

„Du denkst schon wie ein Agent. Ein bisschen jedenfalls."

„Ich lerne schnell", grinste Frank.

Gemeinsam gingen sie zu einem Telefon und Frank erledigte den Anruf, während Daniel und Laura wieder das Umfeld aufmerksam beobachteten. Die vier Männer hatten sich zwar etwas verteilt, wohl um nicht zu auffällig auf Unbeteiligte zu wirken, hielten aber stets den gleichen Abstand zu ihren Zielpersonen.
„Okay, alles erledigt. Er stellt den Wagen am Bahnhof ab. Den Schlüssel hinterlegt er am Informationsstand."
„Gut. Dann können wir uns bis Wiesbaden überlegen, wie wir unsere Verfolger dort abschütteln, möglichst ungesehen zum Wagen kommen und verschwinden können, ohne dass sie wissen wohin. Wir müssen aber auch in Betracht ziehen, dass sie Wiesbaden als unser Ziel bereits ausgemacht haben und dort auf uns warten."
„Glaubst Du wirklich?"
„Ich weiß es nicht, aber wir sollten immer von den für uns ungünstigsten Gegebenheiten ausgehen."
Frank nickte.
„Ist bestimmt kein Fehler", sagte Laura.

Als sie am Bahngleis ankamen, lief der Zug nach Mainz gerade ein. Sie stiegen ein und die vier Männer taten es ihnen wieder gleich.
Wieder hielten sie einen Wagon Abstand von Laura, Daniel und Frank. Und wieder geschah nichts, außer dass die

Männer sie beobachteten und Daniel immer ein Auge auf die Männer hatte.

„Wenn es okay ist, würde ich gerne mal ein paar Minuten schlafen", meldete sich Laura, kurz nachdem sie den Bahnhof verlassen hatten.

„Klar, kein Problem", sagte Frank. „Schlaf ruhig ein bisschen, wir passen schon auf."

Daniel schaute Frank an.

„Frank, wenn Du willst, kannst Du Dich auch ein bisschen ausruhen."

„Meinst Du wirklich?"

„Ja. Ich bin noch fit. Ich kann Dich ja wecken, wenn ich auch müde werde."

„Hauptsache, Du schläfst nicht ein."

„Keine Angst. Bin schließlich kein Anfänger."

„Aber auch nicht mehr der Jüngste."

„Nun, mach schon die Augen zu, bevor ich es mir anders überlege."

Frank lehnte sich zurück, gegen seinen Rucksack, den er nicht mehr abgelegt hatte, seit sie das Flugzeug verlassen hatten, schloss die Augen und es dauerte nicht lange, da war er eingenickt.

Laura schlief auch schon. Sie saß – oder vielmehr lag – zusammengerollt auf ihrem Sitz und wurde von den Bewegungen des Zuges sanft hin und her geschaukelt.

Während Daniel die vier Verfolger im Auge behielt, beobachtete er auch die beiden Schlafenden.
So viel hatte sich verändert. Dabei hatte er Frank überhaupt erst vor wenigen Tagen kennen gelernt. Er war froh, dass er sich von Anfang an nicht getäuscht hatte in diesem deutschen Journalisten. Er erinnerte Daniel ein bisschen an sich selbst. Und irgendwie hatte dieser anfangs so skeptische Kerl es geschafft, ihm den Glauben an die Menschen wieder zu geben. Klar, die Tafel hätte das auch geschafft. Wie konnte man schließlich an den Menschen zweifeln, wenn Gott selbst dies nicht tat. Aber dieser Deutsche, der sich noch so viel Jugend in seinem Herzen und Wesen bewahrt hatte, hatte Daniels Weltbild ins Wanken und schließlich zu Fall gebracht. Solange es Menschen wie ihn gab, die bereit waren, einem Fremden zu vertrauen und an seine Ehrlichkeit zu glauben, selbst wenn fast alles gegen ihn spricht, gab es Hoffnung. Für jeden einzelnen. Und Laura? Wenn er eine Tochter gehabt hätte, hätte er sich gewünscht, sie wäre wie Laura geworden. Und auch, wenn sie ihm in vielen Dingen noch geheimnisvoll und wie ein Rätsel vorkam, so hatte sie sich doch in sein Herz geschlichen. Er wünschte den beiden von ganzem Herzen, dass sie miteinander glücklich werden würden. Sein Gefühl sagte ihm jedoch, dass da noch etwas Ungeklärtes in der Luft lag. Er hoffte, dass es nichts wirklich Schlimmes

war. Er blickte wieder auf Frank und den Rucksack. Unglaublich. Daniel hatte Gott sein ganzes Leben lang gesucht. Hatte die schrecklichsten Dinge im Auftrag der Kirche getan, in der festen Überzeugung, dass ihn das Gott näher bringen würde. Und dann bekam er ein Zeichen von Gott selbst und erkannte, dass alles, was er bisher geglaubt hatte, nicht die Wahrheit war. Und dennoch hatte es ihn genau hierhin gebracht, hatte ihm ermöglicht, sich zu öffnen, zu vertrauen, die Menschen und Gott neu zu entdecken und zu erfahren. Und dass er dabei mit seinen Gefährten zusammen die womöglich größte Entdeckung in der Geschichte der Menschheit gemacht hatte, war im Angesicht dieser Erkenntnisse gar nicht mehr so außergewöhnlich. Sein persönliches Geschenk von Gott war nicht diese Tafel oder einer derjenigen zu sein, die sie der Menschheit überbringen durften, sondern die neue Sicht auf Gott, die Menschen und das Leben. Könnte es noch besser sein? Daniel lächelte und schüttelte den Kopf. Nein, könnte es nicht. Er dankte Gott für diese Gnade.

Frank riss erschrocken die Augen auf und sah in Daniels Gesicht.

„Ist etwas passiert?“, fragte er aufgeregt. „Gibt es Probleme?“

„Nein, ganz ruhig, alles in Ordnung. Ich wollte Dich nur bitten, mal für eine viertel Stunde die Wache zu übernehmen.“

„Klar, klar“, sagte Frank und wischte sich den Rest Schlaf aus den Augen. „Wo sind wir denn?“

„Ich glaube, wir haben etwa die Hälfte der Strecke hinter uns.“

„Verstehe. Dann ruh Du Dich jetzt mal ein bisschen aus.“

„Werde ich tun, danke.“

Daniel lehnte sich zurück, schloss die Augen und war fast sofort eingeschlafen. Auch etwas, was er während der vielen Jahre als Agent von Pro Deo gelernt hatte. Wenn man genug Schlaf bekommen wollte, musste man jede freie Minute effektiv nutzen können. Daniel konnte, wenn er wollte, fast überall sofort einschlafen.

Frank holte tief Luft, um noch etwas wacher zu werden. Dann schaute er von seinem Platz aus in den anderen Wagon. Es war alles noch so, wie es war als er eingeschlafen war. Immer noch beobachteten die vier Männer – wahrscheinlich auch abwechselnd – was Laura, Daniel und Frank machten.

Frank fühlte sich ein bisschen stolz, dass Daniel ihm und seinen Fähigkeiten genug vertraute, um ihm die Wache zu überlassen.

Laura lag noch immer zusammengerollt wie eine Katze auf ihrem Sitz.
Frank musste lächeln. Wie süß sie aussah. Er war froh, dass sie die hübsche Italienerin auf diesem merkwürdigen Berg getroffen hatten. Er hatte nicht im entferntesten daran gedacht, sich in nächster Zeit noch einmal zu verlieben. Nicht nach der Enttäuschung, die das Ende seiner letzten Beziehung mit sich gebracht hatte, die er eigentlich noch gar nicht überwunden glaubte. Die junge Frau mit den strahlenden Augen hatte ihn eines Besseren belehrt. Die Liebe hatte ihn erwischt, als er am wenigsten damit gerechnet hatte. Als ob die Expedition an sich nicht schon außergewöhnlich und aufregend genug gewesen wäre. Wenn Gott sie auf diese Mission geschickt hatte, so dachte Frank, dann hatte er ihnen auch Laura geschickt. Frank schickte ein Danke nach oben.

Ein paar Kilometer weiter wachte Laura dann auch langsam auf.
„Sind wir schon da?"
„Fast. Dauert nicht mehr lange", antwortete Frank.
„Wenn wir das alles hinter uns haben, werde ich dir mal ein bisschen meine Heimat zeigen."
Laura lächelte und nickte.

„Mal sehen“, sagte sie. „Erstmal müssen wir das hinter uns bringen.“

„Erstmal müssen wir es unbehelligt in Sicherheit schaffen. Dann müssen wir die Tafel irgendwie in die Öffentlichkeit bringen. Hört sich alles einfacher an, als es wahrscheinlich ist.“

„Ach Frank, egal wie es ausgeht, Du kennst den Inhalt der Tafel und ihre Bedeutung.“

„Ja, aber jeder sollte sie kennen.“

„Das liegt nicht in unserer Hand.“

Frank nickte.

„Aber weißt Du, was in unserer Hand liegt?“, fragte er.

Laura schüttelte den Kopf.

„Wie es mit uns beiden weitergeht.“

Sie nahm seine Hand.

„Auch das liegt nicht in unserer Hand. Es gibt Dinge, die wir nicht voneinander wissen. Zwänge. Und vielleicht auch weitere göttliche Aufgaben.“

„Aber das können wir doch gemeinsam tun.“

„Glaub mir, ich würde mir das auch wünschen. Aber möglicherweise müssen sich unsere Wege ja auch trennen. Zumindest für eine Weile.“

„Was redest Du denn da?“

„Nichts, wir wissen nur nicht, was noch alles passieren wird oder wie es sich auswirkt. Ich liebe Dich, Frank. Wirklich. Das musst Du mir glauben. Egal was passiert.“
Laura stiegen Tränen in die Augen.
„Weine nicht, Laura. Ich glaube Dir ja. Ich liebe Dich doch auch.“
„Du musst mir vertrauen. Egal, wie merkwürdig Dir erscheinen mag, was ich tue. Das ist das, worum ich Dich bitte. Vertrau mir, bitte.“
„Ja, ich vertraue Dir.“
„Egal was ich tue?“
„Egal was Du tust.“
Sie beugte sich zu ihm und küsste ihn. Er erwiderte den Kuss, löste sich dann aber wieder von ihr.
„Entschuldige, aber ich muss die Typen im Blick behalten.“
„Verstehe“, sagte Laura und lächelte wieder.

Kapitel 51

„Und wie werden wir nun unsere Verfolger los, Daniel?“

Sie saßen bereits im Zug nach Wiesbaden. Sie waren in Mainz umgestiegen, wie zuvor mit ihren Verfolgern im Schlepptau. Frank konnte sich nicht vorstellen, wie sie diese schwarz gekleideten Kletten loswerden sollten.

„Ist eigentlich ganz einfach. Auf jedem großen deutschen Bahnhof laufen Streifen der Bundespolizei herum. Wir verlassen den Zug, benehmen uns wie ganz normale Bahnreisende und dann sprechen wir die nächsten Beamten an und machen sie auf vier Männer aufmerksam, die irgendwie komisch und verdächtig aussehen und sich auch so benehmen.“

„Und das funktioniert? Also wenn das funktioniert, dann ist das nicht nur einfach, sondern einfach genial.“

„Naja, es sollte uns zumindest genug Zeit verschaffen, das Auto zu erreichen und hoffentlich unerkannt zu verschwinden. Wir gehen zuerst zum Informationsstand und holen den Schlüssel, damit wir mehr Zeit haben, zum Auto zu gelangen.“

„Und dann informieren wir die Polizisten. Und solange die die Männer beschäftigen und kontrollieren, laufen wir so schnell wie möglich zum Wagen und verschwinden.“

„Das ist der Plan“, lächelte Daniel.

Frank nickte und sagte dann ernst: „Könnte klappen.“

„Muss klappen“, entgegnete Daniel, „und wird klappen.“

„Deinen unerschütterlichen Optimismus hätte ich gerne.“

„Ob Du es glaubst oder nicht, aber Dein Optimismus ist größer als meiner.“

„So fühle ich mich aber gar nicht.“

Daniel klopfte Frank auf die Schulter.

„Es ist aber so. Du siehst nur den Wald vor lauter Bäumen nicht.“

„Nun wird es aber philosophisch“, lästerte Laura.

„So etwas verstehen eben nur Leute, die nicht mit einer rostigen französischen Karre durch die Wüste schaukeln“, lachte Frank.

„Intelligente Frauen lieben Understatement“, konterte Laura.

Frank gab ihr einen Kuss.

„Und Philosophen lieben intelligente Frauen“, sagte er mit einem Zwinkern.

Daniel schüttelte den Kopf.

„Ich will mal hoffen, dass ihr Euch gleich ein bisschen konzentrieren könnt. Noch liegen einige Schwierigkeiten vor uns. Und ihr wollt doch nicht, dass ich meinen Optimismus verliere, oder?“

Beide schüttelten den Kopf.

„Das wäre mit Sicherheit das Schlimmste, was uns passieren könnte“, sagte Frank mit übertrieben gespieltem Ernst.

„Mit Sicherheit“, bestätigte Laura im gleichen Tonfall.

Daniel blickte von Frank zu Laura und wieder zurück. Dann seufzte er leise und murmelte: „Warum gebe ich mich auch mit Kindern ab?“

„Weil schon Jesus wusste, dass man mit ihnen leichter zu Gott findet.“

„Gute Antwort, Laura“, sagte Daniel und nickte mit dem Kopf. „Aber jetzt sollten wir uns wirklich darauf konzentrieren, wie wir unseren vier Schatten entkommen können. Jeder weiß, was er zu tun hat?“

Kapitel 52

Als der Zug in den Wiesbadener Hauptbahnhof einfuhr, standen die drei schon mit ihrem Gepäck an der Tür. Sofort als der Zug hielt, stiegen sie aus und gingen auf den Informationsstand zu. Gleichzeitig hielten sie Ausschau nach Beamten der Bundespolizei, die gewöhnlich immer zu zweit im Bahnhof Streife liefen.
Wie schon zuvor folgten ihnen auch diesmal wieder die vier Männer in einigem Abstand und ließen die drei nicht aus den Augen.
Aber auch Daniel hielt ein Auge auf die Verfolger.

„Frank Lemm. Hier wurde etwas für mich hinterlegt."
Frank hielt der Dame am Informationsstand seinen Ausweis hin, den sie sehr ausgiebig prüfte.
Dann griff sie unter den Counter und holte einen Autoschlüssel für einen Opel hervor.
„Haben Sie vielen Dank. Hier, für Ihre Kaffeekasse", sagte Frank zu ihr und schob ihr einen Zehn-Euro-Schein über den Counter.
„Ich darf das nicht annehmen."

„Ich bestehe aber darauf. Schließlich ist es keine Bestechung oder so etwas, sondern lediglich ein Danke für eine erbrachte Dienstleistung. Für Kaffee für Sie und Ihre Kollegen."

Frank lächelte sie an.

Sie nahm den Zehner, drehte sich um und steckte ihn in ein Sparschwein, auf dem groß mit schwarzem Filzschreiber ‚Kaffeekasse' geschrieben stand.

Dann drehte sie sich wieder um.

„Vielen Dank, auch im Namen meiner Kollegen. Ich wünsche Ihnen weiterhin noch eine gute Reise."

Frank nickte ihr freundlich zu.

„Danke. Auf Wiedersehen."

Die drei nahmen ihr Gepäck wieder auf. Und gerade, als sie dies getan hatten, kam eine Zwei-Mann-Streife der Bundespolizei vorbei.

Frank stellte sein Gepäck wieder ab und sprach die beiden uniformierten Beamten an.

„Entschuldigen Sie bitte?"

„Guten Tag, was können wir für Sie tun?"

„Guten Tag. Ich bin mir nicht ganz sicher, aber uns sind schon seit Köln diese vier Männer da drüben aufgefallen. Ich will ja niemanden verdächtigen, aber die verhalten sich schon die ganze Zeit äußerst merkwürdig. Sie sehen auch

ziemlich ungewöhnlich aus. Ich glaub, sie sind außerdem bewaffnet. Aber sicher hat das alles seine Richtigkeit. Sind wahrscheinlich auch Polizisten."
„Vielen Dank, mein Herr. Wir werden uns darum kümmern. Bitte gehen Sie einfach weiter."
Frank nahm sein Gepäck und die drei gingen in Richtung des Ausgangs, der zu den Parkplätzen führte. Während sie sich dem Ausgang näherten, drehten sich die drei immer wieder um und beobachteten, was weiter geschah.
Die Polizisten gingen gemessenen Schrittes auf die Männer zu, nachdem sie einen Funkspruch an ihre Zentrale abgesetzt hatten. Dann sprachen sie die Männer an. Dabei hatten sie ihre Hände bereits an ihren Waffen, hatten sie aber noch nicht gezogen.
Die Männer schauten teils verwirrt und teils verärgert zwischen den Polizisten und den zum Ausgang strebenden Zielpersonen hin und her. Dann hoben sie resignierend die Arme nach oben, nachdem die Polizisten sie dazu aufgefordert hatten.
Den Rest der Szene konnten Laura, Daniel und Frank nicht mehr sehen, denn sie hatten mittlerweile das Bahnhofsgebäude verlassen und bewegten sich zum Parkplatz.
„Wie finden wir den Wagen", fragte Daniel. "Wir müssen uns beeilen."

„Das dürfte kein Problem sein.“
„Warum nicht?“
„Weil unter Garantie kein anderes ähnliches oder gar gleiches Auto auf dem Parkplatz stehen wird.“
„Und warum?“
„Weil es ein Klassiker ist“, lachte Frank, „und was für einer.“
Mit diesen Worten blieb Frank vor einen offensichtlich älteren roten Fahrzeug mit schwarzem Dach, das aber wie neu aussah, stehen, stemmte die Hände in die Hüften und holte tief Luft.
„Meine Dame, mein Herr, darf ich Ihnen vorstellen: ein 1970er Opel Commodore A GS/E Coupé.“
Das letzte Wort betonte Frank besonders. Dann drehte er sich um und sah, wie sich Laura und Daniel fragend anschauten und mit den Schultern zuckten.
„Banausen“, sagte Frank. „Ihr kennt diesen Wagen nicht? Charles Bronson? Kalter Schweiß? Mann, ich bin auf automobile Analphabeten getroffen.“
Frank öffnete den Kofferraum und legte das Gepäck hinein. Dann schloss er die Tür auf, legte den Rucksack mit der Tafel auf den Rücksitz, stieg ein und öffnete von innen auch die Beifahrertür. Laura stieg als erste ein und kletterte nach hinten. Daniel nahm auf dem Beifahrersitz Platz.

Frank startete den Wagen und fuhr schwungvoll aus der Parkbucht. Dann fuhr er auf den Ring und ordnete sich im Verkehr ein.

„Ich habe mir gedacht“, sagte er, „dass es besser ist, wenn wir nicht direkt in den Rheingau fahren. Auf der Bundesstraße sind wir viel leichter auszumachen. Also fahren wir über das Wiesbadener Westend auf die Lahnstraße, dann durch Georgenborn auf die Bäderstraße und von dort auf die Wisperstrecke. Das wird Euch gefallen. Bin die Wisperstrecke oft mit dem Motorrad gefahren.“

„Denk bitte daran, dass das hier kein Motorrad, sondern eine alte Schaukel ist“, sagte Daniel.

Frank strich demonstrativ über das Armaturenbrett und sprach den Wagen an.

„Keine Angst, meine Hübsche, er weiß nicht, was er da redet.“

Dann schaute er Daniel an.

„Beleidige sie nicht. Sie ist eine flotte alte Dame.“

Laura beugte sich zwischen den Sitzen nach vorne.

„Muss ich mir Sorgen machen, Frank?“

Dann warf sie sich laut lachend wieder nach hinten in die Sitze.

Kapitel 53

„Wie oft wollen Sie sie eigentlich noch entwischen lassen?“ Meininger schrie den Pater an, der neben ihm im Wagen saß. Die Limousine mit Diplomaten-Kennzeichen und abgedunkelten Scheiben stand am Bahnhof in Wiesbaden. Daneben standen vier ziemlich schuldbewusst dreinschauende schwarz gekleidete Männer mit Sonnenbrillen.

„Wieso konnten sie unseren Leuten entkommen?“

„Sie haben sie ausgetrickst, Eminenz.“

„Ausgetrickst? Sie werden zu gut bezahlt, um sich austricksen zu lassen. Es ist mir auch egal, wie es passiert ist. Ich will, dass alle Hebel in Bewegung gesetzt werden, damit wir endlich in den Besitz dieser Tafel kommen. Stehen die anderen Posten? Sind die Wege zu ihrem angenommenen Fluchtpunkt unter Kontrolle?"

„Ja, Eminenz. Und unsere Leute haben nicht ganz versagt.“

„Wie soll ich das verstehen?“

„Sie kamen gerade noch rechtzeitig aus dem Bahnhof heraus, um das Kennzeichen ihres Wagen zu erkennen.“

„Wir haben also das Kennzeichen und eine Beschreibung ihres Fahrzeugs? Ausgezeichnet. Dann ist ja doch noch nicht alles verloren. Sie sollen die Einzelheiten unverzüglich an alle Einheiten rausgeben. Wieviel Leute haben wir im Einsatz?“

„Auf die Schnelle ließen sich nicht besonders viele organisieren, aber wir haben an den jeweiligen Fluchtstraßen zwei bis drei Leute stehen, insgesamt acht. Es gibt zum Glück nicht viele Wege in den Rheingau.“

„Dann werden wir uns jetzt auch in diese Richtung bewegen. Sagen Sie dem Fahrer Bescheid. Er soll losfahren.“

„Nehmen wir die vier mit?“

Pater Lorenzo deutete nach draußen.

„In Gottes Namen. Sie sollen einsteigen.“

Der Pater stieg aus und instruierte die vier Männer, wie sie sich im Wagen zu verhalten hatten. Dann stiegen alle ein.

„Unsere Posten wissen Bescheid, Eminenz. Es ist jetzt nur noch eine Frage der Zeit, wann wir Saunders und Lemm erwischen. Und wir haben ja auch noch unseren Agenten.“

Kapitel 54

Frank fuhr so schnell wie es die Straßenlage des Commodore auf den kurvigen Strecken gerade eben so zuließ. Die altertümlichen Gurte – besonders hinten – konnten nicht verhindern, dass alle drei in jeder Kurvenkombination hin und her geworfen wurden. Laura schimpfte ständig, denn die weiche, unkonturierte Sitzbank in Verbindung mit dem Beckengurt, gaben ihr am wenigsten Halt. Immer wieder entschuldigte sich Frank, während Daniel lediglich ab und an ein „Muss eben sein“ von sich hören ließ.

Frank wollte die beiden anderen nicht beunruhigen, aber er hatte bemerkt, als sie ins Wispertal abgebogen waren, dass ihnen ein Wagen gefolgt war. Nun, das war nicht weiter außergewöhnlich, schließlich war es eine öffentliche Straße, aber angesichts ihrer Situation und der Tageszeit am späten Nachmittag war Frank doch etwas besorgt. Zumal der Wagen in etwa immer den gleichen Abstand hielt.

„Fährst Du so schnell wegen des Wagens hinter uns?“, fragte Daniel plötzlich.

„Du hast ihn bemerkt?“

Frank blickte Daniel an. Daniel schaute mit einem strafendem Blick zurück.
Frank wandte sich wieder nach vorne.
„Natürlich hast Du das."
„Was? Werden wir wieder verfolgt?"
Laura kämpfte sich auf der Sitzbank hoch und versuchte, zum Heckfenster hinaus zu schauen.
„Möglicherweise. Ist nichts Besonderes hier, dass man die Strecke etwas flotter fährt. Muss nichts bedeuten."
„Und warum rast Du dann so?"
„Weil Zeit immer noch ein äußerst wichtiger Faktor ist, egal ob wir jetzt gerade verfolgt werden oder nicht. Wir müssen es schaffen unterzutauchen. Je größer unser Abstand zu unseren Verfolgern ist, desto leichter wird uns das gelingen. Wir müssen uns also auf jeden Fall beeilen", antwortete Daniel.
Sie waren jetzt unten im Wispertal angekommen, wo sich die zwar zweispurige aber nicht gerade breite Straße an dem kleinen Flüsschen Wisper entlang wand. Der Wagen war noch immer hinter ihnen.
„Wir haben jetzt von der Wisper aus zwei Möglichkeiten, um in den Rheingau zu kommen. Bei der ersten kommen wir ziemlich dicht hinter Wiesbaden raus und bei der zweiten kommen wir fast ziemlich genau dorthin, wo wir hin wollen. Welche sollen wir nehmen?", fragte Frank.

„Ich glaube, wir haben kaum eine Wahl. Entweder wissen die sowieso schon, was unser Ziel ist oder – wenn nicht – werden sie die Bundestraße in den Rheingau beobachten. Wir sollten also die zweite Abbiegung nehmen“, antwortete Daniel.

„Also gut.“

„Wenn sie aber tatsächlich gerade hinter uns sind, dann haben wir ein ernstes Problem. Ernster als die richtige oder falsche Fahrtroute, denn dann spielt es tatsächlich keine Rolle, wo wir entlang fahren.“

„Was ist denn aus Deinem Optimismus geworden.“

„Den hast Du mit Deiner Klapperkiste zu Tode geschaukelt.“

„Möchtest Du lieber fahren?“

Frank war ein bisschen genervt. Er führte das selbst auf die angespannte Gesamtsituation zurück.

„Nein, danke“, entgegnete Daniel, „mein Gewissen ist im Laufe meines Lebens schon genug belastet worden. Da will ich nicht noch die Folgen einer ungeübten Fahrweise hinzufügen.“

Er lachte.

Und auch Frank entspannte sich wieder ein bisschen.

„Glaubst Du wirklich, sie sind an uns dran?“

„Ehrlich gesagt, es würde mich wundern, wenn nicht. Ich hoffe natürlich, dass wir in dem Spiel immer noch einen kleinen Vorteil haben. Aber ich rechne nicht damit. Hör zu, Frank. Egal, was Du tun musst oder was passiert, ob Du die Tafel sichern kannst oder nicht, Du musst den Menschen von der Tafel erzählen. Du musst! Du bist Journalist und Du bist ein guter Mensch, auch wenn Du Dir da selbst noch nicht so sicher bist. Du wirst einen Weg finden. Du wirst einen Weg finden müssen."

„Na, hör mal", sagte Frank, „das klingt ja fast so, als wolltest Du Dich aus der Affäre ziehen."

„Das habe ich nicht vor. Aber wenn wir – aus welchen Gründen auch immer – getrennt werden, muss jemand der Welt von all dem erzählen. Und das kannst nur Du sein. Verstehst Du?"

„Ja, schon klar. Entspann Dich. Wird schon alles gut gehen. Wir sind fast da. Nur noch ein paar Kilometer, dann sind wir in Sicherheit und die Tafel auch."

Daniel lächelte Frank an.

„Ich sag es ja, Du bist der größere Optimist von uns beiden."

Kapitel 55

„Soll der Wagen aufgehalten werden, Eminenz? Unsere Leute fragen per Handy an.“

„Sie sollen tun, was auch immer notwendig ist. Der Wagen muss aufgehalten und die Personen festgehalten werden. Darüber hinaus soll nichts unternommen werden. Zuerst will ich an Ort und Stelle sein. Wann werden wir dort ankommen?“

„In etwa zwanzig Minuten, schätze ich.“

„Der Fahrer soll sich beeilen. Und schärfen Sie unseren Leuten ein, dass sie sich strikt an die Anweisungen zu halten haben.“

„Ja, Eminenz.“

Kapitel 56

Langsam hatte sich Frank an den Wagen, der hinter ihnen fuhr, gewöhnt. Er nahm ihn nur noch unterschwellig als mögliche Bedrohung wahr, da seine Erfahrungen aus seinem bisherigen Leben und seine Ortskenntnisse ihm die Normalität eines Fahrzeugs, dass einem auf dieser Straße folgte, grundsätzlich bestätigte. Franks Verstand hatte das getan, was der Verstand oft in solchen Situationen tat. Er deutete stattfindende ungewohnte Ereignisse in einen gewohnten Rahmen.

Daniel sah das etwas anders. All seine Instinkte sagten ihm, dass sie verfolgt würden und dass bald etwas passieren würde. Er kannte das Geschäft zu gut, um sich irgendwelchen Illusionen hinzugeben. Natürlich hoffte er, dass Franks Optimismus sich bestätigte, aber er rechnete nicht damit. Wie auch schon vorher ging er für sich von dem schlimmsten Szenario aus. Er wollte vorbereitet sein. Er hatte das Gefühl, er müsste für die Sicherheit der ganzen Gruppe die Augen aufhalten und das Schlimmste annehmen, um das Beste zu hoffen.

Als sie mit dem Wagen auf ein längeres gerades Stück der Straße kamen, tat es plötzlich eine lauten Schlag und mit einem heftigen Ruck brach das Heck des Opel aus.
Durch die relativ hohe Geschwindigkeit und die nicht gerade optimale Beschaffenheit der Fahrbahn, gelang es Frank nicht, den Wagen wieder einzufangen. Alle Versuche, durch Gegenlenken den Commodore wieder unter Kontrolle zu bringen, schlugen fehl und so schleuderte der Opel seitwärts den Fahrdamm hinunter auf ein freies Stück Wiese. Dort wurde der Wagen durch den weichen Boden seitlich ausgehebelt, überschlug sich zweimal, um schließlich wieder auf den Rädern zu landen und an dieser Stelle mit eingedrücktem Dach, verbeulter Karroserie, geborstenen Fenstern und qualmendem Motor stehen, oder besser, liegen zu bleiben.

Frank kam langsam wieder zu sich. Er hörte die Stimme von Laura.
„Frank? Frank? Bist Du in Ordnung? Sag doch etwas. Bist Du verletzt?“
„Ich glaube nicht. Jedenfalls nicht schlimm, glaube ich.“
Frank hatte den leicht metallischen Geschmack von Blut in seinem Mund. „Was ist passiert?“
„Ich weiß nicht. Es gab einen Knall, dann sind wir geschleudert und haben uns überschlagen“, sagte Laura.

„Was ist mit Daniel?“

Frank drehte sich um. Daniel schien bewusstlos zu sein. Außerdem blutete er leicht an der Stirn.

Frank legte seine Hand auf Daniels Schulter.

„Daniel?“

„Oh Mann, ich hab Kopfschmerzen als wäre mir ein Haus drauf gefallen“, sagte Daniel mit immer noch geschlossenen Augen. „Ist jemand da?“

„Ja, Daniel, wir sind hier“, sagte Laura.

„Euch meine ich nicht. Ich will wissen, ob da draußen jemand ist.“

Frank versuchte aus dem zerstörten Seitenfenster hinaus zu schauen.

„Am Straßenrand steht der Wagen, der hinter uns war. Da steigen gerade drei Typen aus.“

„Drei?“

„Ja, drei. Sag mal, ich hab das Gefühl, Du weißt, was hier passiert ist.“

„Ich ahne es.“

„Und was ist passiert?“

„Tragen diese drei Typen Jacken?“

„Warte mal. Ja.“

„Findest Du es heute nicht ein bisschen warm für Jacken?“

„Schon, aber...“

„Sind die Jacken auf einer Seite unter den Armen etwas ausgebeult?“
„Moment mal, Du willst doch damit nicht sagen, dass die Typen Waffen tragen?“
„Davon würde ich verstärkt ausgehen. Und der Knall war kein geplatzter Reifen, sondern ein zerschossener.“
„So ein Mist. Was tun wir jetzt?“
„Wo sind die Typen?“
„Stehen noch an ihrem Auto. Warte mal, ich höre etwas. Ich glaube, da kommt noch ein Wagen. Ich kann es nicht richtig sehen von hier aus.“
„Ich höre es auch“, sagte Laura. „Es hält an.“
Dann hörten sie zwei Türen, die geöffnet und wieder zugeschlagen wurden.
„Gut“, sagte Frank, „wenn noch andere Leute hier sind, werden die Typen es nicht wagen, uns etwas anzutun.“
„Ich fürchte nur, dass Du die Situation falsch einschätzt.“
„Wie meinst Du das, Daniel?“
„Was, wenn die zu den Typen gehören?“
„Lasst uns aussteigen“, sagte Laura, „hier drinnen haben wir nicht gerade viele Möglichkeiten, egal wie die Situation da draußen ist.“
„Sie hat recht. Wir müssen raus. Aber Ihr müsst mir heraushelfen“, sagte Daniel.
„Bist Du verletzt?“

„Nein. Aber oft genug ist es ein Vorteil, wenn der andere glaubt, man sei im Nachteil.“
„Verstehe“, sagte Frank. „Laura, ich werde jetzt aussteigen. Du kommst dann auch auf meiner Seite heraus. Dann gehen wir zur Beifahrerseite und holen Daniel raus. Während wir das tun, rufen wir die Typen und winken sie herüber. Wir sagen, wir bräuchten Hilfe und dass er verletzt sei.“
Laura nickte.
„Dann los.“
Sie taten es so wie besprochen. Daniel saß weiterhin zusammengesunken auf dem Beifahrersitz, hatte das Kinn auf der Brust liegen und die Augen geschlossen.
Frank stieg aus und ging um das Heck des Opel herum. Dabei beachtete er die Männer, die immer noch oben an der Straße standen, nicht weiter. Dass die drei Männer und die beiden, die neu hinzugekommen waren, keine Anstalten machten, den Verunglückten zu helfen, ja sich sogar nicht im Geringsten zu rühren schienen, bestätigte in Franks Augen, dass Daniel mit seiner Annahme recht haben musste.
Dann kam Laura aus dem Fahrzeug, tat leicht benommen, machte sich aber auch auf den Weg um das Heck des Wagens herum. Als sie am Kofferraum angekommen war, drehte sie sich etwas in Richtung der Straße, winkte und rief

den Männern zu: „Helfen Sie uns bitte, wir hatten einen Unfall. Unser Freund ist verletzt. Bitte, wir brauchen Hilfe.“
Die Männer schauten sich gegenseitig an und wechselten einige Worte, die Laura nicht verstehen konnte. Dann blickten die Männer kurz die Straße in beide Richtungen hinunter, rührten sich aber immer noch nicht.
Laura bewegte sich weiter zur Beifahrertür hin. Die Männer schienen sich wieder zu beraten, blieben aber weiterhin an der Straße stehen.
Laura hatte jetzt die Beifahrertür erreicht, wo Frank dabei war, Daniel aus dem Wagen zu ziehen.
„Was tun sie?“, zischte Daniel fast unhörbar.
„Nichts. Sie stehen nur so da und beobachten uns“, flüsterte Laura.
„Das gefällt mir nicht“, ergänzte Daniel.
„Wieso? Was bedeutet es, dass sie nichts tun?“, fragte Frank, während er Daniel aus dem Opel raus auf die Wiese zog, dort ablegte, sich dann über ihn beugte und so tat, als würde er versuchen, ihn wach zu rütteln.
„Es bedeutet, dass sie die Anweisung haben, nichts weiter zu tun. Sie sollten uns wohl nur aufhalten.“
„Aber was bringt es, uns aufzuhalten, wenn sie nicht versuchen, uns die Tafel weg zu nehmen?“
„Was es bringt? Nun, höchstwahrscheinlich ist jemand mit einem ziemlich hohen Rang unterwegs, um die

Angelegenheit zu überwachen oder selbst in die Hand zu nehmen."
„Und was machen wir nun?"
„Uns bleibt nichts übrig. Wir müssen versuchen, zu entkommen. Dass unsere Verfolger auf ihren Auftraggeber warten müssen, verschafft uns etwas Zeit. Wir müssen sie überlisten und dann versuchen zu flüchten. Frank, Du kennst Dich hier doch am besten aus von uns dreien. Nimm den Rucksack und hänge ihn Dir wieder um. Dann lenken wir sie ab und ich versuche, sie möglichst lange aufzuhalten. Ihr beide müsst dann fliehen."
„Nein, nein. Wenn wir abhauen, dann wir alle."
„So funktioniert das nicht, Frank. Wir haben nur diese Chance. Und sie wird immer geringer. Wenn erst der Drahtzieher eingetroffen ist, werden sie uns die Tafel abnehmen und dann ist es zu spät. Mal abgesehen davon, dass wir dann absolut überflüssig sind."
Frank nickte. Dann ging er zum Wagen, holte den Rucksack heraus und nahm ihn auf den Rücken.
Als er wieder bei Daniel und Laura war, warf er einen Blick zur Straße. Noch immer standen die Männer dort.
Als ein weiteres Fahrzeug kam und auf Höhe der Unfallstelle anhielt, ging einer der Männer zur Fahrerseite. Der Fahrer öffnete das Fenster und der Mann wechselte mit

ihm ein paar Worte. Dann trat der Mann von dem Wagen zurück und das Fahrzeug fuhr weiter.

Frank schilderte Daniel, was er gerade gesehen hatte.

„Sie wollen keine Zeugen. Klar, dass sie alle anhaltenden Fahrzeuge weiterschicken. Wahrscheinlich erzählen sie, dass ihre Hilfe nicht benötigt wird, weil schon alles Nötige veranlasst ist. So, und nun helft mir auf und stützt mich, ich werde mich ein bisschen hängen lassen. Tragt mich in Richtung Straße, aber möglichst den direkten Weg von hier aus. Damit seid Ihr dann automatisch einige Meter von den Typen entfernt. Solange Ihr mich tragt, werden sie nicht eingreifen, weil sie denken werden, dass wir nicht flüchten können. Wenn wir an der Straßenböschung sind, müsst Ihr mich nach oben schleppen und dort ablegen. Und dann müsst Ihr gemeinsam loslaufen, so schnell Ihr könnt. Sie werden zu viert hinter Euch her laufen. Einer wird den Wagen nehmen. Ich werde versuchen, ein oder zwei der Männer aufzuhalten. Sobald die Typen mich erreicht haben, müsst Ihr die Straße verlassen. Aber nicht vorher, sonst laufen sie womöglich nicht an mir vorbei. Danach müsst Ihr aber sofort von der Straße runter, weil Euch sonst der Wagen einholen kann. Viel Glück.“

„Und was ist mit Dir?“

„Sie werden mir nichts tun, Frank. Ihr seid in dem Moment viel wichtiger.“

Sie setzten Daniels Plan in die Tat um. Tatsächlich bewegten sich die Männer kaum. Sie drehten sich lediglich in die Richtung ihrer Zielpersonen, um zu beobachten, was sich dort tat, machten aber keine Anstalten, sich auf sie zu zu bewegen.

Auch als Laura und Frank mit Daniel die Straße erreichten, nachdem sie sich unter Ächzen und Stöhnen die grasbewachsene Böschung hinaufgequält hatten, die glücklicherweise vor einigen Tagen gemäht worden sein musste, machten ihre Verfolger noch keinen Schritt auf sie zu.

„Viel Glück, Ihr beiden“, flüsterte Daniel.

„Dir auch, mein Freund. Wir sehen uns wieder. Ganz bestimmt“, sagte Frank.

Laura hatte Tränen in den Augen.

„Mir gefällt das nicht“, sagte sie.

„Keine Angst, Kindchen, es wird alles gut. Versprochen.“

„Wehe, wenn nicht“, sagte sie unter Tränen.

„Nun los“, zischte Daniel, „lauft so schnell Ihr könnt.“

Frank und Laura blickten sich in die Augen. Dann nahmen sie sich bei der Hand. Frank nickte kurz und auf dieses Kommando hin sprangen beide auf und liefen los.

Kapitel 57

Für Frank liefen die eineinhalb Minuten nachdem sie aufgesprungen waren wie in Zeitlupe ab.

Laura und er sprinteten los, hielten sich dabei an der Hand. Er hörte, wie die Männer hinter ihnen wild durcheinander schrien. Hörte, wie sie losliefen. Hörte, wie die Tür eines Wagens zuschlug. Hörte wie der Wagen gestartet wurde und losfuhr. Hörte Daniel brüllen wie einen Stier und stellte sich vor, wie er sich den Männern entgegenwarf und versuchte, einige von ihnen zu Fall zu bringen, was ihm, den Schreien der Männer zufolge, auch gelungen sein muss. Trotzdem hörte er auch immer noch schnelle Schritte, die sich ihnen näherten, das Auto, das immer näher kam. Er hörte das Blut und das Adrenalin in seinem Kopf rauschen, spürte die eigentlich milde Spätsommerluft wie einen heißglühenden Nagel in Bronchien und Lunge, spürte jeden harten Schlag seiner Füße auf dem Asphalt der Straße. Er lief, er rannte, wie in Trance. Die Hand der Frau, die er liebte fest umklammert. Er lief um sein Leben, um ihr beider Leben. Und um das Leben aller Menschen.

Er wollte gerade die Richtung wechseln, Laura an der Hand, wollte mit ihr die Böschung hinunterstürmen, die fünfzig Meter bis zum Waldrand laufen und den Verfolgern entkommen, da holte ihn ein lauter Knall aus seiner Fokussierung.

Er blieb so abrupt stehen, dass er und Laura beinahe auf den Asphalt gestürzt wären. Er ahnte, nein, er wusste, dass etwas Schlimmes passiert war.

Schwer atmend drehten sich beide um. Auch ihre Verfolger waren stehen geblieben. Der Wagen hielt mit quietschenden Reifen neben ihnen an. Ihre Flucht war zu Ende.

Sie blickten zu Daniel. Er stand bei einem der Männer. Hatte offensichtlich mit ihm gerungen.

Dann schwankte er leicht. Und mit einer angedeuteten Drehung fiel er wie ein alter morscher Baum zu Boden und schlug auf den Asphalt.

Der Mann, mit dem er gekämpft hatte, stand noch, mit einer Waffe in der Hand. Der Schuss hatte nicht den Flüchtenden gegolten. Er war auf Daniel aus nächster Nähe abgefeuert worden.

Frank war wie betäubt. Alles fühlte sich so surreal an. Das konnte doch nicht sein. Nicht Daniel, dachte er, nicht Daniel. Er hoffte, wünschte, dass dies alles nicht wahr war, ein Traum, eine schlimme Fantasie.

Der langgezogene Schrei aus Lauras Mund holte ihn zurück und er wusste, dass es kein Traum war.
„Nein“, schrie Laura. Und dieses Nein schien so ewig lang zu sein. Als ob sie Angst hätte, dass mit dem Ende ihres Schreis die Situation endgültig zur Realität würde.
Dann liefen die beiden los. Sie liefen zu Daniel. Nichts anderes zählte jetzt mehr.
Sie erreichten ihn beide. Ihre Gesichter waren nass von Tränen. Sie warfen sich neben ihm auf die Knie und riefen seinen Namen. Daniels Hemd war tiefrot gefärbt. Aus einer Wunde in der Brust strömte ständig neues Blut wie eine Metapher für das unaufhaltsam aus Daniel weichende Leben.
Laura nahm Daniels Hand, knetete sie verzweifelt in der Hoffnung, dass er reagieren würde. Dann öffnete er tatsächlich die Augen. Er schaute Laura und Frank an. Dann lächelte er, röchelte ein Wort.
„Danke.“
Danach schloss er die Augen wieder und mit einem letzten Ausatmen fiel sein Kopf zur Seite.
„Daniel!“
Frank rüttelte den jetzt leblosen Körper. Die nun verlassene Hülle eines Mannes, der innerhalb kürzester Zeit zu einem seiner besten Freunde geworden war.

Wut kochte hoch in Frank. Er blickte nach oben, in das Gesicht des Mannes, der Daniel niedergeschossen hatte. Wenn es ihn auch nur im Geringsten berührte, so war das diesem Gesicht nicht anzusehen, zumal der Mann immer noch eine Sonnenbrille trug. In der Hand hielt er noch immer die Waffe.

Frank blickte den Mann wütend an. Sein Körper spannte sich und war bereit, sich auf ihn zu stürzen. Gerade als sein Gehirn den Befehl dazu geben wollte, spürte er die Hand von Laura auf seiner Schulter. Er blickte sie an. Ihr trauriges Gesicht schmerzte ihn. Ihre Augen baten ihn, ruhig zu bleiben. Sie schüttelte leicht den Kopf. Frank deutete ein Nicken an. Er würde nichts unternehmen.

Er drehte den Kopf, um wieder den Mann anzublicken und schaute in die Mündung der Waffe, die der Mann aber in diesem Moment auch schon wieder senkte. Er hätte mich auch erschossen, dachte Frank bei sich. Laura hatte ihm das Leben gerettet.

Mittlerweile waren sie von den anderen Männern umringt. Sie hatten verloren. Man würde ihnen die Tafel wegnehmen. Daniel war tot und was mit ihnen passieren würde, war noch ungewiss.

Und dann hörte Frank, wie sich ein Wagen näherte, der fast auf ihrer Höhe anhielt. Sollte es doch noch nicht vorbei sein? Das fragte er sich. Die Ruhe der Männer ließ aber sofort wieder alle Hoffnung schwinden. Sechs weitere Männer stiegen aus der großen schwarzen Limousine. Zwei davon schienen Priester zu sein. Zumindest waren sie so gekleidet. Wobei der eine irgendwie kraftvoller und autoritärer wirkte, obwohl er älter war als der andere.

Er trat durch den Ring der Männer und blieb vor Laura, Frank und vor Daniels Leiche stehen.

Er blickte auf Daniel hinunter.

„Wie bedauerlich. Hatte ich nicht angeordnet, dass keine Gewalt angewendet werden soll? Nur, wenn es sich gar nicht vermeiden lässt?“

Der andere Priester schaute jeden der Männer an. Der Schütze trat vor den Priester und senkte leicht den Kopf.

„Es war unvermeidlich. Er hat mich angegriffen. Die Situation eskalierte...“

Der ältere Priester hob die Hand.

„Ich will nichts mehr hören. Vergessen wir diesen unangenehmen Vorfall.“

Frank musste sich schon wieder fragen, ob dies alles gerade wirklich geschah, denn wieder fühlte es sich nicht so an.

Eine Handbewegung des jüngeren Priesters brachte zwei der Männer dazu, zu Daniels Leiche zu gehen, sie aufzuheben, zum Kofferraum der Limousine zu tragen und sie dort hineinzulegen.

Fassungslos nahm Frank das ganze Treiben um ihn herum wahr.
Dann hörte er seinen Namen. Er blickte auf zu dem älteren Priester.
„Herr Lemm?“
„Ja?“, fragte Frank ungläubig.
„Ich bin Kardinal Meininger. Ich möchte Ihnen danken im Namen der Kirche.“
„Was? Wieso danken?“
„Nun, Sie haben auf einer Expedition der Heiligen Mutter Kirche ein Artefakt beschafft, das uns sehr wichtig ist. Deswegen war es unumgänglich, dass Sie es für uns zurückholen.“
„Ich habe überhaupt nichts für Sie zurückgeholt“, rief Frank trotzig.
Der Kardinal machte eine Handbewegung und drei der Männer packten Frank und nahmen ihm den Rucksack weg.
Meininger nahm den Rucksack in Empfang, warf einen kurzen Blick hinein, drückte ihn dem Pater in die Hand und zischte nur: „In den Wagen.“
Dann wandte er sich wieder Frank zu. Das überlegene Grinsen zeigte an, dass er sicher war, dass Frank erkennen würde, zumindest erkennen müsste, wer Sieger und wer Verlierer war.

„Herr Lemm, seien Sie versichert, dass die Tafel nun genau dorthin kommen wird, wo sie hingehört."
„Da bin ich mir überhaupt nicht sicher. Ganz im Gegenteil. Laura und ich werden dafür sorgen, dass Ihre Machenschaften aufgedeckt werden."
„So, werden Sie das? Interessant. Sehen Sie das auch so, Schwester Laura?" Mit diesen Worten blickte der Kardinal Laura an.
Frank wurde ganz heiß. Ihm blieb die Luft weg. Hatte er richtig gehört? Nein, das konnte nicht sein.
Laura legte ihre Hand auf seine Schulter. Dann beugte sie sich zu ihm und drückte ihm einen Kuss auf die Wange. Dann flüsterte sie ihm ins Ohr.
„Verzeih. Bitte vergiss nichts von dem, was ich Dir gesagt habe. Alles ist wahr. Aber ich muss dies tun. Vertrau mir bitte. Vertrau auf Gott. Ich liebe Dich."
Dann stand sie auf, ging zum Kardinal und deutete einen Knicks an. Der Kardinal streckte seine Hand aus und Laura küsste seinen Ring. Dann erhob sie sich wieder und ging zur Limousine. Einer der Männer öffnete die Tür. Sie drehte sich noch einmal um und blickte zu Frank, der immer noch auf dem Asphalt kniete, neben dem Blutfleck, den der sterbende Freund hinterlassen hatte. Sie blickte ihn voller Liebe an, schenkte ihm noch ein kleines Lächeln und stieg in den Wagen. Irgendwann würde Frank verstehen. Auch sie

hatte ihre Aufgabe. Eine Aufgabe, von der nicht einmal der Kardinal etwas ahnte. Eine Aufgabe, die ihr in einem Traum gegeben wurde, in einem Flugzeug auf dem Weg nach Europa. Der Mann schloss die Tür.

Frank starrte fassungslos. Seine gesamte Welt war gerade zusammengebrochen. Für einen kurzen Moment fühlte er nur Leere. Doch dann wich diese Leere neuem Mut. Er war mit einem Freund ausgezogen, um die Welt zu verändern. Dafür würde er jetzt einstehen. In einem Kampf wäre er chancenlos, aber er würde dem Kardinal klar machen, dass er nicht aufgeben würde. Egal, was er ihm noch nehmen würde, seine Würde, sein Können, seinen Stolz, seine Liebe und, ja, seinen Glauben, würde er ihm nicht nehmen können.

Kapitel 58

Erst als sie im Wagen saß, stürzte alles auf sie ein.
Sie hatte Verrat begangen – an Frank und Daniel, als sie die beiden, ihrem Auftrag folgend, im Hotel abgehört hatte und sich dann ihnen anschloss und später an der Kirche, als sie ins Gesicht der Wahrheit und der Liebe blicken durfte und sich auf die Seite Gottes gestellt hatte. Letzteren Verrat musste und würde sie auch weiterhin begehen.
Sie hatte geliebt und verloren. Vielleicht für immer. Vielleicht würde sie Frank auch wiedersehen. Vielleicht könnte sie vergessen, wie verwirrt sein Gesichtsausdruck war, als sie ihn zum letzten Mal gesehen hatte. Vielleicht könnte er ihren Verrat vergessen und sich daran erinnern, was sie ihm gesagt hatte. Sie hatte eine Aufgabe bekommen, die ihr jetzt, da sie ohne ihre Gefährten war, so unermesslich groß vorkam. Ganz allein würde sie sich in Zukunft in einer Umgebung bewegen, die nicht mehr die ihre war. In einem Leben, dem sie die Maske herunterreißen konnte und das sie trotz allem weiterführen musste, weil nur sie an dieser Stelle dafür sorgen konnte, dass die Tafel die Menschen irgendwann befreien würde. Weil es Gottes Wille war. Sie

fühlte sich nicht auserwählt, sie fühlte nur eine schwere Last, die dadurch, dass sie sie alleine tragen musste, noch schwerer wog. Aber nein, sie war nicht wirklich allein. Gott war bei ihr. Der Gott, der sie liebte. Sie konnte sein Werk tun. Sie musste nicht irgendwelchen Menschen glauben, die sagten, sie würde Gottes Werk tun, wenn sie ihre Befehle ausführt. Sie wusste, sie würde Gottes Werk tun, weil sie es von ihm wusste.

Ja, sie würde Frank vermissen. Sie liebte ihn. Und wenn Gott es wollte, dann würde sie Frank wiedersehen. Und sie wusste plötzlich, dass Frank sie verstehen würde, denn auch er hatte die Tafel gesehen. Sie würden sich immer lieben. So wie in dieser kleinen Ewigkeit, die sie am See miteinander verbracht hatten. Nichts konnte das ändern. Das war das größte Geschenk. Die Liebe ist sich selbst genug, sie verlangt nicht. Sie wünscht und hofft, aber sie ist unabhängig von Zeit oder Raum. Dieser Gedanke berührte Laura tief in ihrem Herzen. Eine Träne voller Liebe, ohne Schmerz oder Angst oder Wehmut verließ ihr Auge. Sie war ganz ruhig. Und sie war glücklich. So glücklich wie nie in ihrem Leben, denn sie hatte das Wesen der göttlichen Liebe erkannt. Nichts und niemand würde ihr dies jemals wieder nehmen können.

Sie schloss die Augen und dachte an den Traum, den sie im Flugzeug vom Irak nach Deutschland hatte.

Kapitel 59

„Wie können Sie es wagen, sich so über den Willen Gottes hinweg zu setzen? Und wie können Sie es wagen, Menschen für Ihre Zwecke derartig zu missbrauchen? Gar nicht davon zu reden, was für ein Schmierentheater Sie allen Gläubigen vorspielen...“, griff Frank den Kardinal in lautem Ton an.
Meininger lächelte nur herablassend.
„Die heilige Mutter Kirche wird ausführlich und intensiv dieses Artefakt und seine Bedeutung prüfen. Zu gegebener Zeit werden wir, und nur wir, darüber entscheiden, ob diese Tafel wirklich von Gott kommt oder ob sie ein Werk des Teufels ist, um die Menschen von der wahren Kirche fort zu locken.“
„Aber die Tafel ist für alle Menschen, nicht nur für die katholische Kirche.“
Der Kardinal schaute sich demonstrativ um und blickte dann Frank an.
„Außer uns sehe ich hier aber niemanden. Alles, was Gott betrifft, ist zuerst eine reine Angelegenheit der katholischen Kirche. Wenn wir zu der Entscheidung kommen und der Meinung sind, dass die Menschen etwas darüber erfahren

sollen, dann werden wir es ihnen mitteilen. Sollte die Tafel tatsächlich von Gott sein – was ich ernsthaft bezweifle -, so wird sie den Alleinvertretungsanspruch der katholischen Kirche festigen und untermauern. Dafür werden wir sorgen."

„Wenn diese Tafel wirklich von Gott ist – und ich habe nicht den geringsten Zweifel daran -, dann wird diese Tafel den Menschen klarmachen, dass Gott niemals von einer Institution vertreten werden kann, sondern immer und in jedem Herzen ist. Gott hat uns diese Tafel geschenkt, damit niemand mehr die Angst der Menschen ausnutzen kann."

„Dann wird diese Tafel eben von uns dementsprechend eingestuft und niemals an die Öffentlichkeit gelangen."

„Sie können und werden den Willen Gottes nicht aufhalten."

„Aber den Willen des Teufel schon", sagte Meininger und grinste überheblich. „Und was vom Teufel kommt, das legen wir fest."

„Und wenn ich den Menschen einfach die ganze Wahrheit erzähle?"

„Sehen Sie, Frank – ich darf Sie doch Frank nennen -, die Menschen sind noch nicht bereit für diese Wahrheit."

„Für die Wahrheit ist man nie bereit. Die Wahrheit ist da und sie existiert. Und manchmal bricht sie sich Bahn und lässt sich nicht aufhalten. Und schließlich haben die Menschen ein Recht auf die Wahrheit."

„Die Menschen werden damit nicht umgehen können, weil sie es nicht wollen."
„Warum überlassen sie den Menschen nicht die Entscheidung?"
„Solche Entscheidungen wollen die Menschen nicht treffen müssen. Sie wollen ihre kleinen Leben in ihrer kleinen Welt leben, ohne Angst, dass sich jemals etwas ändert, gleichzeitig mit der Angst, dass alles sich ändern könnte. Die Kirche weiß das und beschützt die Menschen davor, solche Entscheidungen treffen zu müssen. Die treffen wir für sie, im Sinne unseres Herrn."
„Ich werde all dies publik machen. Ich werde den Menschen von der Tafel berichten und dass Sie sie gestohlen haben. Ich werde den Menschen von der Botschaft erzählen. Ihre selbstgerechte Überheblichkeit und die Ihrer Art von Kirche wird bald der Vergangenheit angehören."
Frank war wütend und es machte ihn noch wütender, dass der Kardinal so unfassbar ruhig blieb.
„Was wollen Sie tun, Frank? Sie haben nicht einen Beweis für die Existenz einer solchen Tafel. Sie haben keine Zeugen für ihre Existenz. Die einzige Zeugin für das, was Sie gefunden haben wollen, gehört zur Kirche und wird nichts unternehmen, um dieser zu schaden. Niemand wird diese Story bringen, Sie haben nichts in der Hand. Als Journalist sollten Sie wissen, dass Sie eine solche Story

ohne Beweise nie an den Mann bringen können. Und selbst wenn, sind sie als Journalist am Ende. Dafür werden wir sorgen. Und bevor Sie fragen, dies ist keine Drohung, sondern ein Versprechen. Und auf meine Versprechen kann man sich verlassen."

In Frank schrie alles danach, dem Kardinal seine Überheblichkeit aus dem Gesicht zu prügeln. Aber das tat er nicht. Und es lag nicht an den Männern, die dies zu verhindern gewusst hätten. Es lag daran, dass sich mit einem Mal eine große Ruhe auf Frank legte. Sie kam aus einer Gewissheit, dass diese Geschichte gerade erst begonnen hatte und die Tafel, auf welchem Weg auch immer, zu den Menschen finden würde.

Frank entspannte sich.

„Also, das war es?", fragte er den Kardinal.

„Ja, Herr Lemm, das war es. Tragen Sie es wie ein Mann. Es ist keine Schande, zu verlieren, wenn man aufrecht und mit größtem Einsatz gekämpft hat. Sie konnten nicht gewinnen. Das hat noch niemand."

Frank verbarg seine Ruhe und Selbstsicherheit und nickte nur resignierend.

Der Kardinal tätschelte Franks Schulter.

„Keine Schande, Lemm, keine Schande. Kann ich noch etwas für Sie tun? Wir könnten Sie in die nächste Stadt mitnehmen oder bei Freunden absetzen."

„Nein, danke“, sagte Frank. Die Gesellschaft dieses Mannes war im zutiefst zuwider. Bis zur nächsten Ortschaft waren es nur ein paar Kilometer und vielleicht würde ihn jemand mitnehmen.
„Nun gut, dann nicht. Am besten vergessen Sie all dies hier. Was uns betrifft hat dies alles nämlich nie stattgefunden. Und wenn Sie nicht als Verrückter gelten wollen, dann sollten Sie es genauso sehen. Leben Sie wohl, Herr Lemm.“
Der Kardinal, der Pater und die Männer stiegen in die drei Autos. Türen schlugen, Motoren wurden angelassen, der eine Wagen drehte, setzte sich vor die Limousine, der andere dahinter. Dann fuhr die Kolonne los, entfernte sich und verschwand mit der Straße hinter den Bäumen der nächsten Biegung. Ein bisschen länger noch waren sie zu hören, aber dann war es ruhig.
Nichts außer einem alten Opel Commodore, der mit Totalschaden in der Wiese neben der Straße stand, erinnerte noch an die Geschehnisse. Und auch für Frank erschienen nun, nach weniger als fünf Minuten, die letzten Tage wie ein ferner Traum. In sich fühlte er aber auch immer noch diese tiefe Gewissheit. Er hatte die Tafel gesehen, hatte sie berührt, hatte all das gespürt, was sie für die Menschheit bereithielt. Er würde nicht aufgeben. Das konnte er nicht, dafür war dies alles viel zu wichtig.

Und Daniel. Gott hätte sicher nichts dagegen, wenn Frank dies auch für Daniel tun würde.

Frank blickte immer noch zu der Stelle, an der die Straße die Biegung machte, hinter der gerade die Wagen des Kardinals und seines Gefolges verschwunden waren.

Laura. Sie war fort. Aber er konnte sie noch immer fühlen. Er trug sie bei sich.

Er seufzte kurz, dann ging er zum Wagen und holte sein Gepäck heraus, hängte es sich über die Schulter, stieg wieder zur Straße hoch und machte sich auf den Weg zur nächstgelegenen Ortschaft.

Kapitel 60

Sie hatte noch nie einen solchen Traum gehabt. Selbst jetzt in ihrer Erinnerung war er noch so absolut klar.
Im Traum hatte sie die Tafel gesehen. Und auch in ihrem Traum war eine Schrift darauf erschienen. Begleitet wurde die Schrift aber diesmal von einer Stimme.

„Du hast mich geschaut und die göttliche Liebe erkannt. Wisse, dass alles so ist, wie es sein soll. Erkenne, dass Du dort bist, wo Du bist, weil Du dort sein musst. Die Arbeit ist noch nicht getan. Du sollst wachen über mein Wort. Es schützen und bewahren für den Tag, an dem es vor den Augen der Menschen leuchten wird und sämtliche Dunkelheit in ihren Herzen vertreiben wird, so sie denn ihre Augen öffnen, um meiner zu schauen. Dies ist Deine wahre Aufgabe. Dein Herz hat seine Bestimmung gefunden, die ich ihm in allen Ewigkeiten zugedacht habe, weil Du diese Bestimmung erfüllen wirst. Und so, wie mein Wort durch Dich geschützt wird, wirst Du durch mein Wort geschützt. Vertraue auf die göttliche Liebe in Dir. Wenn der Tag gekommen ist, da die Menschen meiner schauen werden, wirst Du die Trägerin meines Wortes sein. Du wirst mein Licht zu den Menschen tragen. Und das Licht der Liebe wird all jene erleuchten, die ihre Augen dafür öffnen. Die Liebe, die Du spürst, ist die meine und mein ist die Liebe. Tue Dein Werk, auf dass der Tag komme, an dem die Dunkelheit dem Lichte weicht. Halte all dies in Deinem Herzen und offenbare Dein Werk erst, wenn es an der Zeit ist."

Laura schreckte kurz hoch, als der Kardinal in die Limousine einstieg. Der Traum und die Worte darin hatten sich fest in ihrem Gedächtnis verankert. Sie würde ihre Aufgabe erfüllen. Sie wusste nun, dass der Kardinal nicht für Gott sprach und dass sie von nun an dem Ratschluss einer sehr viel höheren Instanz folgen würde. Auch wenn sie nach außen hin immer noch das tat, was sie bisher getan hatte. Sie schloss kurz die Augen und konzentrierte sich, damit sie ihr Licht vor den kalten Augen des Kardinals würde verbergen können, wenn sie gleich seinem Blick standhalten musste.

Als sie aufblickte fuhr der Wagen los. Sie schaute aber nicht zu Meininger, sondern durch die getönten Scheiben hinaus. Sie fuhren an Frank vorbei. Sie sah ihn dort stehen, geschlagen, verletzt, aber ungebrochen. Sie konnte sehen, was der Kardinal vorher nicht sehen konnte. Frank stand im göttlichen Licht. Darüber würden sie immer verbunden sein. Wenn ich ihn doch nur noch einmal berühren könnte, dachte sie und wusste, dass es noch nicht an der Zeit war. Sie drehte sich um, um ihn möglichst lange im Blick zu behalten. Sie wusste, dass er sie nicht sehen konnte, aber dennoch war er bei ihr. Sie wollte diesen Augenblick für ihn miterleben, um durch ihren langen Blick auf ihn ihm einen Blick auf sie zu ermöglichen.

Sie sah, dass er der Limousine lange nachblickte und immer kleiner wurde. Erst als sie um eine Kurve fuhren verschwand er ganz aus ihrem Blick. In ihrem Herzen blieb er.

Sie blickte zum Kardinal, der sie wohl die ganze Zeit beobachtet hatte.

„Schwester Laura, das war im Großen und Ganzen gute Arbeit.“

Laura nickte demütig.

„Auch wenn Sie sich vielleicht auf dieser Mission ein bisschen zu sehr in die falsche Richtung engagiert haben. Nun ja, letztlich haben Sie Ihren Auftrag erfüllt und waren eine große Hilfe. Schwamm drüber.“

„Danke, Eminenz.“

„Was halten Sie davon, Schwester, wenn ich Sie mit einer Aufgabe betraue, die Ihren Kompetenzen und Ihrem Können entspricht?"
„Zu gütig, Eminenz."
„Seien Sie nicht so bescheiden. Außerdem tun Sie damit der Kirche einen großen Gefallen."
Meininger beugte sich zu ihr und sagte in verschwörerischem Tonfall: „Schließlich sollte der Kreis der Menschen, die diese Tafel zu Gesicht bekommen, möglichst klein gehalten werden."
Er lehnte sich wieder zurück.
„Und da Sie zu unseren besten Leuten gehören und die Tafel bereits gesehen haben, bietet es sich geradezu an, dass Sie die weitere Betreuung des Artefakts übernehmen. Archivierung, Auswertung et cetera, Sie wissen schon."
„Es ist mir eine Ehre, meine Arbeit dort zu tun, wo die heilige Mutter Kirche mich hinstellt."
„Natürlich, meine Tochter, natürlich. Wir setzen unser vollstes Vertrauen in Sie."
Der Kardinal hielt ihr die Hand mit dem Ring hin, den sie ergebungsvoll küsste.

Epilog

Der Kardinal sollte recht behalten. Keine Agentur, keine seriöse Zeitung und kein Sender zeigte Interesse an der Story. Sie war einfach zu unglaublich. Und Frank konnte den Redakteuren noch nicht mal übel nehmen, dass sie ihm grinsend die Tür wiesen. Hätte er es nicht selbst erlebt, selbst gesehen und erfahren, hätte er dieser Story auch keinen Glauben geschenkt.
Frank wurde sich bewusst, dass sein Glauben durch diese ganze Geschichte durch Wissen ersetzt worden war. Wenn es auch nicht, wie Saunders gehofft hatte, die Welt verändert hatte, zumindest noch nicht, so hatte es doch sein Leben verändert, in einem Maße, wie Frank es nie für möglich gehalten hätte.
Er hatte nie auch nur angenommen, dass sein Leben keinen Sinn hatte, aber nun, da er einen gefunden hatte, wurde ihm klar, wie wenig Sinn in seinem vorherigen Leben war.

Mag sein, dass keine Zeitung, kein Sender diese Story bringen würde. Aber es gab auch noch andere Methoden, den Menschen gewisse Informationen zukommen zu lassen, sie zumindest mit gewissen Gedanken vertraut zu machen, um ihnen die Wahrheit wenigstens als fiktive Möglichkeit anzubieten.

Frank setzte sich an seinen Computer und begann zu schreiben:

Goldenes Licht fiel an diesem Spätsommernachmittag auf das kleine Café in einer Seitenstraße im Zentrum der ewigen Stadt...